叶兆言

余步伟遇到马兰

人民文学出版社

图书在版编目(CIP)数据

余步伟遇到马兰/叶兆言著.—北京:人民文学出版社,2015
(叶兆言中篇小说)
ISBN 978-7-02-011045-2

Ⅰ.①余… Ⅱ.①叶… Ⅲ.①中篇小说-小说集-中国-当代 Ⅳ.①I247.5

中国版本图书馆 CIP 数据核字(2015)第 149991 号

特约策划 杜 晗
责任编辑 宋 强
封面插画 阮筠庭
封面设计 高静芳

出版发行 人民文学出版社
社 址 北京市朝内大街 166 号
邮政编码 100705
网 址 http://www.rw-cn.com
印 制 山东临沂新华印刷物流集团
经 销 全国新华书店等
字 数 210 千字
开 本 890×1240 毫米 1/32
印 张 9.875
版 次 2015 年 10 月北京第 1 版
印 次 2015 年 10 月第 1 次印刷
书 号 978-7-02-011045-2
定 价 38.00 元

如有印装质量问题,请与本社图书销售中心调换。电话:01065233595

目录

陈小民的目光

陈小民呆呆地看着法官，目光黯然。这是一次走过场的开庭，庄严的法庭上空荡荡的，没有一个旁听者。先前还有一个绿头大苍蝇在半空中遨游，飞累了，便大大咧咧地歇在法官的头顶上，引得一脸严肃的法官不得不挥手去哄赶。苍蝇突然向陈小民飞过来，法官也突然站了起来，他示意仍在走神的陈小民跟着站起来，很庄严地做出了判决。法官宣布支持闫连姣的离婚申请，宣布自即日起，陈小民与闫连姣的婚姻关系不复存在。这位法官口音中带着浓重的方言味道，有几个词的咬字十分滑稽，多少有点破坏法庭的严肃性。陈小民自始至终保持沉默，他不停地东张西望，完全像个旁观者。法官宣读完判决，看着陈小民，他表情呆滞，好像还不明白。他确实有几个字没听明白，不过，这已经不重要。

从法院出来，闫连姣满脸歉意地对陈小民说，他们本来可以不上法庭，但是他也太固执了，非要逼着她这么做。这年头，闹离婚上法庭，已经显得有些愚蠢和多余。对于现代人来说，离婚应该是件非常简单的事情，他们既没有财产分割的问题，在女儿的抚养权上也没什么争议，根本用不着到法庭上来丢人现眼。他们已经分居了许多年头，在一起早已形同陌路。

闫连姣说："我知道你不愿意离婚，可是我觉得，我觉得我们已经没办法再做夫妻了。"

陈小民呆呆地看着她。

闫连姣说："早就不是夫妻了。"

陈小民还是呆呆地看着她。

闫连姣说："我们事实上已跟离婚差不多了，不是吗？"

陈小民发呆的眼珠子终于转了起来，他很认真地看着闫连姣，说："差不多，干吗还要到这儿来呢？"

陈小民回到家还要忍受母亲何萃芬的唠叨。陈小民的父亲陈功当了二十年的市委组织部长，自己没什么官架子，然而老婆却成了一个十足的官太太。官太太的最大特征，就是什么都自以为是。早在陈小民与闫连姣谈恋爱的时候，何萃芬就持坚决的反对态度。她反对的理由，不是嫌闫连姣个子太矮，太瘦，而是看不上人家的资本家出身。那时候，"文化大革命"结束已经快十年了，何萃芬的脑筋还是转不过来，她不愿意小儿子与一个出身于剥削家庭的人结婚。何萃芬的印象中，那些做生意的资本家，没一个是好东西。

陈小民对此很不服气，他的哥哥姐姐，还有嫂子和姐夫，还有熟悉的童年伙伴，差不多都开始陆续下海做生意，而且都赚了钱，有的还赚了大钱。八十年代是干部子弟们先富起来的年代，陈家除了陈小民，个个都成了暴发户。在何萃芬眼里，她的孩子当公司的经理总经理，与旧社会的小老板完全两回事，因为经理总经理仍然属于国家干部。她讨厌自己的子女在一起成天谈论生意，对全民经商的风气非常反感。关于这一点，闫连姣的想法与何萃芬有惊人的相似，大约吃够了家庭出身不好的苦头，闫连姣与陈小民结婚以后，对陈小民哥哥姐姐的发财并不眼红，她最大的理想，就是能在官场上混出些名堂。她觉得自己是块很好的女干部材料。

然而何萃芬对闫连姣根本看不入眼，她气鼓鼓地说：

“她小闫有什么了不起的，不就是一个小得不能再小的中层干部，还是靠了你爸老陈的招牌，要不然，谁会选中她。”

这话已经说过无数遍，接下来就是唠叨无奸不商，何萃芬相信闫连姣与陈小民结婚，说到底只是商人的一次投资，她始终认定她不是想做陈小民的老婆，而是为了要当陈小民他爹的儿媳妇。何萃芬对几个儿媳都有敌意，最不喜欢的就是这个小媳妇。闫连姣与陈小民结婚没多久就闹离婚，她的理由是陈小民太没出息，不上进，像个家庭保姆。陈家众多的子女中，谁最没有出息，谁就应该责无旁贷地照顾父母。闫连姣觉得自己在陈家太压抑，谁都用一种异样的目光看她。陈小民是陈家的骆驼祥子，家里的重活杂活，换煤气，日常买菜买杂物，购彩电修冰箱，修门铃换电灯泡，大大小小的事情都是他一个人承包。陈小民家务活干得越多，上上下下越不把他当回事。通常情况下，对父母的照顾越多，意味着沾父母的光也越多，随着父母的年龄越来越大，陈小民越来越没法摆脱照顾二老的责任。离婚是一场漫长的拉锯战，陈小民黏黏糊糊的，始终不肯离婚，他并不觉得闫连姣这个老婆好得不得了，也不是舍不得幼小的女儿，只是觉得自己好不容易结婚独立，在外面好歹有一个属于自己的家，一旦离婚，他又要不得不回到父母身边来。除了父母身边，陈小民无处可去，这是他感到最窝心的地方。

何萃芬忿忿不平地说：

“你们又不是什么电影明星，闹什么离婚。要我说，当初就不该结婚，既然结了，就不要离。我们陈家这么多人，哪儿出过什么离婚的，真是丢脸，我们陈家的脸，都让你们丢光了。她为什么要离婚？为什么，还不是你爸离休了，人老了不值钱了。资本家的女儿就这样势利眼，她知道你爸退了，老头子退了，这一退，没权没势了，人家也就不买账了。当初我要反对你们，你不肯听，就是不肯听话，结果自己吃苦头了。好，怎么样，结果离婚，搞得像电影明星一样。”

何萃芬在饭桌上不停地唠叨。陈小民的三姐和三姐夫碰巧也回来吃饭，大家习惯了何萃芬的没完没了，由她去唠叨。她总是越说越来劲，陈小民忍不住嘀咕了一句，说现在离婚不是什么电影明星的专利，普通老百姓离婚的要多少有多少。

“她小闫有今天，还不是全靠你爸的招牌，你说说看，她又有什么本事，要是不从工厂调到防疫站，早下岗了。小民，我跟你说，一点也不要舍不得她，这种女人啦，不值得你去喜欢。你想想看，她有什么好的，生活作风还有问题……”

一直不吭声的老干部陈功示意何萃芬不要往下说了，虽然这几乎是公开的秘密，有些隐私还是不让保姆知道为好。何萃芬觉得儿子已经离婚，再也犯不着为闫连姣保全面子。陈功在家一向没什么说话的机会，他本来就沉默寡语，这是长年当组织部长养成的习惯，离休回家以后，他差不多就是个哑巴，每天说的话通常不超过三句半。何萃芬继续发泄着对闫连姣的不满，这个家里现在到处都是她的声音，她的话颠来倒去无非那么几句，无非是陈家的人从来没离过婚，陈家的人从来不犯生活错误，闫连姣她不应该让陈小民戴绿帽子。

陈小民生于一九六二年底，他的出生完全是个意外。陈家当时已经有了三男三女，无论是陈功，还是何萃芬，都不准备再要孩子。孩子多已成为很严重的家庭负担，正是三年困难时期最困难的年头，陈功虽然当上了组织部长，但因为何萃芬没有正式工作，全靠一个人的薪水养活一大家人。那年头，不仅普通的老百姓挨饿，就连陈功这样的市委干部，也常觉得吃不饱。春节期间，一支外国著名的芭蕾舞剧团来这城市演出《天鹅湖》，虽然大家还饿着肚子，一个个面如菜色，但是想观看芭蕾舞艺术的激情不减，都去排很长的队购票。市委拿到了一大堆招待票，分配给那些够级别的领导，看完演出回去，何萃芬问陈功戏演得怎么样，他怔了半天，没头没脑地憋出了一句话：

“都跟没穿裤子一样。”

幸好带回去了演出的说明书，何萃芬仔细研究那印得不是很清晰的图片，一边研究，一边发表议论。没穿裤子一样显然与没穿裤子不一样，那年头，大家还都很保守，免不了少见多怪。与陈功出身农村不同，何萃芬是在城市里长大的，不过她的记忆中，也只是在解放前才有过这样的表演，她不明白的是，在共产党的天下，竟然也会出现这种纯粹资产阶级的东西，而且是表演给党的领导干部看，她因此有些忿忿不平，不断地提出质疑。陈功是个闷葫芦，何萃芬嘀咕了半天，他死活不接茬，最后，何萃芬气鼓鼓地说：

“老陈，你总不能让我老是自言自语，像个神经病一样。我就算是对着一堵墙说话，说呀说呀，也会有些回声。我就算是对一条狗说话，这么一句一句，狗也会汪汪叫两声。难道你老陈除了一句‘就跟没穿裤子一样’，就什么话都没有了，就什么下文也没有了？难道一晚上就这么一句话，喂，不要咧着嘴傻笑，要笑也给我笑出声来。我知道你的心思，没穿裤子才好呢，没穿裤子不是正合适吗，什么受党的教育多年，你们这些出身农村的土老帽，最容易让资产阶级的糖衣炮弹击中，就恨不得开开洋荤，就恨不得人家不穿裤子。我说老陈，你应该知道我的脾气，我这人最受不了你这种三棍子打不出一个闷屁来的不说话，我求求你，你说句话，老陈你倒是给我说句话呀。”

陈功只会偷偷地乐，他有一种能耐，就是无论何萃芬怎么唠叨，他都可以坚决不生气，坚决不说话。何萃芬一直唠叨到上床，肚子饿得咕咕叫，陈功却来了劲儿。何萃芬说，我是饿得一点精神都没有了。陈功这时候也饿，但是精神饱满，饱满得就像过量容器里的液体一样要溢出来，饱满得就像气球充足了气，打气筒还在上下忙乱。何萃芬老大的不情愿，说你真是个癞蛤蟆，才看了《天鹅湖》，就想吃天鹅肉了。陈功一声不吭，不由分说地爬到了她身上。何萃芬说，我又不是那些不穿裤子的天鹅，你这么急吼吼地干什么。他们已经很长时间没有过夫妻生活了，忙中出错，光顾着图省事，忽略了避孕，于是便有了陈小民这个直接后果。何萃芬只记得自己当时真是一点情绪都没有，事情草草地结束了，她叹着气，说老陈我跟你说老实话，我真的饿得不得了。

出生在困难时期里的陈小民，注定了先天不足。陈家的子女，个个人高马大，就数他最矮最瘦小。唯一能够胜过哥哥姐姐的，是一双明亮的眸子。陈小民有一双水汪汪的眼睛，清澈透亮炯炯有神，他看人的样子十分特别，很专注地盯着你看，好像一定是要把你的心思看明白似的。从七十年代到八十年代，女孩子谈恋爱选对象，经历过几个时髦阶段。最初喜欢当兵的，然后是国营大工厂，最后才是大学生。有一段时候，尤其讲究身高，像陈小民这种不到一米七〇的小伙子被戏称为三等残废，闫连姣的两个姐姐谈起陈小民，对他的家庭出身羡慕不已，此外，就只能夸奖他那双美丽的眼睛。闫家一共四姐妹，闫连姣是老三，老四姣月在广告公司做事，她不止一次说，陈小民该了那双漂亮的眼睛，不去拍广告真可惜了。

陈小民的哥哥姐姐都有学历，大哥是学物理的，大姐是中专生，其他的几个，清一色的工农兵大学生。偏偏他最没有出息，干部子女的种种好处，到了陈小民这里，基本上结束了。陈小民高中毕业那年，高考已经恢复了，他的成绩考大学不行，于是只好开后门去当兵。当了三年炮兵，复员回来，陈功刚从组织部长的位置上退下来，余威还在，由何萃芬亲自出面，将他分配进一家军工厂当工人。陈小民当工人的时候，认识了闫连姣。他那时还改不了干部子弟的习气，动不动就说我爸怎么样怎么样，谁谁谁是我爸提拔的，谁谁谁一听到我爸的名字，连大气都不敢出一声。有能耐的人正纷纷从工人阶级的队伍中分化出去，国营军工厂是老牌的铁饭碗，但是效益不好的苗头已经暴露出来。闫连姣和陈小民在一个车间，渐渐地熟悉了，她受不了他开口闭口“我爸”，调侃说：

“陈小民，别老是‘我爸我爸’地挂在嘴上，你一说‘我爸’，别人就会不自在，就会想起自己的父亲，我们的父亲可都不怎么样，不像你爸，是高干，是高干又怎么了，也不用老挂在嘴上。”

从谈恋爱开始，闫连姣就努力想离开工厂。恋爱不久结婚，结婚后经历了两件困难的事情。一是难产，折腾了三天三夜，才把女儿青青生下来。那三天里她痛得鬼哭狼嚎，仿佛处于地狱之中，到后来把嗓子完全喊哑了。守候在产房外等待的陈小民吓得够呛，为此何萃芬一直犯嘀咕，说她当年生陈小民的时候，只是感到好像要大便，稍稍用了点力，就将他生下来了。闫连姣经历的另一件困难是工作调动，早在谈恋爱时，陈小民就吹牛这种事易如反掌，可是直到女儿青青都快一岁了，调动的事仍然没有着落。闫连姣同样也有爱吹牛卖弄的毛病，不止一次放出风去，说她马上就要调动成功，甚至和同事连告别酒都喝过了。从预产期开始，她就再也没去工厂上过班，用她的话来说，是自己实在没脸去上班了。大家都把她当作已经调走的人，她现在宁愿失业，也不愿意回工厂当工人。闫连姣的工作调动成了陈家的一块心病，她十分固执地赖在家里，一天调动不成功，陈家的上上下下就都觉得欠她一份人情债。

何萃芬气鼓鼓地对陈小民说：“小闫本来就是个工人，怎么再回去上班，就变得好像是我们对不起她一样。我就不懂了，她凭什么就不能再当工人，工人阶级领导一切，这工人有什么不好？”

陈小民无可奈何地说：“妈，这话你跟小闫说。”

何萃芬说：“我说就我说，你媳妇难道还能吃了我不成。”

何萃芬最终也没敢对闫连姣说。闫连姣想调到事业单位，何萃芬也觉得不是个什么大问题。她只是生气，生气媳妇认死理，不达目的誓不休，生气陈功不当市委组织部长了，办点事情竟然会那么困难。瘦死的骆驼比马大，陈功毕竟还没有咽气，何萃芬生气归生气，临了还是把她弄到了区防疫站。在何萃芬眼里，一个小小的区防疫站算不上好单位，防疫站的站长是陈小民大哥国民的中学同学，见了何萃芬，一口一声阿姨叫得十分亲切。何萃芬不免想起当年的荣耀，感叹说现在办事太难，你陈伯伯退下来了，人一老，就不值钱了。

站长说："何阿姨你真会开玩笑，陈伯伯若要跺跺脚，市委大院里还不跟擂鼓一样，谁敢不理睬。"

这话说到了何萃芬心里，她这一辈子，就喜欢这样的虚荣。何萃芬最受不了的，就是人家不把她丈夫陈功当回事，她立刻故作谦虚地说：

"唉，落水凤凰不如鸡，都离休了，谁还会买他的账呀。"

陈小民陪着何萃芬一起去了防疫站，从头到尾，他瞪着一双大眼睛，一句话都没说。在这种场合里，陈小民插不上嘴。陈家的许多事情，最后都是何萃芬站出来摆平。除了在居委会管过一些零零碎碎的琐事，何萃芬一辈子也就是个家庭妇女，家庭妇女和官太太的双重身份，让她干起什么事来，多少都有那么一点点有恃无恐。

区防疫站长叫李国民，与陈小民的大哥陈国民只是姓不同。这家伙是个好色的小人，闫连姣去上班没几天，就发现他是个无孔不入的家伙。李国民觊觎着防疫站所有的女性，好像一条好色的公狗，见了女人就想试试运气，不放过任何一次可以调情的机会。男人能像李国民这么公开的好色也是一种奇迹。更荒唐的是，李国民的老婆潘护芳就在防疫站工作，这夫妻俩天生的一对，一个注重进攻，一个注重防守，于是共同创造了防疫站内部的一道奇特风景线。李国民拼命接近讨好女人，潘护芳拼命嫉妒排挤女人。

李国民对闫连姣调情的时候，永远重复那句单调的话：

“前组织部长的儿媳妇，我们怎么敢碰！”

这话听多了，让人心里极不舒服。问题在于李国民怎么也想不出第二句话来，两个人单独的时候，他这么说，当着别的女人的面，也还是这么说。潘护芳永远像防贼一样，用一种虎视眈眈的目光看着闫连姣。闫连姣回去对陈小民抱怨，说原来以为事业单位的人都是知识分子，都有文化，素质会高一些，思想品德应该像雷锋，事实上却和工厂的大老粗一样，甚至比工人更没有品格。陈小民说，好端端的工人不当，现在后悔了吧。闫连姣说她才不后悔，她从来不吃后悔药，不过是觉得好笑，觉得李国民没品位：

“吊膀子就吊膀子，也用不着这么酸溜溜的，好像吊膀子还要吊出点文化才好。”

闫连姣对防疫站很失望，她开始积极向上，打报告要求入党，上夜校读干部班，学法律，学行政管理。防疫站有一个年轻的副站长叫张坤，很看不惯李国民急吼吼的腔调，常常在背后说他的不是，说他腐败，说他道德水准太低，说他根本就没有什么业务能力。张坤在大学里是学医的，应该算是科班出身。他对闫连姣的积极向上大加赞赏，说防疫站的风气太不正常，又说自己如果提升为站长，将如何如何改革。防疫站是个很肥的单位，李国民把最肥的一个差事交给自己老婆分管。潘护芳手上捏着一枚公章，辖区内任何一家餐馆开业，不经过她这道关就是非法经营。

在张坤的策划下，防疫站掀起了颇有声势的倒李运动。上级部门接到了不止一封的匿名告状信，李国民在上面也有人，知道是张坤捣鬼，撕破了脸与他公开较量。李国民说，你张坤还是我培养的，现如今竟然翻脸不认人，想跑到我头上拉屎撒尿，也不掂掂自己的分量，称称自己是几斤几两。尽管大多数人对李国民不满，然而在权力斗争的较量中，只要局势还没有最后明朗，就没有几个人敢公开地站出来。张坤于是明显地处于劣势，他突然想到闫连姣的老公公是前市委组织部长，因此决定打这张牌，希望她能够见义勇为，利用老公公的人际关系，置李国民于死地。

闫连姣在吃饭桌上，傻乎乎地把这个意思说出来，何萃芬立刻有些不高兴，她板着脸教训闫连姣说：

"要是没有人家李国民，你也进不了防疫站。人不能忘恩，你到那儿才几天，就胳膊朝外拐，人家好歹是小民大哥的同学，你怎么能帮着别人整他呢。"

婆媳俩心头都不痛快，何萃芬私下里警告陈小民，说你媳妇与那个副站长是什么关系，怎么会这样不知轻重，我看是关系不太正常，你千万要多个心眼。闫连姣悻悻地对陈小民说，什么你大哥的同学，这样的色鬼同学，叫我说，还是没有的好。陈小民无话可说。闫连姣说，你爸按说也是老革命，可是在你妈的控制下，一点正义感都没有了。闫连姣说，为什么现在会腐败，因为太多的人都是对腐败现象采取了放纵的态度，无论多么不合理的事情，都能睁只眼闭只眼。

防疫站的权力斗争越来越白热化，张坤不屈不挠，闫连姣因为帮不上忙，多少有些内疚。张坤情绪低落的时候，极其悲壮地说，大不了这个副站长不当了，这么一个区防疫站的副站长，芝麻绿豆官，当不当无所谓。他越是这么说，闫连姣越是觉得对不起他。防疫站的人都相信闫连姣在上面有关系，都相信她有很厉害的后台，她自己也这么认为，觉得张坤肯定会怪罪她不肯帮忙。不久，闫连姣被提升为一个部门的负责人，也就是个小小的副科级干部，为什么会被提升，她也莫名其妙。同事们更相信她有来头，而张坤则认定她与李国民沆瀣一气，认定这提升显然与李国民有关系。李国民是单位的第一把手，提谁不提谁，当然是一手遮天的他说了算。闫连姣觉得自己是跳到黄河里也洗不清，她越想证明自己清白，别人就越觉得她心里有鬼。张坤看到她只当作不认识，和别人谈笑风生，但是眼光从她脸上扫过的时候，仿佛看到陌生人一样毫无表情。这让闫连姣感到很沮丧很伤感，她自认与张坤是一个战壕里的战友，现在却被人看成了叛徒，心里乱七八糟不是滋味。

闫连姣采取了一个最愚蠢最极端的办法来证明自己无辜。张坤的老婆是他的大学同学，工作了若干年以后，也是因为在单位里不顺心，又考上了研究生。张坤因此在办公室牢骚满腹，说自己当个副站长没什么意思，还不如去读书更好。闫连姣在一旁插嘴说："考上研究生好哇，你应该请客。"

张坤当着一大堆人的面，说："有没有搞错，是我老婆考上研究生，又不是我考上。"

闫连姣说："还不是一样，出了这样的喜事，当然应该请客。"

张坤说："要请客，也不能这样不择手段。"

闫连姣说："我就是不择手段。"

张坤不近人情地说："请客也不会请你。"

闫连姣有些下不了台，红着脸说："你不请我，我自己去。"

张坤冷笑了一声，说："怎么说都没用，你想让我请客，我还想让你请客呢。"

一旁的人附和说，对对，要请客，应该让闫连姣请客，她好歹是提升了一个副科级。闫连姣趁机下台，爽快地说，请客就请客，说请就请，今天在场的人都别走，我们就近找个馆子。于是中午在附近找了个馆子，胡乱地点了些菜。张坤不肯参加，大家又是拉又是劝，他也不好意思硬拒绝。吃到一半，张坤无意中说了一句，怎么没有把李国民喊来，他知道了，肯定要不高兴的。大家都不作声，闫连姣不在乎地说，不就是随随便便吃顿便餐，有什么高兴不高兴的。

一起吃饭的人当中，有李国民的心腹，大家好像突然想到餐桌上的每一句话，都可能传到他耳朵里，不免有些拘谨起来。事后不久，李国民果然半开玩笑地问闫连姣，说你请客怎么也不招呼我一声。闫连姣笑着说，我是想喊你的，可是找不着人呀。李国民于是说，下次千万不要把我落下了，我可不想脱离群众。闫连姣把这番话，原封不动地告诉了张坤，张坤心领神会，与闫连姣的关系，立刻又恢复到和原来差不多的状态。

到这一年的秋天，有一天，闫连姣与张坤一起在市防疫站开会，回来的途中路过张坤家。闫连姣说，听说你家的装潢非常不错，我们也要装潢了，去你家参观参观。因为是闫连姣主动提出来的，张坤也就没有拒绝，两人爬上七楼，是顶楼，闫连姣气喘吁吁，说住这么高，都用不着再锻炼了。进了房间，也没什么特别可以参观的，房子不算大，最普通的那种装潢，闫连姣装着很有兴趣的样子，到处看了看，最后对着墙上的照片说："你老婆挺漂亮，尤其是那双眼睛。"

张坤客气地说："照片嘛，当然要比本人漂亮。"

"怎么可以这样说自己老婆。"

"这也是实事求是。"

闫连姣后来见过张坤的老婆，确实像他说的那样，要比照片上逊色不少。两人找不到什么别的话可以说，就谈张坤在外地读研究生的老婆，闫连姣对她十分羡慕，她越是羡慕，张坤就越做出不以为然的样子。当时，那一带的高房子还不算多，他们从七楼的窗户里看出去，已差不多有极目远望的意思。在他们窗户下，是成片的矮房子，熙熙攘攘有些人声。说着说着，闫连姣感慨起来，说你有了一个那么好的老婆，也不知道爱惜，男人都是这样的。

张坤说，谁说我不知道爱惜，我爱惜得很呢。

闫连姣做出不相信的表情。

张坤于是一伸手，将闫连姣搂住了。因为没有什么前奏，闫连姣吓了一大跳。在防疫站，李国民是个众所周知的好色之徒，而张坤却是个十足的正人君子。李国民是护校毕业的中专生，张坤是名牌大学的毕业生。会咬人的狗从来不叫，张坤只不过用了一招，就将闫连姣完全制服了。

陈小民的二哥为民分配了一套新房，原来的旧房给了陈小民。为民是陈家混得最阔气的人，他的那个公司可以称为高干子弟连锁公司，八十年代改革开放，这样的公司最神通广大，市场上缺什么，公司就倒卖什么。有了自己的房子，陈小民夫妇如愿以偿搬出去单独住。结婚之后，陈小民和闫连姣一直生活在老人身边，对于小夫妻来说，这是很别扭的一件事情。何萃芬的唠唠叨叨，早就让闫连姣感到不耐烦。

没拿到房子之前，闫连姣借了一大堆装潢的书籍，准备大张旗鼓折腾一番。临了却只是最简单地收拾了一下，就匆匆搬进去住。陈小民发现闫连姣的精神面貌有了很大变化，她变得有些喜怒无常，常常无端地大发脾气。陈小民是个性格极好的男人，他并没有去细想她为什么会发生这样的变化。离开父母不久，何萃芬洗澡不小心摔了一跤，把大腿骨活生生摔成了骨裂，痛得天天在床上叫唤，到晚上没办法睡觉。她早就开始发胖了，加上个子本来就高，矮小的保姆根本搬不动她，只能让陈小民陪夜。何萃芬每天晚上要翻无数次身，陈小民因此睡不踏实，两个星期下来，人整整瘦了一圈。

陈小民这一陪夜，就是一个月。一个月以后，为民和二嫂王颖回来看母亲，何萃芬说，今天晚上应该让为民值班，小民已经辛苦了一个月，他媳妇背后肯定在抱怨，要怨我让她守活寡了。在何萃芬眼里，小儿子陈小民是个怕老婆没出息的男人，而闫姣连则是四个儿媳妇中间，出身和教养最差劲的一个。何萃芬从来没有明说过必须与干部子女联姻，但是她确实看不上闫连姣这种小家子气的出身，始终认为陈小民是自毁前程。

陈小民吃了晚饭，看了一会儿电视，教为民一些基本的护理方法，然后兴冲冲回了自己的小巢。为了让闫连姣吃一惊，陈小民事先并没有打电话给她。他沿着黑漆漆的楼道往上摸，一边爬楼，一边哼着当时最流行的一首歌曲。摸出钥匙开门，因为一直是在黑暗中摸索，眼前出现的光线显得十分明亮。卧室的灯大开着，闫连姣赤条条四脚朝天，正全力以赴与一个男人在做那种事，正做在兴头上。他们不到两岁的女儿已经睡着了，就睡在一旁的大沙发上，对正在发生的事情全然不知。

陈小民做梦也不会想到这样的场景。他记忆中，闫连姣是个矜持的女人，即使和自己丈夫做那种事，也不愿意脱得一丝不挂。那个陌生的男人自然就是张坤了，陈小民曾听闫连姣无数遍说过这名字，今天第一次相见，竟然以这种独特的方式。接下来的一幕难以用笔墨描述，时间一下子静止了，大家都怔在那里，谁也不知道该做出什么样的反应，谁都在等待别人做出反应。陈小民冲了上去，他没有直接去碰那两个裸体的男女，而是以最快的速度，抱起散落在地上的衣服，跑到窗前，像天女散花一样全部扔到了楼底下。愤怒的陈小民回过身来，拿起床头柜上的台灯，朝那对狗男女扔过去，闫连姣惊叫着跑进厕所，啪的一声将门锁上了，张坤抢了一个枕头，扭身就走。陈小民追在后面，朝他屁股上踢了一脚，张坤跌跌撞撞往大门那边跌过去，他回过身来，将枕头扔向陈小民，然后随手拉开大门，沿着黑漆漆的楼道逃之夭夭。陈小民听见他在楼道上摔倒的声音，听见邻居惊讶的声音，隐约还能看见那白乎乎的身影，陈小民想操件家伙追下去，张坤已经在跌倒的地方爬起来，消失在陈小民的视线之外。

闫连姣在厕所里像小孩子一样抽泣着。陈小民走到窗前，他看着楼下，看见张坤在地上胡乱捡了一件衣服，一边手忙脚乱地往身上套，一边抬头对楼上看，然后往黑暗深处走去。怒不可遏的陈小民对着厕所门猛捶，门并没有被捶开。厕所里的闫连姣停止了抽泣，经过一小段的寂静，她带着哭腔说："陈小民，我对不起你。"

陈小民说："什么对不起，你太对得起我了。"

"陈小民，我不想伤害你。"

"你没有伤害我，你一点也没有，你他妈是给我脸上增光，我觉得我现在实在是太光荣了。"

"我真的不想伤害你。"

"你真的没有伤害我，一点也没有，我明天就到厂里面去乱喊，我要大声宣布，我一点也没有被伤害，我好端端的，好得不能再好。我要在厂里面大声宣布，我陈小民的老婆偷人了，我老婆给我戴了顶绿帽子，她给我戴了一顶伟大光荣的绿帽子，我光荣得不得了，因为戴绿帽子是世界上最光荣的事情，我是全世界最幸福的人。"

闫连姣知道陈小民痛苦得不行，可是她还是不敢将厕所门打开，怕他冲进来暴打自己。

陈小民说："闫连姣，我他妈真会杀了你，你信不信？"

闫连姣不吭声了。

"我杀了你，再去找那个男的算账。"

闫连姣又哭起来，她说：

“陈小民，我是个坏女人，你不值得为我这样。”

陈小民明澈的目光开始变得黯然起来。给他带来巨大烦恼的，不仅是闫连姣的失贞，而且还包括她坦然地向公公婆婆交代了自己的丑事。陈小民觉得在短短的时间内，又一次被伤害了，如果说闫连姣与张坤的私通，是用小刀子在陈小民的心口捅了一刀，母亲何萃芬的喋喋不休，就仿佛往刀口中撒盐。陈小民从母亲的眼光里，看到了那种发自内心深处的鄙视，闫连姣的所作所为，正好证实了何萃芬平时对她的判断。从此何萃芬一提到闫连姣，嘴角边就更加要流露出不屑。

闫连姣和张坤的关系很快画上了句号。当然不是因为内疚，而是闫连姣发现张坤与李国民其实是一路货色。在权力的斗争中，具有年龄优势的张坤终于占了上风，取代了李国民原先的位置，很体面地让李退居二线。两人化干戈为玉帛，和平共处互不侵犯。说这两个人就此狼狈为奸有些过分，然而闫连姣绝对相信，张坤会把这事作为卖弄的资本告诉李国民，会有意无意地出卖自己，会说是她主动找他的。男人在这方面都很坏，男人在这方面都他妈的不是东西。现在，陷入权力斗争旋涡的是闫连姣与张坤。老的矛盾关系已不复存在，代替的是刚提升为副站长的闫连姣向张坤的挑战。自从进了防疫站之后，闫连姣一直官运亨通，从副科升为正科，又迫不及待升为副处，虽然区里的处级干部，行政级别按例应该要低半级，但是闫连姣一朝权力在手，羽翼已丰满，大有尾大不掉的意思。闫连姣与张坤终于从同一个战壕里的战友，演变成你死我活的对手，闫连姣现在看张坤不顺眼，就像张坤当年看李国民不顺眼一样。张坤扶正以后表现出来的腐败，与前任相比有过之无不及。他在玩弄女性方面，也比李国民更有水平更见功夫。李国民通常还只是口头腐化，成功率并不高，不像张坤，仗着年轻帅气，仗着深知女人的弱点，攻城拔寨，攻无不克战无不胜。

自从闫连姣坦然认错以后，陈小民在父母面前总有一种抬不起头的感觉。何萃芬谈到闫连姣，动不动就搬出这件事。闫连姣的本意是想表示歉意，然而有时候的认错，往往代表着认了就认了，错了就错了，如果陈小民还要计较，就好像反而是他的不对。闫连姣的认错理直气壮，她觉得陈小民如果不能原谅她，那么就离婚好了。偏偏陈小民既不能原谅她，又不想离婚。

闫连姣说："陈小民，我是真的对不起你。"

闫连姣说："我们离婚算了。"

在一开始，闫连姣也不想离婚。她只是这么说说而已，仿佛是孩子犯了错误，自己挑了一种受惩罚的方式。渐渐地就真的想离婚，她忍受不了陈小民的沉默，忍受不了何萃芬的唠叨。何萃芬说，你当然要离婚了，水往低处流，人往高处走，当年你看中我们陈家的势头，这才委屈自己嫁给了小民，现在陈家不行了，你当然要另择高枝。你是凤凰，陈家的树枝已经栖不下你了。你是个骚货，小民那种老实本分的孩子，怎么能满足你的欲望。我们陈家什么时候出过这种不要脸的事情，我们陈家的脸早让你给丢光了。你是狐狸精，你是江青，是江青又怎么样，迟早都有粉碎"四人帮"的一天。

闫连姣发誓再也不要见到何萃芬。她确实对不起自己的丈夫陈小民，但是并没有什么对不起何萃芬，轮不到她一次次跳出来指桑骂槐。打人不打脸，骂人不揭短，闫连姣千错万错，老是这么念经一样的唠叨，天大的罪名也抵消得差不多了。况且这件事与何萃芬本来没有多大关系，就是有那么点牵连，也不能老是这么死抓着不放。要允许别人犯错误，更要允许别人改正错误。何萃芬不就是一个自以为是的家庭妇女吗，过去大户人家的官太太，多少还有些教养，知道掌握分寸，不像何萃芬这样穷凶极恶，得理不饶人，非要把人置于死地，非要把人打进了十八层地狱，才会心满意足善罢甘休。

陈小民明亮的充满活力的眼珠子，失去了往日的光泽。他的目光变得茫然，迟疑，犹豫不决。陈小民仍然改不了喜欢盯着别人看的习惯，他的眼睛还是那么大，还是那么专注，从别人的游移不定的眼神里，他不止一次看到了暧昧。在工厂上班，同事之间谈天说地，性永远是一个津津乐道的话题，而戴绿帽子则代表着一种最大的羞辱。男人是可忍，孰不可忍。由于闫连姣原先也是这个厂的，总有些人忍不住会问起她的情况，工厂的状况越来越不好，经济效益越来越差，别人谈起闫连姣，免不了流露出羡慕的神情，都说她走得好，走得对。有人听说闫连姣已经升了官，热情过度地想上门做客，陈小民的脸色因此很不好看。

同事说："我们到你们家，是去看闫连姣，你板什么脸？"

同事又说："闫连姣升了官，搭点什么架子倒也罢了，你陈小民脸上这么难看干什么？"

工人阶级领导一切的黄金时代已经一去不返。早在陈小民刚开始决定要当工人的时候，工人阶级的境遇已经开始走下坡路。从部队转业时，二哥为民就觉得选择去工厂的想法有些愚蠢。为民说，什么军工厂，什么全民所有制，说到底，不就是生产鞋吗。陈小民说，人家生产的是军用球鞋，全国差不多有一半的军用球鞋，都是这个厂生产的。为民说，跟你说不清楚，你这是受妈的老观念影响，我告诉你，有些老观念会过时的。在一旁忍着没吭声的何萃芬不乐意了，气鼓鼓地说，天塌下来，当工人也不会错到什么地方去，你爹在市委当干部，“文化大革命”中还不是照样受工宣队的管。为民知道与母亲更辩不清楚，背地里对陈小民说，我把话先撂在这儿，你要去当工人，保证后悔也来不及，你以为还是“文化大革命”啦。

陈小民刚当工人的那几年，工人的经济状况差不多是有史以来最好的。除了工资之外，每个月都有奖金，加班费与过去相比也翻了倍，动不动就分东西，一会儿分箱柑子，一会儿分箱苹果。一家人聚在一起吃饭，谈到各自收入，二嫂王颖眼红地说，还是小民夫妻好，当个普通工人，比我们大学毕业的人拿的钱还多。二姐乔红和三姐文红都有大学文凭，也是一肚子牢骚，感叹说现在一点也不重视知识，研究导弹的还不如倒卖鸡蛋的。当时闫连姣拼命想离开工厂，除了二哥为民，都觉得她的想法很怪，好端端的国营大工厂的工人又有什么不好。然而事实却证明她的选择太英明了，闫连姣离开不久，形势便发生了激烈变化，陈家的子女除了当工人的陈小民，个个都时来运转，做生意发大财，不做生意的移居去国外，二姐去了加拿大，三姐去了日本，三哥全民去了美国。

当工人的开始遭遇下岗，果然如为民预料的那样，什么军工单位，什么全民企业，说不景气，立刻不景气。何萃芬不相信自己的儿子会下岗，几十年了，还从未听说过铁饭碗也会打碎，她找到儿子工厂的袁厂长兴师问罪，说你这个厂长怎么当的，竟然弄得手底下的工人要没饭吃。袁厂长被她不可一世的官太太脾气镇住了，连忙解释说工厂败落到了这一步，实在是迫不得已。袁厂长诉说了自己当领导干部的种种难处和苦衷，说着说着，眼泪都快流出来了，何萃芬因此也有些感动。陈小民所在的车间，是全厂最不景气的一个，袁厂长多少有些忌惮何萃芬的威胁，在采取果断措施之前，先将陈小民调到了厂工会。

陈小民从一名生产第一线的工人，摇身一变，成了坐办公室的机关科室人员。他先前的同事，百分之九十五下了岗，几乎是一刀切，没下岗的都是最重要的技术骨干，或者是他这样有些来头的。大家都说，陈小民运气实在是好，毕竟是上面有人，老婆闫连姣先一步调走了，自己又在关键时刻去了工会。工会本来就是厂里的摆设，那些已经下岗的工人，对陈小民没有任何不服气，都觉得像他那样出身的人，当工人本来就有些委屈。事实上，在第一线当工人的，稍稍有些能耐的早离开了工厂。对于那些不得不当工人的人来说，下岗是没办法的事情，下了岗就只好认命。当然也有不认命的，觉得陈小民既然已经到了工会，就要为工人说几句话。

对原来在工会的那些人，大家都没有信任感，认定他们只不过是厂长手里的棋子，是没有灵魂的傀儡，上班除了喝茶和看报纸，心目中不可能有工人的利益。到过年前夕，厂里对下岗的人没有任何表示，本来就有一股怨气的下岗工人，聚集起来请愿，跑到工会办公室去掀桌子。正好工会从大市场批发买了一批啤酒，分发给没有下岗的工人，这一做法引起了下岗工人的不满，觉得这厂本来是大家的，他们虽然下岗了，没有功劳也有苦劳，过年发啤酒竟然没有他们的份，说明厂里已经不把他们当作自己人了。没有下岗的人也有意见，因为那啤酒的质量显然有问题，一喝就知道是过了期的，购买的人无疑拿了回扣，否则不可能把这种劣质产品买回来蒙人。工会主席里外不是人，就和来闹事的下岗工人争起来。

工会主席说："又不是我让你们下岗的，有能耐你们找袁厂长去闹。"

这句话成了爆炸的导火索，愤怒的下岗工人将办公桌掀了。陈小民的师傅朱荣德一把揪住工会主席的衣领，将他顶在墙上，然后手上用劲一拧，工会主席的脚便离了地。朱荣德说，我们都是些没能耐的，今天这些没能耐的人，要揍你一顿，你信不信。工会主席的眼镜跌落在地上，他这时候也顾不上面子了，求饶说，有话好好商量嘛，其实我也挺同情你们。朱荣德气鼓鼓地说，我们不要你同情，你他妈成天像一条狗一样，不要自以为了不起。工会主席的两只脚总算有一只够着了地，他继续求饶，说：

"好吧，我就是一条狗，今天算我倒霉，今天我根本就不该惹你们。"

事情平息以后，袁厂长到工会来询问究竟发生了什么事情。工会主席将下岗工人的情绪，添油加醋地描述了一番，袁厂长的脸色顿时不好看。陈小民插嘴说，也不能完全说人家是来闹事的，下岗了心情都不好，工会应该为下岗的人说话，应该为他们办点事，不应该火上浇油，进一步激怒他们。袁厂长说，什么叫激怒他们，难道我还会怕他们不成。袁厂长根本就不是那种能听进意见的领导，他很霸道地说：

“工会怎么了，逢年过节，能发点啤酒，不错了。按现在这生产形势，惹火了我，明年什么都不发。”

陈小民与闫连姣很长一段时期都处于若即若离的状态。住在同一套房子里，刚开始，都觉得别扭，渐渐地也就习惯了。闫连姣离婚的决心越来越坚定，最初只是因为内疚，觉得愧对陈小民，很快弄假成真，真心地想与陈小民分手。在正式离婚的那一年，混得最阔的二哥为民出事了，出了大事。

与兄弟姐妹不一样，为民所结交的朋友，父母来头个个都比他厉害。陈小民的哥哥姐姐，包括陈小民自己，与别人谈话难免我爸怎么样怎么样地卖弄。为民从来不这样，他觉得提起自己父亲是最没有面子的事情。他更习惯说谁谁谁的父亲或者爷爷怎么样怎么样，谁谁谁的姑父或者姨妈是什么人。为民的朋友都是一些真正的高干子弟，本市干部子弟根本不入他的法眼，他呼风唤雨的时候，没人知道他的本事有多大。他的公司什么都做，地点常设在本市一家最高档的酒店里。为民身上有七个国家的护照，去香港澳门比回家看望爹妈还要频繁。刚开始，公司主要是转手批文，什么商品紧俏，就转手倒卖什么。短短几年工夫，暴富的为民已经算不明白自己积累了多少资产。来得快，去得也快，花钱如流水，一段时间内，只要有能耐到为民的公司去玩，吃喝嫖赌等各种人生享受统统免费。

该付的小费，客人想怎么填就怎么填，最后统一由公司埋单。为民靠了一批朋友，生意越做越大，也因为这批朋友，闯的祸越来越离谱。

为民的公司很快成了一个真正的皮包公司。公司的钱糟蹋完了，便不择一切手段地弄贷款。陈小民印象最深的，不是为民吹嘘自己如何有钱，而是那些贷款给他的银行，不敢跟他要钱。为民最牛气的一句话，就是如果我陈为民倒了，银行也得跟着一起完蛋。一直到为民的案子东窗事发，陈小民才知道自己文质彬彬的二哥，不仅在本市有两个固定的情人，在深圳和海南的三亚，还包了二奶与三奶。更不像话的，是为民在北京竟然与一个铁哥们合养了一个维族姑娘，据说他们这么做不是为了省钱，而是为了表示特殊的友谊。

刚被公安机关抓起来的时候，大家并不知道为民的情况有多严重。二嫂王颖也不清楚，她只是一次又一次地回来哭诉。丈夫女色方面的事情她自然不是一无所知，但是现在既然闹得公开化了，闹得全世界都知道了，正好趁机向公婆告状。二儿子在女人方面的毫无节制，让一向自以为家教好的何萃芬大为光火，她暴跳如雷地对媳妇王颖说：

“陈家怎么会出这样不要脸的东西。”

何萃芬一生最津津乐道的，就是自己善于相夫教子有方。她觉得自己这个家庭妇女，和一般没文化的家庭妇女完全不一样。何萃芬是有知识的家庭妇女，她当家庭妇女是大材小用，是人才的浪费，是为陈功和七个子女做出了应有的牺牲。她的儿子本来是好的，是环境和社会风气把他弄坏了。何萃芬恨不得将为民从拘留所叫回来，痛痛快快地教训他一顿。虽然儿女已经长大，根本不会把她的话放在心上，何萃芬仍然相信自己还是权威。她相信，儿女只要肯听她的话，就不会犯什么错误，尤其不会犯生活上的错误。“发财发财，真发了财，又有什么意思。要我说，还不如像小民这样，就这样普普通通，穷一些更好。”何萃芬认定为民出事就是因为钱太多，钱多了，挥金如土，不出事也要出事，“待这件事情过去，我一定要让为民知道这个道理，钱够用就行了，挣那么多钱干什么？”

陈小民提醒母亲，现在二哥为民的问题，并不是钱挣得太多，而是亏空太严重。要是赔钱的话，陈家倾家荡产，连人一起卖了，也堵不上那个漏洞。何萃芬说，钱又不是为民一个人用的，凭什么让他一个人来赔。她根本就不打算弄明白儿子闯的祸有多大，还是按照过去办事的惯例，既然事情已经临头，就由她亲自出面找熟人把事情摆平。现任的市委书记是陈功的老部下，他的仕途平步青云，与陈功的热心推荐分不开，何萃芬想陈功不好意思出面去相求，自己撕下脸皮去求他，恐怕不会一点面子也不给。

在接待室等候市委书记出现时，坐在宽大的皮沙发上，看着周围的豪华布置，何萃芬感叹地对陪她一起去的陈小民说：

“现在当官，只要运气好，升得真快，想当年你爸当组织部长，一当二十年，这官怎么也没有再做上去。”

市委书记果然很给面子，他热情地接待了何萃芬，并且在短短十几分钟的谈话里，几次回忆起当年在陈功手下工作时的快乐情景。他充满感情地说，没有陈功对他的关心，他显然不会有今天的地位。这地位既是党和人民给予他的，也是陈老关心和栽培的结果。关于陈为民这个案子，市委书记显然一点也不了解，但是他毫不犹豫地表示，只要有一点可能，就尽可能地给予照顾。市委书记强调说，共产党人是大公无私的，大公无私，并不意味着一点人情都不讲。他许诺等何萃芬走了以后，将和法院的同志一起讨论陈为民的案宗，他相信会给她一个满意的答复。

何萃芬做梦也没有想到儿子会被判死刑。在判刑前，她已经知道为民的罪行是严重的，如果没有什么背景，被枪毙也不是不可能，然而即使是这样，她也没想到儿子真会被判死刑。结果等到宣判出来，何萃芬差一点晕过去。由于她事先过于盲目自信，过于盲目乐观，陈家上上下下都被一种虚无缥缈的假象所蒙蔽。一向沉默无语的陈功终于忍不住了，老头子跺着脚，气喘吁吁地责怪何萃芬，说就是因为她的盲目自信和乐观，已失去了营救儿子为民的最好机会。现在，大家知道了宣判结果，众目睽睽之下，再要想咸鱼翻身，推翻已经做出的定论，几乎没有一点可能。

何萃芬哭得死去活来，说："老头子你这是什么意思，难道还是我害死了为民不成？难道我会想害死自己的儿子？"

陈功也是老泪纵横，他不是个情感外露的人，眼见着儿子要被拉上刑场枪毙，想不流泪也不行了，但是他不愿意与何萃芬争辩，到这时候，无意义的口舌之争只能是浪费时间。

何萃芬哭着说："无论怎么样，我难道还想加害为民不成呀。"

一旁的人都苦苦相劝，说陈功不是这个意思。

何萃芬仍然是哭着说："我跟你们爸爸这么多年，他什么意思，我还能不明白。我再糊涂，还能不懂他的意思。你们的爸爸说得对，事情一到了这一步，生米都煮成了熟饭，就什么都完蛋了。就都完蛋了。我知道他心里是在怪我，他在怪我，我是罪该万死了，我害死了老二。为民呀，妈对不起你，妈以为是救你，妈怎么知道会是害你。”

陈功一晚上没有睡觉。他睁大着眼睛，看着天花板，吧嗒吧嗒落眼泪。到第二天天亮，他起来刮胡子，找衣服，试了一身又一身，然后要陈小民陪他出门。何萃芬问他准备去什么地方，他板着脸，根本不理睬她。陈小民扶着父亲上了大街，走出去一截，陈功要儿子拦一辆出租车下来。陈小民觉得很奇怪，父亲平时要车，随手打个电话就行了，像他这个级别的老干部，随时随地会有一辆奥迪准备着。上了出租车，陈功报了一个地名，出租车朝那个方向开过去。陈小民一时还不明白父亲的用意，快到目的地的时候才恍然大悟。陈小民终于明白父亲要干什么了，陈功选择出租车，显然是不想让别人知道他要去什么地方。

陈小民跟着父亲去了省里更大的一位领导家里。这位领导是陈功的老上级，已经退下来很多年。他的年龄实际上要比陈功还大一些，但是看上去要精神许多。见面之后，老上级并没有什么热烈的敷衍，而是开门见山地说，你儿子的事情，我已经全知道了，我说陈功，你怎么养了这么个不争气的东西。陈功无话可说，只能一声接一声地叹气。老上级大多数的时间里，都在教训陈功。陈小民自有记忆以来，第一次看到有人这样毫不顾情面地痛斥他父亲。老上级说，你现在叹气又有什么屁用，早干什么了，我告诉你陈功，教育下一代，这是很重要的事情。毛主席就说过，我们共产党人的子女，千万不能成为大清朝的八旗子弟。想想你那宝贝儿子吧，都干了些什么，还有你那个老婆，竟然跑到市委去开后门，给人家市委书记施加压力，我说陈功，你是不是昏头了，人退下来了，思想也退下来了，共产党的法律，难道是你想怎么就怎么的儿戏不成。你今天跑来干什么，难道想让我也出来说情，难道是也想开我的后门，难道还不服气，还想与法律较量一番不成。你说话呀，哼，我谅你也不敢，我谅你也不是个对手。老上级的书房里到处挂着自己写的书法作品，他把陈功痛痛快快地训斥了一顿，仿佛小学老师教训自己的学生一样。陈功心服口服，这一顿教训就好像按摩一样，疲倦不堪的身心立刻舒坦了许多。老上级说到最后，嘴也干了，火也发得差不多了，说陈功你今天来，我话说得太多，太重，该你说几句了。

陈功无话可说，他看着墙上的书法作品，让老上级给自己写几个字。老上级说，我是半路出家，这字拿不出手的。陈功让陈小民磨墨，老上级说用不着磨，用墨汁就可以，你来得巧，这纸和笔都是现成的，那我就胡乱写了，你别笑话，我知道你也好这个。他铺开纸就写，写的是“宁静致远”四个字，一连写了几张都不满意，最后也不想写了，让陈功随便挑一张。

陈功说：“张张都不错，小民你挑一张吧。”

陈小民随手挑了一张，拿在手上，不知如何处理。老上级说，你别急，让我盖个印，字这个玩意，是“一印遮百丑”，白纸黑字上有那么点红，趣味就完全不一样。

然后是告辞，由警卫员一路送出来。出了大门，陈功脸上的笑意全没了，他呆呆地看着大街，一声不吭。在老上级面前，陈小民发现自己父亲年轻了不少，可是现在的情况突然全变了，陈功一下子又恢复了苍老，变得老态龙钟，变得迟钝木然。他成了一根木桩子，站在人行道上，像受了委屈的小孩一样，两行眼泪正在往下落。

陈小民说：“爸，怎么哭了？”

陈功仿佛根本听不见陈小民的问话。此后一连几天，陈功没有说过一句话。过了一个星期，陈功在卫生间撒尿，尿完了，手抓着自己的那玩意，站在那儿不动弹。家人连忙将他送到医院，医生的诊断是中风，抢救了一个星期，性命是保住了，可是话也不会说了，路也不会走了，人也不太认识了，看见护士小姐就笑，像小孩子一样地笑，笑得天真无邪，笑得心花怒放。

陈功病重，远在加拿大的二姐和二姐夫两人飞了回来。待父亲病情稍稍稳定了一些，二姐夫妇加上陈小民和大哥国民，一起去看望穿着囚服戴着脚镣手铐的为民。为民听说父亲的情况，不由地落了泪，感慨说，我知道爸是因为我的缘故。为民说，我混得好的时候，也没有想到照顾你们，现在出事了，还要麻烦你们。大家让他说得有些伤感，眼圈都红了，说都是一家人，说这些话有什么意思。为民说，我是该死，二姐和二姐夫远在国外，也没办法照应，我的老婆和女儿，就拜托大哥和小民了，我是对不起她们，也对不起你们几个。说完，号啕大哭起来，哭了一阵，擦干了眼泪，为民又问起陈功去见老上级的事情。

陈小民说：“别提了，爸就为这事气病的，不帮忙也算了，把爸从头骂到尾，那个官腔真是厉害。”

为民说：“官场上的事，你不懂，人家姚伯伯参加南昌起义，也不是什么人都配他骂的。爸爸也是，跟姚伯伯生什么气，要是早一点去见他就好了。姚伯伯一句话，情况完全不一样，唉，真是不会办事。算了，现在说什么也来不及了，我是早就认命了。算了，说些别的吧，对了大哥，你现在还在规划局，还是当那什么副处？副处就副处，官是小了些，可是保险，省心，我那时候要送辆小汽车给你，你不敢要，现在看来还是对的，幸好你没有要。”

与为民见面的时候，差不多都是他在说话。回去的路上，二姐乔红说，为民还是那么话多，真不像死到临头的人。二姐夫说，为民肯定在牢里憋久了，平时没有说话的机会，逮着机会自然要猛说一气。大哥国民一直不吭声，陈小民问他是不是还在想那辆小汽车的事情。国民说，小民我告诉你，我才不会要他的车呢，人是不能贪心的，你看我现在用车，不要太方便，过去是局长才有车，现在我们出去，哪次不是照样有小车接送。你说我要车干什么，还得自己开，像今天用车，我只要事先和小王打个招呼就行了，小王，我说得对不对？

司机小王一边开车，一边说：“陈处要车还有什么话说。”

为民的一条性命临了还是保了下来。就在大家已经绝望的时候，为民由死刑突然改成了死缓。何萃芬不知轻重，说反正是死，这等死的滋味更不好受。兄弟姐妹们都为这事感到高兴，也懒得与母亲争论，许多事情与她是说不清楚的，去说给陈功听，陈功光知道眨巴眼睛，告诉他等于没告诉。经过这次事件，大家都深切感觉到了家庭的败落，虽然为民最后保住了性命，陈家往日的那种威风已不复存在。风水轮流转，天下没有不散的宴席，为民早在得意的时候就宣布过，好日子要想到倒霉的那一刻，丰收年头别忘了还有灾荒这档子事。陈家现在可是背透了，陈功病入膏肓，何萃芬越来越固执，为民坐牢，陈小民离婚，三姐文红据说也在闹离婚，大哥国民的儿子没考上大学。

工厂里效益越来越不好，下岗工人越来越多，工会的人也越来越多。那些有能耐会开后门的，都塞到工会里来了。袁厂长说，我也没什么好办法，这几年年年亏损，可总有些人是惹不起，惹不起怎么办，只好往工会里打发，等到工会人满为患，再也混不下去了，只好让你们也统统下岗。庙里面养一个和尚是养，养一群和尚也是养，僧多粥少，终有养不了的一天。事实上，工会早已经人满为患了，原来是一人一张桌子，现在除了工会主席，其他的人只能三个人一张办公桌。工会的房子与过去相比，没有任何增加，相反还少了一间，因为这个当年风光无限的军工企业，已到了不得不靠出租门面房子弄点小钱的地步。

陈小民的师傅朱荣德刚下岗的时候，与厂方交涉讲理，总是冲在第一线。朱荣德属于性格刚烈的那种男人，吃软不吃硬，宁折也不弯，凡事最讲究一个脸面。他老婆陆玲玲是同一个车间的工人，夫妻两个双双下岗，生活费顿时成了问题。偏偏几件事情还凑在一起了，所谓屋漏遭逢连夜雨，船漏偏遇顶头风，越是应该省钱之际，越是需要用钱。一儿一女都在上学，一个大专，一个中专，都是分数差一点，必须要缴钱，一缴就是一大笔。经济上好不容易喘点气，一折腾又是一屁股债。朱荣德是那种不怕干粗活重活的人，下岗以后，换来换去都是力气活，替公司送煤气包，替商场送冰箱彩电，要不就是干脆去搬家公司，一天赶好几家，吃苦耐劳，一点也不输过那些专干这些活的农民工。

朱荣德是在安装空调的时候出的事。国营大工厂待久了，受工人阶级领导一切的熏陶，很容易养成了那种当家作主的傲慢。既然他的脾气是不怕吃苦，只怕受气，听不得一点不同意见，因此无论是为谁打工，都注定干不长。这个城市居民购买空调的心理，常常是临时抱佛脚，平时无论商家怎么打折，钱早已经准备好了，可就是习惯按兵不动，非要等到天实在热得不行，才一窝蜂地冲向商场。这种消费习惯让商家头痛不已，因为明显的淡旺季差别，不仅在备货的多少上有难度，而且吃不准应该保留一支多大规模的安装队伍，多了开支太大，少了应付不过来。到了空调销售的旺季，商家不得不临时招兵买马，胡乱招些工人加入到安装空调的队伍中来。失业在家的朱荣德正是在一个突如其来的旺季中，成了空调安装大军中的一名成员。照理必须经过严格的专业培训，然而他只是跟在后面看了两天，连上岗证都没有拿到，便匆匆上了阵。

结果就出了意外，朱荣德从三楼上摔了下来，原本很结实的一个人，一下子摔成了残废。陈小民闻讯去医院看望师傅，只见他身上到处打着石膏，直挺挺躺在病床上不能动弹。当时还不知道情况有多严重，朱荣德见了陈小民，平时的英雄气焰已经少了一大截，苦笑着说：

“我当师傅的，真愧对你这个徒弟。”

陈小民确实没跟朱荣德学到什么技术。他们所在工厂虽然大，名气也响，技术含量却不高，第一线的工人，认认真真学个十天半月，基本上就没什么大问题。师傅带徒弟只不过是个形式，厂领导把你领到车间，交给车间领导，车间领导再把你领到师傅面前，交给师傅，这就算是正式的拜师仪式了，从此师徒关系就确定了，终身都不会改变。虽然没有签订什么协议，在工厂里，这种师徒关系得到所有人的认同，就像封建时代的包办婚姻一样神圣不可侵犯。朱荣德一直为徒弟的家庭出身感到自豪，感觉好的时候，忍不住就会卖弄说，市委的干部又怎么样，看人家养的公子哥儿，还不是照样当我朱荣德的徒弟。

然而，现在的工人老大哥早没有了当年的英雄气概。

朱荣德叹着气对陈小民说："唉，我们工人阶级的好日子，算是到头了。想当初，谁会想到下岗，就是刚下岗那会儿，谁会想到今天这一步？"

陈小民无话可说。

朱荣德眼圈红了，说："我若是像你一样，索性离了婚，没家没小，多好。"

陈小民不知道如何安慰师傅才好，因为陈功就住在医院的高干病房，他三天两头地顺便过来看师傅一眼，也不多说一句话，表示个心意就行了。有一次捞到机会，跟师娘陆玲玲在病房外面谈话。陆玲玲心直口快，告诉陈小民朱荣德这次是彻底完了，瘫痪几乎是肯定的，以后大小便能不失禁就算不错。陈小民听了，心不由地紧起来，呆呆地看着师娘，陆玲玲显然已被突然的不幸击垮了，脸色苍白，嘴唇没有一点血色。她愁眉苦脸地告诉陈小民，说朱荣德欠的医药费根本报销不了，厂里说这应该由让他安装空调的商家负责，商家说朱荣德是违规操作，应该责任自负。

现在能做的，是赶快让朱荣德出院，病没好也得走，因为实在付不起昂贵的住院费。陆玲玲说，医药费用这还只是刚开了个头，以后的日子怎么过呀。她让陈小民不要多心，自己绝不是要跟他借钱，到现在这地步，借多少钱也抵不了什么事。人怎么着都得活下去，怎么着都能活下去，陆玲玲只想找个人倾诉倾诉，一下子出了这么大的事情，可怜连个说话的人都没有，难得陈小民还能老惦记着他师傅。陆玲玲说两个小孩读书要钱，说你师傅看病要钱，这也要钱，那也要钱，天知道还要多少钱，都是一些无底洞。天不会塌下来，天要是真塌下来也没办法，陆玲玲说我是还好，无病无灾，可是我到哪儿去弄那么多钱。

大约一年以后，陈小民看电视新闻，无意中看到本市扫黄打非的专题节目，有一个很长的镜头，竟然定格在自己的师娘陆玲玲脸上。节目的内容是说本市市委大门前广场，晚上八点过后便成了流莺猖狂活动的场所，由于镜头是偷拍的，被拍的人一点防备也没有，仍然是肆无忌惮地拉客。记者冒充嫖客出现在镜头上并非什么稀罕事，妓女在荧屏上曝光也常见，然而是自己的师娘就太出乎陈小民的意外。这样的节目照例会受到观众欢迎，因为太真实，太具体，比电视剧还电视剧。陈小民首先想到所有认识师娘的人，都会大声地惊叫起来，自己就惊呼了一声：

“天哪，这不是陆师傅吗！”

陈小民接着就想到了师傅朱荣德的感受。像师傅这样要脸面的人，发生什么样的后果都是可能的。朱荣德在厂里上班的时候，就是有名的醋坛子，陆玲玲长得很漂亮，是全厂的三大美女之一，据说当年为了把师娘弄到手，他差不多和所有追求她的人都干过架。朱荣德人高马大，有一把蛮力气，打架是天生的好手。在过去的一段时间里，陈小民曾几次去他家看过师傅，情况自然是一次不如一次，家里能卖的东西，已卖得差不多了。儿子已大专毕业了，可是根本不像有出息的样子，工作找不到，就知道一味地嫌家里穷。陈小民希望师傅能穷得把电视也卖掉，如果真这样，他起码不会在电视上看到自己老婆的镜头。

陈小民的想法当然是一厢情愿。中国人已离不开电视，像朱荣德这种瘫痪在床上的人，更离不开电视。朱荣德看了电视的第一反应，就是要将陆玲玲活活掐死。他觉得这样的事都出了，自己再也没有脸面活在这个世界上。陆玲玲在拘留所被关押了两天，她回到家，刚进家门，朱荣德捞起床头柜上的热水瓶，对准她扔过去。陆玲玲出于本能地低头，热水瓶从脑袋上方飞了过去，打在墙壁上碎了，碎玻璃和热水溅得到处都是。

朱荣德说："你这个骚货去死呀，你为什么不去死？"

陆玲玲奔进厨房，拿了一把菜刀出来，递给朱荣德，说我是想死了，我活着还有什么意思。陆玲玲说，人都要一层皮的，我出丑出到了这份上，还活着干什么。陆玲玲又说，朱荣德呀朱荣德，你要是个男人，就一刀劈了我吧，千万不要手软。你当然是男人了，朱荣德，你狠狠心，劈死我算了。我怎么这么不要脸呀，我做什么不行，居然这么不要脸，居然这样丢人现眼。我不配活在这世界上，我已经五十岁的人了，还做这种事，我不该死谁该死。陆玲玲哭天抢地。陆玲玲悲痛欲绝。陆玲玲的眼泪像水一样哗哗哗地流了出来。

朱荣德决定与陆玲玲一起去死。他们视死如归，他们平静如水。两个人认真地讨论如何去死的各种细节，吃安眠药，吃氰化钾，在肉汤里拌灭鼠灵，或者在身体上绑裸露的铜线，然后通电，或者去本市最高的一家饭店，大吃一顿，然后从楼顶上跳下来。死亡的讨论一度很认真，很热烈，死亡是一种解脱，死亡是一种升华。对死亡的向往分散了对痛苦的注意力，在庄严的死亡面前，一切都变得不太重要。死生有命，富贵在天，朱荣德原谅了陆玲玲，朱荣德也原谅了自己。人之将死，其言亦哀，都到了这个份上，朱荣德十分平静地说：

“玲玲，想想天底下的夫妻，又有多少是一起死的！”

最后决定把安眠药和灭鼠灵与芝麻糊拌在一起吃。最后时刻，陆玲玲犹豫了，求生的欲望像雨后的竹笋一样破土而出。她自作主张地放弃了剧毒的灭鼠灵，只是往芝麻糊中掺安眠药粉。整整一瓶的安眠药磨碎了，一切都在朱荣德的眼皮底下进行，陆玲玲不停地往芝麻糊里对白色的药粉。朱荣德的眼睛瞪得老大，看着陆玲玲的一举一动，嘴角上洋溢着一丝苦笑。拌好的芝麻糊香味扑鼻，陆玲玲开始打摆子，像风中的芦苇一样剧烈地抖动着，她尝了一口已经拌好的芝麻糊，用很凄楚的声音说：

“老朱，我们既然已经把什么都想明白了，干吗还要死呢？”

朱荣德知道她是害怕了，很平静地说：“玲玲，你不用害怕，把东西给我，我先吃。”

陆玲玲以商量的口气说：“我们非要死呀？”

朱荣德说：“是呀，为什么非要死呢？”

“不死又怎么样？”

“活着又怎么样？”

朱荣德示意陆玲玲把芝麻糊碗递给他，他接过碗，开始大口大口吃芝麻糊，不一会儿就吃了一大半。陆玲玲注意到他已经在吃应该留给她的那部分，便试图阻止他。朱荣德说，算了，干脆我一人吃了吧，你身体好好的，何苦与我一起去死。陆玲玲依依不舍地说，老朱，要是我们不想死，现在还来得及。朱荣德笑起来，说都到了这时候，木已成舟，还开什么玩笑，我知道你是害怕了，人嘛，谁还能不怕死，你放心，我们夫妻一场，也不容易，我不会逼你的。说完，继续大口地吃芝麻糊，转眼之间，竟然将属于陆玲玲的那一份全吃完了。

陆玲玲盯着朱荣德的眼睛，足足地看了三分钟，然后发疯似的奔出门去，跑到最近的一家小卖店，慌慌张张地打急救电话。因为抢救及时，陷入沉睡中的朱荣德又苏醒了过来，刚开始，他似乎不明白发生了什么事情，不明白自己为什么又会躺在医院的病床上。护士在他身边忙碌着，医生过来了，掀开他的眼睑，用手电筒照了照，满意地点了点头。这时候，朱荣德看清楚身边都是些什么人了，有陆玲玲，儿子，女儿，有陈小民，还有厂里的一位领导。朱荣德一声不吭，他默默地沉思着，想着，就这么又过了二十四小时，只剩下陆玲玲一个人的时候，他冷冷地说了一句：

“你又一次让我成为了笑柄!”

一连多少天，朱荣德不说一句话，两眼冷冷地望着天花板，有时候默默地流眼泪。陆玲玲手足无措，把能想到的人都找来了，求他们劝劝他，想方设法做些说服工作。可是朱荣德谁的话也听不进，他现在谁也不想见，尤其不想见熟悉的面孔。陈小民去看他，连续三天，他甚至连眼睛都不愿意睁开。师徒两人没话可说，陈小民不甘心，胡乱地找话茬。他告诉朱荣德，说自己也离开工会了，也下岗了，换句话说，他们师徒现在已经完全一样。厂里已经全面停止生产了，陈小民说，他现在才算彻底明白，工人阶级为什么是无产阶级，无产阶级就是突然什么都没有了。陈小民从来不是个能说会道的人，朱荣德老是不开口，他只能试着信口胡说，想到哪儿说哪儿。为了让师傅心里好受一些，陈小民用略带些夸张的口吻，喋喋不休地描述自己的处境，他只希望朱荣德能相信一点，这年头，大家的境遇其实都差不多。

朱荣德终于开口了，他感叹说：“小陈，我们不一样，你有一个高干的爹。”

陈小民说：“我是有个做官的爹，他就躺在这医院里，已经老年痴呆了，而且连肾功能也没有了，每个星期要做两次透析，你说这样的高干父亲，还能指望多久。”

陆玲玲在一旁插嘴说：“可是你爹看病不要花一分钱。”

朱荣德听见陆玲玲的声音，刚睁开的眼睛又闭上了，冷冷地对陈小民说：“你还是走吧，我们师徒其实也没什么多深的交情，你犯不着天天来看我。”

陆玲玲说："人家小陈反正是顺带的，他不是天天要来看他爹吗？"

朱荣德不吭声。

陆玲玲又嘀咕了一句："怎么好坏都不分的？"

朱荣德突然大怒，十分厌烦地说："男人之间说话，你少插嘴好不好。"

陆玲玲的眼睛顿时就红了，哽咽着说："小陈，你和你师傅谈吧，他不想看见我，不愿意听到我的声音，你不知道他有多恨我，我现在已经不配出现在他的面前了。"

"陆师傅，你别走，我天天来看师傅，不光是看他，也是来看师娘你的。"陈小民拦住了她不让走，憋了一肚子的话，滔滔不绝地涌了出来，"师傅，你也别光想着自己委屈，光想着自己是没用的，你为什么不想想师娘的委屈。师娘是对不起你，可是你是不是就对得起师娘呢？有些话，我做徒弟的不该说，你不就是觉得丢人吗？你不就是个大男子思想在作怪吗？我也觉得丢人过，有一天，我回家，看见小闫一丝不挂地和一个男人在一起，我女儿就躺在一边，你说我这是什么滋味。师娘是让生活逼的，是没办法，小闫呢，小闫她还不是什么都不因为，就莫名其妙地让我戴上了绿帽子。要说丢脸，我这才叫丢脸，更丢脸的，是我都原谅小闫了，我都原谅她了，可是结果，结果她还是把我一脚蹬了。我又能怎么样，我又怎么样了？"

陈小民的一番话让朱荣德和陆玲玲都感到震惊。有些事情虽然早有耳闻，但是由他这样直截了当地亲口说出来，效果完全不一样。

他们目瞪口呆地看着陈小民，听他继续滔滔不绝。陈小民慷慨激昂，觉得今天能这么淋漓尽致地说一次话，很痛快：

“多少年来，我一直觉得自己和别人不一样，一直有优越感，我不说自己是干部子弟，别人也都知道。可是干部子弟又怎么样，干部子弟没出息，更让人瞧不起。我现在是什么，是家里的男保姆，是家里的勤杂工，我在为父亲送终，也是在为自己送终。我爸人活着，差不多跟死了一样，我还不是一样，人活着，与死了又有什么区别，你说我们家谁像我这样窝囊过，就是那个判了死缓的二哥也比我强。如今，再说句丢人的话，就连我们家的小保姆，一个农村来的姑娘，她都看不上我，在她眼里，我是一个连自己都养活不了的废人。师傅，千万不要以为天底下就你一个人倒霉，不顺心的事情，就你一个人能遇上。要知道这天底下，谁都有一肚子委屈，谁都有一肚子不痛快。”

下了岗的陈小民成了父亲的全职护工。他和小保姆夏俊花轮流倒班，照顾生命已经走到尽头的陈功。像陈功这种级别的干部，病重期间，公家可以配备两个服务员，何萃芬就让陈小民与夏俊花占了这两个指标。肥水不流外人田，这笔费用给谁也是给。夏俊花原来是二哥为民家的小保姆，她从十六岁开始做，一直做到二十七岁。为民得志的时候，二嫂王颖曾许诺要为她弄个城市户口，再找一份正式的工作，为民一出事，许诺自然就泡了汤。陈家上上下下因此觉得有些对不住她，尤其是王颖，她是看着她成长起来的，看着她从一个土气的农村女孩，怎么变得越来越洋气，变得比城里人还城里人。

陈小民离婚以后，王颖曾动过让夏俊花嫁给自己小叔子的念头，然而她根本看不上陈小民。一来不愿意嫁给一个离过婚的男人，二来在陈家这个干部家庭中，独独他太没出息。大家都觉得陈小民不争气，夏俊花受主人的影响，也跟着瞧不起他。水涨船高，夏俊花已开了眼界，太知道有钱有势的男人是如何威风，发誓要嫁就嫁个有钱有势的。她不愿意与陈小民谈朋友，陈家的人反倒更看中她。夏俊花算不上是什么绝色美人，可是白白净净，身材苗条匀称，健康而且充满活力，比闫连姣强得多。

为民的出事是个重要的转折点。首先夏俊花明白事了，终于明白自己说到底，也就是个小保姆，过高的种种想法都不实际。她虽然已干了十一年家务，熟悉的城市生活无非是一个暴发户。这种暴发户家庭充满了一种虚无缥缈的不真实，仿佛美丽的肥皂泡一样说破就破。夏俊花如果想成为一个城里人，嫁陈小民还真是条捷径。其次，何萃芬观念也发生了变化，刚开始，让夏俊花嫁给陈小民至多是个玩笑，陈家的公子怎么可能娶一个小保姆，为民下狱和陈功中风，总算让何萃芬明白了一些实际情况。现在，何萃芬开始为自己的命运担心，她毕竟是个没有任何固定收入的家庭妇女，这么多年来，她从来不想丈夫死了以后怎么办，可是陈功将死在她前面已不容置疑，现实让她不得不想，不得不预先做好准备。何萃芬知道自己不仅在经济上要有保障，生活上也必须有人照顾才行，而后面一项也许更重要更困难。她突然意识到在自己的晚年，如果能有夏俊花这样一个来自农村的媳妇照应，显然不是什么坏事。

朱荣德很快又出院了，陈小民闲着无事，与夏俊花换班后，回家的路上常顺便去看师傅。陆玲玲对陈小民说，你师傅憋得难受，难得有你这么一个好徒弟，别忘了经常来看看他。出院后的朱荣德情绪渐渐稳定下来，有一天，陈小民发现家里新添了一辆轮椅，一问，才知道是刚买的，朱荣德与陆玲玲的结婚纪念日，儿子和女儿凑钱买给他的礼物。朱荣德一直觉得儿女不是很争气，这辆轮椅让他感到不少安慰。他让陈小民推自己出去，说想到外面去散散心，显然是有什么话要对陈小民说。

外面正在酝酿大规模的拆迁，墙上到处用白石灰水写着“拆”字。这附近的矮房子在几个月内将全部拆光，朱荣德脸上洋溢着一些即将要搬进新房的喜悦。陈小民知道住新房是要付一些钱的，可是师傅似乎并不为这费用担心。街上人来人往，陈小民将师傅推到一棵大树下，自己捡了一个石阶坐下来，与朱荣德面对面，抽着烟。

朱荣德说：“小陈，你有没有发现，你师娘的脸上现在越来越有光彩了。”

陈小民说：“陆师傅一直很漂亮的。”

“漂亮是一回事，脸上有光彩却是另外一回事。”

“什么叫有光彩？”

“样板戏《智取威虎山》中有句台词，你还能不能记得，座山雕问杨子荣，‘脸红什么’，杨子荣说，‘容光焕发’，这容光焕发四个字，就叫光彩。”

陈小民不知道师傅为什么要对自己说这些。有人从他们身边走过，是一对年轻的情侣，朱荣德不做声了，将手中的烟头往远处扔去。沉默了一会儿，朱荣德继续说下去：

“有些事我也不瞒你，小陈，那种事情，你师娘肯定还在做。你师娘已五十岁了，也真难为她，都这么大岁数，还做这种事情，也真不容易。你不要拦我，你让我往下说，我不是怪罪你师娘，有些话，你师傅我是不会与别人说的，我只和你一个人说。小陈，你知道我心里一直有个疙瘩，我不明白你师娘都这么大年纪了，为什么还要做这种事情？”

陈小民耸了耸肩膀，不知如何回答。

“我也问过你师娘，你师娘说，有的人就喜欢老女人，老女人看上去好，安全，那些上了岁数的男人喜欢，那些年轻的民工喜欢，还有考试前的大学生也喜欢。上了岁数的男人，在自己老婆身上，多少年来老一套，已找不到感觉，年轻的民工，还有年轻的大学生，身强力壮，憋得难受，只想找个地方轻松轻松，他们都喜欢直截了当，喜欢你师娘那样的，不像是要讹人钱的样子，钱又不多……”

陈小民不想听师傅再说下去，他看着朱荣德，摆了摆手，但是朱荣德意犹未尽，非要继续往下说。

“你师娘做那事很来劲的，三十如狼，四十如虎，你师娘快到五十，那也就差不多是头狮子了。我不是在背后糟蹋你师娘，她真的是很厉害。你不要以为我瘫在床上，就不能做那事了，就不是男人了，我别的不行，那玩意还没有问题，我还没有糟到那一步。我告诉你，你师娘她就好这个，她的服务绝对周到。”

陈小民现在是真的不愿意朱荣德再说下去。他想到陆玲玲对师傅无微不至的关心，想到她这几年来流的那些眼泪，想到厂里拖欠的工资，想到那些报销不了的巨额医药费，觉得朱荣德太过分了一些。对师傅的病情，陈小民有着充分的了解，他知道对于一个男人来说，半身瘫痪是一个很残酷的打击。但是，一个人既然已经遭遇不幸，已经成为弱者，就不应该再去伤害别人，伤害自己最亲近的人，因为他们往往只能伤害到自己的亲人。他想到自己每次去看望师傅，陆玲玲完全是发自内心地表示着感激，她希望陈小民能陪师傅说说话，为他解点闷，她显然做梦也不会想到朱荣德会这么说她。

陈小民说："师傅，我送你回去，今天还有点其他的事情。"

陈小民不由分说，将师傅推着就走。朱荣德没想到会这样，有些尴尬，一路无话，只是快到家门口的时候，将脑袋移了一点过来，叮嘱陈小民：

"今天说的话，千万不要对别人说。"

陆玲玲正站在门口看着他们。

陆玲玲远远地问着："去什么地方了？"

朱荣德讨好地说："我让小陈推着我随便走走，这地方再不多看几眼，以后就看不到了，东头的房子好像已经开始拆了。"

陈小民与小保姆夏俊花的关系，一度似乎有了明显的进展。陈小民从来没有当过真，陈家的人也仍然只是把这件事当作玩笑讲，夏俊花却开始往心上去。因为共同照顾陈功，两人天天交接班，在一起说的话多了，多少也擦出了一些火花。刚离婚那阵，陈小民还想到去看看女儿，可是不久就发现，女儿竟然和闫连姣一样不欢迎自己。闫连姣现在又和手下的一个刘科长有些不明不白，这情形就仿佛当年一幕戏的简单翻版，在权力纠缠之中，刘科长老是在暗中助她一臂之力。陈小民有一次碰上了退休的李国民，提起闫连姣，李国民口若悬河说了一大堆故事。说完了，连声说陈小民实在是太应该离婚，因为权力欲太强的女人，绝对是变态的。

夏俊花一直有种错觉，好像只要她愿意，就随时可以嫁给陈小民。她现在在陈家非常辛苦，跟劳动模范一样，每天上午要做饭烧菜，吃过午饭，洗了碗，稍稍歇一会儿，就要去医院换班，然后一直到第二天清早陈小民跟她换班。然后在回去的途中买好菜，然后回家做饭烧菜，天天如此重复。 她一个人起码干了两个人的活，因此常有些傲气，傲气得大家都不敢得罪她。陈小民每次与她交接班，都不是说走就走，一定要留下来陪她说会儿话。高干病房也分级别，大部分是宾馆标准间那种规格，两个人合住一间。陈功住的病房是单间，有卫生间，有彩电，有冰箱，二十四小时供应热水。夏俊花来了以后，要洗澡，要打扮，要放松一下忙了一上午家务的疲惫。如果陈功那天正好要做透析，陈小民必须一起陪了去，因为上上下下这些力气活非他不行。

有一天，夏俊花很认真地问陈小民，如果陈功真咽气了，他怎么办。陈小民想了想，便用同样的问题反问她。夏俊花也是想了想，说我和你不一样的，我不是你们陈家的人，说走就可以走的，可是你走不了，陈老死了，何奶奶还要你照顾，你得为他们一个个送终，都送得差不多了，你自己差不多也老了。夏俊花的语气中带着深深的同情，这让陈小民很感动。夏俊花说，陈老的时间是不会太长了，何奶奶可是有的活呢，再活个几十年不成问题，你的苦日子不知哪天才能熬到头。夏俊花的一番话不仅让陈小民感到亲切，而且很感动。从来就没有人会这么设身处地地为他想一想，陈家的子女都觉得陈小民照顾二老是天经地义，都觉得他沾的光最大，他从来就没有独立生活过，一辈子吃住都依靠父母，离了婚又和父母住在一起，下了岗之所以不至于挨饿，还不是因为照顾陈功，可以拿一笔看护费，有了这笔看护费，陈小民吃多大的苦也应该。

陈小民心中的疮疤仿佛叫人揭开了。他平时并不太去想自己是否活得冤枉，并不太去想自己的未来会怎么样，不管怎么说，他好歹也是比上不足，比下有余。厂里拖欠工资他不太在乎，因为在父母那里，他有一张长期的免费饭票。医药费更不在乎，他平时从不生病，就算是有些不适，以陈功的名义开什么药都不成问题，只要能报出药的名称。陈家上下谁有伤风感冒小毛小病，把药当饭吃也吃得起，甚至夏俊花远在乡下的父母，也时常写信来托女儿弄一些不花钱的公费药。在陈小民心目中，夏俊花一直是个没心没肺的乡下姑娘，他记得她刚到为民家做事的时候，看上去完全像个小孩子。随着为民的暴富，做小保姆的也跟着威风起来，她送为民女儿姗姗到奶奶家，从来都是打的来去。穿的是王颖淘汰下来的衣服，有一些还是香港的名牌，她穿在身上比女主人还神气。陈小民想难怪她要看不上自己，往深处想一想，他自己都要看不上自己了。夏俊花此时突然表现出来的关心，让陈小民感到一种从未有过的茫然。

夏俊花有一段时候，存心给陈小民一个机会。她再也不是那个刚十六岁的小姑娘，夏俊花现在已经二十七岁，这是个不小的年龄，而且更糟糕的是，她没有机会接触其他男性。陈小民离过婚，陈小民下岗了，陈小民比她大十几岁，这些都是不足之处，没有这种不足之处的男人，又怎么可能看上她。夏俊花利用每天的交接班，尽可能地与陈小民多说些话，有时候甚至放出一些不高明的小手段来引诱他。孤男寡女本来就容易有故事，陈小民是过来之人，她的那点意思全懂，故意装着什么都不明白。夏俊花胆子越来越大，陈小民的贼心蠢蠢欲动，已经没办法装糊涂。

有一天，就在病房的卫生间里，夏俊花刚给陈功换过尿布，用肥皂洗手，陈小民在她身后突然很暧昧地问，可以不可以抱抱她。因为问得突然，她自然要吓了一大跳，慌乱中把肥皂沫都弄在身上了。陈小民于是试探着抚摸她，开弓没有回头箭，两人挣扎了一番，夏俊花不再拒绝。陈小民偷袭得手，立刻把她浑身上下都摸了一遍。夏俊花软软的，像中了邪一样动弹不了，由他放肆，唯独那个地方坚决不许碰。这一来，两个人的关系便有了质的飞跃，夏俊花说，不到洞房花烛夜，她是绝不会让男人得逞的，现在的女孩子，有不少都已经不在乎了，她却是特别在乎，因为她是从农村出来的，因为男人其实也最在乎这个。夏俊花绝不会轻易把女孩子最珍贵的东西给别人。她在这方面表现出来的理智，让陈小民感到震惊。有好几次，都差不多了，可以隔着一层布抚摸，可以手伸进去碰一碰，然而怎么哄都不让完成最后的一步。

夏俊花没上过学。刚从农村出来的时候，认的字不到一百个，这以后，所有的教育，所有的知识积累，都是通过电视屏幕上的肥皂剧完成。辛辛苦苦挣的工钱几乎都寄回家了，她的哥哥和弟弟正是靠她的资助才读完中学。在她的老家，能把中学读完，已经是很不错的知识分子，夏俊花因此也感到十分自豪。老家每次来信，最初是王颖帮着念，后来是姗姗，与陈小民关系进了一层以后，这差事便落到了他身上。最新的一封来信内容非常简单，无非是希望夏俊花再寄一些钱回去，如果手头不够，可以先跟主人预支一些工钱，因为她弟弟订婚，对方是一定要彩礼的。此外，夏俊花哥哥叫人打伤的腰还时时疼痛，干不了农活，而小侄子的学费还拖欠着呢。

出门在外，夏俊花希望能知道家里的消息，可是每次来信都让她感到窝心。陈小民问她哥哥的伤是怎么回事，夏俊花的回答是让村长夏光阳打的。陈小民说，既然是让人打的，为何不找他算账。夏俊花说，夏光阳是村长，打了还不是白打了，又能怎么样。夏俊花跑到卫生间里去伤心了一会，她知道来信就是这么回事，又知道如果跟何萃芬预支工钱，肯定会听一大堆废话。在夏俊花的父母眼里，女儿在城市里的日子，就跟天堂一样，吃喝都不要花钱，一点也不会想到她的难处。他们把她当作了摇钱树，能惦记到的就是问她要钱，再要钱。陈小民在外面等着，一直不见她出来，便进卫生间找她，看见她眼圈红红的，也不问为什么，傻乎乎地上前搂她。他们之间所有的调情，差不多都在卫生间里进行，因为病床上躺着的陈功虽然神志不清，但是只要还有一口气，就是个障碍。

接下来是老一套，陈小民重复着无谓的探索活动。夏俊花不说话，过了好半天，突然红着脸问陈小民，能不能借点钱给她。陈小民怔了一下，从小到大，他还没有借钱给人的习惯，因此完全是出于本能地说，我哪有钱借给别人。夏俊花不过随口问问，并不当真的，他回答得这么干脆，顿时让她很尴尬。陈小民还在顺着惯性抚摸她，手脚越来越不老实，她想如果这时候不让他碰自己，他显然会认为她只是为了钱，才拒绝他的，她不想给他这种错觉。夏俊花的脑海中一片混乱，竟然忘却了防御，她的不抵抗让陈小民也感到为难起来，他本来还有些后悔，后悔不该一口回绝她，然而这时候再改口，好像有些乘人之危。如果夏俊花拿了他的钱，又让他做成了那件事，或者顺序颠倒一下，是先做成了那件事，然后再借钱给她，他们之间的关系又成了什么。

陈小民突然感觉到了恐惧。陈小民在关键时刻，找了一个借口，离开了夏俊花。他知道再不走开，就什么都来不及了。陈小民的欲望简单直接，就是赤裸裸地想做那事。他现在需要的是师娘陆玲玲那样的女人，是直截了当的皮肉交易，事后大家拍拍屁股走人。陈小民并没有真正做好娶夏俊花的准备，直到这时候，他似乎才突然明白，原来夏俊花的坚决抵抗，虽然多少有些可笑，有些可怜，也是迫不得已。男人都靠不住，夏俊花想找的，是一个可以托付终身的人，她的机会并不多，江湖险恶人心叵测，她必须珍惜，珍惜，再珍惜。陈小民突然自惭形秽，意识到他根本就配不上夏俊花。

夏俊花不明白陈小民的态度为什么会发生一百八十度的大变化。她的感情是复杂的，或多或少地被伤害了一下，既有些依依不舍，又有些庆幸。依依不舍的是，毕竟陈小民是她亲密接触的第一个男性，她发现自己其实是有些喜欢他的，那种朦朦胧胧的东西，说没有就没有了。庆幸的是，他们虽然有亲密接触，毕竟不算真正的失贞，亡羊补牢还来得及，男人果然像电视剧上一样忘恩负义，她的贞操还没有给他，已经这样了，真要是阴谋得逞，她把肠子悔绿了也没用。接下来，交接班变得一点故事都没有，陈小民来接班，夏俊花扭头就走。夏俊花来接班，陈小民磨磨蹭蹭不肯离开，她一句话也不跟他说。陈小民知道自己对不住她，感到很狼狈，找话搭讪，她只当没听见，甚至都不看他一眼。夏俊花还真是有那点小脾气，最让陈小民受不了的，是她赌着气替陈功换尿布，有时候屎和尿拉得到处都是，夏俊花端了一盆水过来，不声不响地替陈功洗屁股，洗那已经没有任何生气的玩意。陈小民感到一种说不出来的别扭，他觉得自己也就像父亲的那玩意。

两个月以后，夏俊花突然决定要和高干病房的一位病人结婚。那人是司法局的一位副局长，年龄比夏俊花大了一倍，老婆已经死了两年，两个小孩都在美国定居。这个副局长最大的好处是喜欢把什么话都说清楚，他把自己的情况如实地告诉了夏俊花。副局长说，自己虽然年龄大了，身体绝对没有问题，他急着找一个老婆，是害怕自己犯生活错误。副局长说，他的孩子在国外，在国外的人思想都开通，绝不会回来与她争夺遗产。副局长说，他已经五十六岁，到这个年龄，再往上升官已不可能，因此也无所谓官场得失，也不在乎别人会怎么议论，说他娶了个小保姆，说他娶了个比自己女儿还小的姑娘，说做官做到他这个级别上的官员，有谁能像他这样还对爱情感兴趣。副局长来医院手术切除胆囊，胆既然被摘除掉了，比胆大更敢有所作为，他直截了当地发起了进攻。夏俊花这种涉世不深的女孩，很快就被俘虏，毕竟人家是一心一意要娶她做新娘。

副局长与夏俊花一起拜访了何萃芬。何萃芬说这怎么可以，我们家老陈谁来照顾呢。她仍然还是自以为是，不明白别人只不过是礼节性地通知她一声，给她一个面子。陈小民有些伤感，总觉得夏俊花选择副局长，自己有不可推卸的责任。到这个时候，他不由得想起她的种种好来。他想对她表白，说她与其嫁个老家伙，还不如嫁给他。但是转念一想，明白自己一点也不比那个老家伙强，人比人，气死人，只有没脑子的女孩才会选择他，能够住高干病房的副局长要比陈小民强一百倍。好东西只是在快失去的时候，才会觉得珍贵，陈小民无限感慨，去百货公司买了一条两千多元钱的白金项链，偷偷地送给了夏俊花。夏俊花看着发票，看发票上的价格，看发票上的日期，有些感动，不明白他为什么要这么做。地点还是在卫生间，夏俊花第二天就要正式离开医院，她已经与副局长正式登记了，领了结婚证书。

夏俊花说："这么贵重的东西，我是不能收的。"

陈小民说："我没什么钱，如果有钱，我会买更贵的。"

"你花这钱干什么？"

"我愿意花。"

夏俊花相信他说的是真话。真话总是感人的，夏俊花热泪盈眶，夏俊花心潮澎湃，当然不是因为送了自己这么贵重的礼物，而是对自己的那份真情。这根白金项链证明陈小民是真心地喜欢她，真心比什么都好，真心比什么都重要。她笨嘴笨舌地不知说什么好，情不自禁扑倒在陈小民怀里，紧紧地搂住了他，这是她第一次主动这么做。在过去，夏俊花总是很被动，夏俊花从来没有勇气主动。这时候陈小民要她做什么都可以，这时候陈小民可以为所欲为，只要陈小民说一句话，她可以现在就成为他的新娘，她可以废除与副局长的婚约，与陈小民白头偕老。

陈小民笨手笨脚地将白金项链挂在了夏俊花的脖子上，像一个长辈那样端详着她白皙的脖子，深深地吻了一下，然后衷心祝福，祝她婚姻美满幸福，祝她有一个美好的未来。

已经奄奄一息的陈功，表现出了顽强的生命力。他已经失去了与人正常交流的能力，甚至都不认识什么人了，大小便失禁，吞食困难，然而就是不死不活地活着。夏俊花出嫁以后，连续找了几个保姆，都做不长，都是干了没几天就走人，因为谁也无法接受要她们两头奔忙的要求。又要做家务，又要照顾病人，这根本就是不可能的事情。而且要忍受何萃芬的唠叨也不容易，何萃芬的毛病是，永远要说前一个保姆如何不好，别人听她没完没了唠叨，忍不住就会想，她以后一定也会这样说自己。

最后只好请师娘陆玲玲来帮忙。陆玲玲听陈小民说起自己的烦恼，爽气地说，我去暂时帮个忙好了，等你们家什么时候找到合适的人，我再找别的活干。陈小民说，陆师傅肯帮忙当然太好了，只是照顾我爸，辛苦不用说，恐怕也太脏了，拉屎撒尿，他现在整个就跟小孩一样。陆玲玲说，就这样定了，我又不准备干多久，不就是帮个忙吗，有点脏怕什么。朱荣德在一旁说，别跟你师娘客气，有些话多说，反而把那点意思，弄得不好意思。

陈小民回去与何萃芬说了，说好只顾一头，不做家务。何萃芬说，凭什么不做家务，别人都能做，凭什么她就不行，难道我们不是一样的出钱，难道是你师娘，就要和别人不一样。你的用心我还不知道，我才不会在你们心上呢，我饿死了活该，累死了是报应，你爸一死，我就跟着一起走，绝不拖累你们。我辛苦一辈子，养大你们七个小孩，老来又怎么样，一个比一个没有良心。陈小民不想与母亲纠缠，板着脸说，这样吧，谁也别请了，就我一个人顶着，我就住在医院，也不回来了，你爱怎么就怎么，二十四小时我一个人顶着，忙死了算。他对何萃芬一直是逆来顺受，现在已忍无可忍，何萃芬看他样子是真急了，就不再说话。

厂里的情况越来越不像话，下岗工人的那点生活费，越来越没有保障。全面停产以后，当年赫赫闻名的一个军工企业，现在只能靠出卖地皮过日子。有个香港商人进行了全面的考察，忽发奇想地要把工厂改成一个航空母舰级的吴宫美食城。他将所有的厂区都租了下来，原有的车间全部改成大小不等的包厢，两个遥遥相对的车间，在空中架起巨大的钢架，经过富丽堂皇的装潢，变成全市最大的餐厅大堂，可以同时放下两百张桌子，服务员全穿着溜冰鞋送菜。袁厂长摇身一变，竟然置全厂几千号人的生活于不顾，成了这家美食城的中方总经理。

十二月十二日是陈功的八十四岁生日，民间有“七十三”“八十四”是道坎的说法，大哥国民请客为父亲做寿，地点就选在吴宫美食城，参加的人有何萃芬，国民全家，二嫂王颖母女，陈小民以及他女儿青青。青青已上小学二年级了，平时与父亲很少见面。何萃芬觉得今天七个子女中，只有国民和小民两个人到场，不免有些失落，而陈功还神志不清地躺在医院里。她怏怏地说，为你爸做寿，他又不能来，真是没意思。从一开始，她就不是很高兴，今年她已经八十岁了，过八十岁的生日，没人给她做寿，说明在子女心目中，仍然是只有那个当官的老子。陈小民说，你又不提起这事，我们怎么会记得你的生日是哪一天。何萃芬耿耿于怀地说，你们怎么可能把我放在心上，我当然只有做牛做马的份了。大家都不想把气氛搞坏，由何萃芬去说，点完了菜，何萃芬拿过菜单一看，说这里的菜倒不贵。

王颖知道是弄错了，告诉她所看到的，只是每份的价格，一人一份，加起来就厉害了。何萃芬听了吓一跳，大有站起来立刻走人的意思。

国民连忙安慰母亲："妈，你不要紧张，我这里有好几张优惠券，吃不了多少钱的。"

"什么叫优惠券？"

"只要在这吃，结账的时候，按百分之二十给你优惠券，下次再来吃，这券就可当钱用。"

"你哪儿来的优惠券？"

国民笑而不答，这地方他来过好几次，当然都是别人用公款请客。请完了，又用优惠券拍他的马屁。国民今天存心想让家人开开眼界，便把这座美食城的种种传闻，说给大家听。国民告诉大家，这里包厢的小姐，个个花容月貌，据说都是按空姐的标准择优录取出来的，又说这里的装修绝对第一流，用的都是最好的材料，不说别的地方，就说卫生间吧，每个小便池前面，还放着一台小彩电，你可以一边撒尿，一边看足球赛。陈小民听了惊奇不已，想了一会儿，突然觉得这么看电视，多少有些别扭。周围的环境早就让陈小民感叹了，他不敢相信这里就是他过去天天上班的地方，他在这里领了第一笔工资，在这里拜师学技术，在这里认识闫连姣，在这里参加政治学习，在这里与同事谈天说地打扑克，在这里下岗。

来的时候比较早，大堂里人还不多，渐渐地人多了起来，人声鼎沸，人满为患。一眼望过去，热火朝天，就仿佛置身于一个大的百货商场之中，大家要说话，得扯开嗓子叫才行。送菜的小姐衣着暴露，脚蹬溜冰鞋，一手高举托盘，在人海中像鱼一样穿梭往来。

国民以很熟悉这里行情的口气说："真是邪了门，天天都是这么多人。这只是大堂，包厢还要火，不要看这有那么多间包厢，你要来，必须事先预订，迟一点都不行。"

陈小民想不明白："这么贵，怎么会有这么多人？"

"现如今做餐饮就这样，越贵，人越多。"

"钱又不是偷来的，贵了，干吗还来？"

"人气，你懂不懂，这就叫人气！"

何萃芬叹气说："我就不懂了，现在的人哪儿来这么多钱？"

一直不开口的青青，突然老气横秋地说："奶奶，现在的人，钱不要太多！"

陈小民想说他就没什么钱，话到嘴边，没有说，怕说了，女儿更看不起自己。离开的时候，借上厕所的机会，他到处走了走，试图在富丽堂皇之中，找到一点往日的痕迹。一切都面貌全非，见不到一点点的旧影子。离圣诞节还有十多天，到处都是预订餐位的电话热线号码，显然吴宫美食城非常看中这一天，一位当红的香港歌手已经说好到时将到场助兴。在过道上，贴了一长串来用过餐留影的明星照片，从那些大小不等的照片里，陈小民突然看到了袁厂长。在陈小民的印象中，袁厂长永远愁眉苦脸，他不是在呵斥谁，就是被谁指着鼻子痛骂。厂里有很多资格老脾气大的老工人，他们见证了这个军工厂的辉煌历史，并不把这个年轻的袁厂长放在眼里。想当年，工厂直属后勤部领导，当地的省市领导都管不了他们。

如今照片上的袁厂长，确切地说，应该是吴宫美食城的中方总经理袁彪，脑满肠肥，红光满面，一头一脸的功成名就。当年的几千号工人，像沙漠中的一潭死水，突然就全部蒸发了，一点痕迹也不剩下。厂里的一位老师傅在临咽气的时候，曾对自己一位已五十多岁的徒弟说，我已经老了，七十多岁了，死了也就死了，你们怎么办，都熬不到退休，你们的徒弟又怎么办？陈小民知道，自从最初的下岗开始，下岗的人就没有停止过抗议，永远是刚下岗的工人在闹事，这一拨闹得差不多了，便轮到新的一拨下岗，再闹，再闹得差不多了，又是新的一拨。永远是有人在幸灾乐祸，你方唱罢我登台，闹的人闹，不闹的人看笑话，结果，到最后，谁也不能幸免下岗。袁彪正是靠这种小刀子割肉的办法，慢慢地将全厂的工人一批批都给打发了。

在回家的路上，陈小民想，自己的二哥被抓起来判了死缓，这种事也未必就不会轮到袁彪的头上。善有善报，恶有恶报，老天爷不会瞎眼，不是不报，时辰没到。从吴宫美食城出来，陈小民用自行车送青青去闫连姣那里。美食城门口有一个巨大的停车场，陈小民带着青青从停车场穿过，去取自己的自行车，青青看着停在那儿的各式各样小汽车，问走在前面的父亲，他们家什么时候也能够买一辆，陈小民头也不回地说：

“要车干什么，你二伯当年倒是有车，而且是宝马，那车这个城市里都没几辆，可现在呢？青青，我告诉你，我们不要那什么小汽车！”

十二月二十四日这天，一千多号下岗工人将吴宫美食城围了个水泄不通。陈小民是第一次参加这样的示威活动，他不仅自己去了，还把师傅也用轮椅推去了。朱荣德不愿意抛头露面，陈小民做他的思想工作。陈小民说，我们要让那个姓袁的家伙明白，人心齐，泰山移，不要以为我们当工人的，就一定奈何不了他。朱荣德说，我才不怕那个姓袁的鸡巴厂长，他算什么东西，我是觉得没脸面见大家。陈小民说，师傅，要不是袁厂长把个好端端的工厂糟蹋成这么惨不忍睹，你又怎么会像今天这样。

袁彪做梦也想不到会出现这样的场面，这一天，他不仅请了当红的香港歌星，而且还请了市里的有关领导。这个城市的人对圣诞节并不热心，袁彪希望从吴宫美食城开始，每年都搞盛大的狂欢活动。前来赴宴的客人和浩浩荡荡的下岗工人挤成了一片，现场很快失控了，有人打110报警，不一会儿好几辆警车气势汹汹赶到，可是面对越聚越多的工人，只能束手无策，只能停在一旁看热闹。几个女工围了上去，向公安人员控诉袁彪的罪状。袁彪派人出来说话，刚露面便被愤怒的工人一顿暴打。新闻记者在现场开始采访，有好几位记者本来是今晚的客人，有的则是在电台和电视台当班，听到消息火速赶过来。

袁彪仗着请了市里的几位领导，扬言说要把带头闹事的人抓起来。他们来到美食城的最高点，推开窗户往下看，只看见四处都是黑压压的一片人头。有关领导立刻有些发怵，打电话请示市委书记，先是电话怎么也联系不上，终于联系上了，市委书记一听这里情况，听说有几千号的人在闹事，立刻指示先稳定局势，绝对不能让事态扩大和激化。有关领导请示如何稳定局势，市委书记很不高兴地说，你既然人在那里，为什么不知道怎么做。口气显然是责怪有关领导，怪他不应该冒冒失失参加这种来自民间的宴请，出了事怎么办，出了人命怎么办。据说市委书记对吴宫美食城的做法并不是很赞成，在挂电话前，市委书记撂下了一句话，说我就知道会出事。

有关领导因此如坐针毡，外面的工人拼命地在喊让袁彪出来。袁彪也意识到事态的严重，说无论怎么样，总得调一些武警来保卫有关领导和香港歌星的安全吧。有关领导立刻生气了，说武警是你姓袁的说调就能调的，又说你这不是明摆着要坑我吗，早知道如此，我根本就不应该来参加你这个什么圣诞节活动。过了大约半个小时，外面的形势越来越紧急，有关领导再次打电话请示市委书记，市委书记的秘书说，市委正在为这件事召开紧急会议。有关领导凭直觉，就知道事情不妙，果然不多久，市委书记亲自赶到了现场，他根本就没有通知有关领导，而是直接接见工人，让工人选出代表来进行对话。市委书记一席话，就轻易地平息了众怒，他接过110警车上的话筒，用纯正的普通话大声说：

“工人同志们，你们放心好了，我们会给大家一个满意的答复。首先，我想说，市委对于今天这个局面，是有一定责任的，是我们的责任，我们绝不推卸。我们对不住大家，工人阶级是我们的财富，我想说，把一个好好的工厂，就这么卖了，就这么不顾广大工人死活地卖了，是不对的，是错误的……”

晚上回去睡觉，市委书记嘹亮的声音一直在陈小民的梦中回响。他感到一种从未有过的兴奋，第二天天刚亮，陈小民匆匆赶到医院去换班，赶紧把昨天晚上的事情都说给师娘听。他觉得这是一个很好的信号，觉得袁彪很可能会因为这件事彻底完蛋。陆玲玲并不像他那么激动，说厂都已经卖了，连个尸首都见不着，你师傅也已经那样了，已经残了，已经废了，成了一个废人，就算是错，就算是说了一声错了，又能怎么样？小陈，我告诉你，我们那个厂已经没救了，我们也没救了，就好像你爸现在这样，躺在床上，今天这插一根管子，明天那里打一针，人还有一口气，可是跟死人又有什么区别，人要死，谁也拦不住的。陆玲玲现在对什么都不抱希望，或许是昨天晚上没睡好，或许是陈小民来得太早，来不及收拾，陆玲玲看上去老态毕现，好像突然之间变苍老了。在陈小民的印象中，她从来就不像一个五十岁的人。女人打扮不打扮完全不一样，陈小民好像突然发现她眼角间的鱼尾纹，突然发现她嘴唇是那么干涩，那么没有血色，陆玲玲现在就好像一朵已经枯萎的花，再也不见往日的美丽。

事情的最后发展，果然如陈小民希望的那样。袁彪说完蛋就完蛋了，什么香港护照和长期定居证，什么加拿大和澳大利亚的绿卡，根本没有任何作用。他的罪名太容易认定，所谓五毒俱全，要贪污有贪污，要行贿有行贿，用假发票做假账偷税漏税，嫖娼养小蜜包二奶，在澳门豪赌，在瑞士银行中有自己的秘密账户。有关领导跟着他一起受累，据说也双规了。树大招风，袁彪的手段太歹毒了一些，吴宫美食城那种航母式的经营方式，差不多把全市餐饮生意的风头都盖过了。现在，他这棵树终于倒下来，大家无不拍手称快。

可惜陈小民没有看见袁彪被绳之以法。如果他能看到，一定会很高兴。在那次大规模示威活动的第三天，也就是十二月二十六日下午，陈小民见义勇为，为了捉拿持刀抢劫的歹徒，不幸被刺身亡。事情的发展非常突然，出乎所有人的意外。

这天下午阳光灿烂，陆玲玲比平时早了一个多小时来接班。她又一次和朱荣德吵了嘴，也不为什么，两个人拌嘴是经常的事情，陆玲玲一赌气，就提前来医院换班。陈小民看她脸色不好看，问了几句，已经知道是和师傅闹不愉快，胡乱地劝了几句。陆玲玲笑了，说小陈你用不着劝的，我们两个人的事，吵过就完，他已经那样了，我不会和你师傅真生气的。她说完了，便去卫生间打扮，她是个极爱漂亮的女人，只要有可能，就把自己收拾得干干净净。今天出门因为匆忙，她的头发没梳好，到了卫生间里，将头发弄湿，又抹了一点摩丝，用手托着，让头发定定形，然后对着镜子横照竖照。

磨磨蹭蹭从卫生间出来，因为来早了，陆玲玲没有来得及吃晚饭，便让陈小民到医院门口小卖部买两包方便面。她刚收拾完毕，打扮得有些光彩照人，当然不会想到这次差遣会送掉他的性命。陈小民欣然从命，转身下楼，脑海中保留着对师娘的美好印象。从陆玲玲身上，陈小民明白了上年龄的女人打扮的重要性。他想起自己刚到工厂报到那阵，那时候的师娘不过刚三十岁出头，不用打扮，是一个十足的美人，像熟透的水蜜桃一样，轻轻地撕掉一层皮，甜甜的汁水就会流出来。经过差不多二十年的时间，师娘的美丽已染上了一种岁月的沧桑，正是这种沧桑感，才使得她在夜色中悄然出没，别有一种特殊的韵味。陆玲玲与陈小民现在每半个月倒一次班，陈小民有充分的理由相信，师娘做白班的那半个月里，仍然在兼做皮肉生意。陈小民相信师娘是以一种非常认真的态度，从事着这种古老的职业，他相信她在拉客的过程中，有一种独到的经验和手段。陈小民相信师娘市场行情会很不错，她的魅力绝不比那些年轻的女孩子差。

在小卖部，陈小民买了两包方便面，买了一包榨菜。小卖部在医院的大门口，紧挨着公交车站。陈小民从小卖部出来的时候，一辆无人售票车正好到站，就听见一阵叫喊声，车门打开了，一个身穿皮夹克的小伙子跳下车，往陈小民这边跑过来，从车窗里同时探出好几个脑袋来，大喊抓小偷。很显然那个穿皮夹克的小伙子就是小偷，陈小民出于本能地张开双手，想拦住他，那人一看苗头不对，扭头就跑，陈小民便跟在后面追，这时候还不到五点钟，医院门口有很多人，一时间抓小偷的声音很响亮。小偷像受惊的兔子一样犹豫了一下，转身跑上了过大街的天桥，陈小民跟在后面紧追不放。另外还有一男一女紧跟在他身后追，陈小民将手中的方便面向小偷扔过去，小偷抱着脑袋躲了一下，陈小民一个箭步蹿上去，拉住了小偷的皮夹克，那小偷脸上顿时露出非常惊恐的样子。后面的一男一女也追到了，陈小民以为他们会过来帮自己，没想到那女的上前将他抓住，往边上一送，要不是陈小民手上抓着那小偷，他很可能被她扔到天桥底下去。

陈小民想说弄错了，想说他抓的那个人才是小偷，可是当他回过身的时候，发现那女的手上突然冒出来一把寒光闪烁的小刀。原来这些人是一伙的，那女的是个小头目，事后才知道，她曾经是省柔道队的队员，难怪一出手会那么刚武有力。她长得还算漂亮，头发染成了棕色，用嘶哑的声音说，老板，大家无仇无怨，麻烦你放一马，我们各走各的路。陈小民紧抓着穿皮夹克的小偷不松手，从天桥两边拥来看热闹的人，有的人甚至还不明白发生了什么事情。那女的见求饶没用，上来在陈小民的大腿上就是一刀，看热闹的群众立刻尖叫起来。陈小民还是不肯松手，那女的不由分说，对准他就是一阵猛捅，然后拉着那个穿皮夹克的小偷，挥舞着手中带血的小刀，在人群中冲下桥，众目睽睽之下，一路狂奔，最后消失在茫茫的人海中。

虽然离医院很近，虽然进行了全力的抢救，虽然后来陈小民成了大家纪念的英雄，两个小时以后，陈小民的心脏停止了跳动。陈小民始终没有跌倒，他趴伏在天桥的栏杆上，脸上闪烁着夕阳的余晖。因为站得高，他能够更清楚地看见那三个小偷奔跑的身影。那三个小偷跑出去几十米以后，突然分开了，分别往不同的方向跑去。这时候，陈小民已经说不出话来，他的目光炯炯有神，闪闪发亮，用手指着捅他的那个女子跑的方向，像一座塑像一样再也不能动弹。

2002 年 8 月 10 日

余步伟遇到马兰

1

余步伟在火葬场的表演，足以证明他是个还算不错的好演员。他差一点就要按捺不住丧妻的喜悦，余步伟现在心花怒放，余步伟现在情不自禁。喜悦像一对在巢穴里叽叽喳喳嬉闹的小鸟，扑打着欢快的翅膀，随时随地要飞出去。妻子的突然逝世简直就是天赐良机，是人世间一件称心如意的事情。余步伟的两个眼睛直直地盯着妻子的遗像，长时间一动不动，由于戴着一副很大的墨镜，人们看不太清楚他的表情，只知道他很严肃，非常悲伤。他的嘴唇一个劲嚅动，仿佛念台词一样默默私语，别人都以为他伤心过度，正在痛苦地诉说什么，其实颠来倒去就一句话：

“很痛苦，我真的很痛苦。”

余步伟的妻子祁瑞珠是在替老母亲擦玻璃窗的时候，失足掉下去摔死的。是跌巧了，有人从三楼四楼掉下去都没事，她不过是从二楼，后脑勺落地，当时还清醒，跟没事一样，送到医院好一会儿才昏迷，昏迷了以后就再也没有醒过来。余步伟知道喜悦这种情绪是不对的，知道这时候幸灾乐祸会遭到众人指责，为此不得不在心里反复念叨“我很痛苦”，他必须用这句话来掩饰自己的喜悦。结婚二十多年，余步伟一直试图喜欢祁瑞珠，可是所有的努力都徒劳。祁瑞珠似乎更不喜欢对方，他们同床异梦，形同马路上遇到的陌生人。余步伟感到幸运的是，妻子的死与他毫无关系。

火葬场很乱，人满为患。死人多得来不及烧，告别仪式一个接一个。终于轮到祁瑞珠，大家排队站好，由死者的弟弟站出来主持仪式。余步伟知道接下来要轮到他说话，他继续用眼睛死死地盯着妻子的遗像，因为瞪眼睛的时间已经很长了，他的眼部神经早就极度疲劳，眼泪已开始源源不断往外淌。终于轮到余步伟说话了，他走到众人面前，缓缓地摘下墨镜，看着他满脸的泪痕，人群中不由传出了叹息声。这一招还是他在刚进滑稽剧团时由老演员传授的，舞台上遇到要流眼泪的场面，最简单的办法就是事先对着灯光看，要将眼睛瞪大，尽量瞪大，千万不能眨眼，这样很快就会热泪盈眶。

余步伟出色的表演让妻子的一家人感到满意。满脸的热泪，已让夫妻不和睦的传言不攻自破。现在感到深深内疚的是祁瑞珠的老母亲，她是个有些洁癖的女人，或许太勤劳的缘故，两个女儿和三个儿子一个比一个不能干，都养成了衣来伸手饭来张口的坏习惯。七十多岁的老母亲做梦也想不到大女儿会在擦窗子的时候掉下去。祁瑞珠实在是太不能干了，老太太非常后悔，后悔不该让已五十岁的女儿去擦玻璃窗。女儿笨手笨脚往窗台上爬的时候，她就预感到要出事，嘴上喊着“当心，当心”，正说着，女儿已经不见了身影。现在，面对着女儿涂脂抹粉的遗体，她又一次流起了眼泪，流泪是因为看到女婿竟然也会那么伤心，不管怎么说，女婿的痛苦是由她一手造成的。

祁瑞珠的娘家人浩浩荡荡站了一大排，孤儿出身的余步伟因此显得很孤单。今天到场的，属于他的熟人就只有一个雷苏玲。胖胖的雷苏玲是鹊桥仙婚介公司的女老板，也五十多岁了，对余步伟的夸张表现感到很吃惊。余步伟伤心了好一会儿，开始念悼词，手上突然有了一张稿子，是小舅子递给他的，但是他并不打算照本宣科一字不差地念。悼词照例要说死者生前的种种优点，余步伟觉得这似乎不够，流着眼泪又添油又加醋，近乎奢侈地滥用好词汇，结果说的人无所顾忌，听的人忍不住要笑出来：

“祁瑞珠是一个伟大的人，她生的伟大，死的可惜。不过，我想她是怀着美好记忆离去的，她爱她的母亲，爱她的兄弟姐妹，爱她的那一对可爱和出色的双胞女儿，她是一个有着伟大爱心的女人，当她像只小鸟一样从窗台上摔下去的时候，怎么会想到就此和亲人告别了呢……”

在滑稽剧舞台上，余步伟从来不是一位好演员。他总是有太多的即兴发挥，动不动就把剧本忘到脑后。好在时间比较紧张，后面的告别仪式一个接着一个，这场戏想不结束也得结束。祁瑞珠的双胞女儿对父亲的夸张表演开始不满，她们因为学习成绩优秀，目前都在北京上大学，是三年级的学生，匆匆赶回来，急着要赶回去，已买好今天的火车票，准备从火葬场直接去车站。接下来的一切都很仓促，祁瑞珠的遗像刚拿下，别人的遗像已迫不及待挂了上去。前面的人还没有退场，后面的人已拥进来。接下来，祁家的人都坐一辆大面包车走了，只剩下祁瑞珠的弟弟留下来取骨灰。余步伟搭雷苏玲的小车送女儿径直去火车站，一路上大家都绷着脸不说话。到了火车站，仍然没有什么话。雷苏玲有些看不过去，与双胞姐妹随口敷衍，姐妹俩却懒得搭理，问一句，只肯答半句。

双胞中的姐姐余青突然很冒昧地对余步伟说：“爸，你现在是彻底地自由了，你不就等着这一天吗？”

余步伟吃了一惊，雷苏玲听了也有些目瞪口呆，没想到更厉害的一句还在后面。

“你这种男人要不找女人是不可能的，不过也不要太快哦。”

余步伟想申辩，妹妹余春看看手表，对姐姐说进站的时候已经到了。

余青说：“急什么，检票不是还没开始。”

检票说开始就开始了，人群一窝蜂向前拥。余青余春姐妹头也不回地向检票口挤过去，检完了票，姐姐余青仍然不回头，妹妹余春回过头来，看了父亲一眼，挥挥手，姐妹俩便消失了。余步伟怅然若失，本来不错的心情现在全被破坏了。回去的路上，雷苏玲感叹地说，你女儿可是真够厉害的，我后悔不应该跟过来，她总不至于觉得我们会有什么吧。余步伟无话可说，摇了摇头，从兜里掏出墨镜，一本正经地戴上。

雷苏玲侧过身来看他，说：“余步伟，你知道不知道，今天的戏，你演过了。”

2

余步伟被熟悉的人誉为师奶杀手。滑稽演员出身的他舞台上没演过什么重要角色，现在剧团解散了，却在婚姻介绍所找到了位置。余步伟扮演着对女性有魅力的各式人物，马不停蹄地与前来征婚的人见面。这样的见面照例不会有结果，那些女士心甘情愿地缴了报名费，与看中的照片上这个男人见面，到茶馆里坐坐，一起看场电影，有时上馆子吃一顿，故事便就此结束。最常见面的对象，是人到中年的成功女性，成功当然是指经济上的成功，这包括那些有钱的寡妇，当上女干部的老姑娘，失意了又不想安分守己的二奶，对付这些女性他得心应手游刃有余。

余步伟没想到会在一个叫马兰的女人身上遇到麻烦。在祁瑞珠葬礼过后的第三天，那个叫马兰的女人来到了鹊桥仙，指名要找一个叫潘天乐的男人。工作人员见她来者不善，说你如果是来征婚，请先填个表。马兰说她过去填过表，而且与那个潘天乐见过面。工作人员在电脑里搜索了一下，说对不起，没你要找的这个人。马兰说，我不管你现在有没有这个人，我只要他过去的资料。工作人员说，我们客户的资料是保密的，不能随便给你查，要查就得缴钱，得缴报名费。马兰说我又不是来征婚，凭什么要缴报名费。说了半天，工作人员只认死理，不缴钱，说什么都没用。马兰没办法，只好缴钱，一问价格，脱口说：

“怎么涨价了？”

工作人员笑起来：“这年头要不涨价，你不觉得奇怪吗？”

缴了钱，开了收据，接下来，还是在电脑里查。将潘天乐几个字输入进去，显示没有这个人。马兰不甘心，说我缴了钱，不能这么就算完事。工作人员说，谁说完事了，把你要找的男人条件说出来，一输入电脑，立刻有一堆合适的好男人跳出来。马兰说她今天只想找人，不是征婚，如果找不到这个潘天乐，就退钱。工作人员立刻翻脸，说我告诉你，收据都开了，想退钱没门。马兰气得想投诉这家婚姻介绍所，转念一想，这种场所根本不是吵架的地方，传出去一点面子都没有。自己反正是钱也缴了，总不能这么白白地来一趟，于是坐在电脑前，按照工作人员的指示，一张接一张翻阅供选择的男人照片。这样的照片也并不多，突然，余步伟的肖像笑容可掬地出现在荧屏上，马兰心里咯噔一下，一看那名字，已不叫潘天乐，职业也改变了，原来是大学的教授，现在却是政府机关的公务员，是即将退休的副局级干部。

马兰冷笑着说："这个人条件倒不错？"

工作人员说："怎么样，好男人多得很呢，你何苦非要在一棵树上吊死？"

马兰说："那好，就是他吧！"

显然是工作人员的失误，从技术上来说，余步伟完全有可能避开与马兰的再次见面。余步伟隔一段时候就换个假名字，工作人员可以保证他绝对不会与同一个女人见上两次。但是，在一个相同的地点，几乎是同一张桌子，余步伟与马兰就这样又一次尴尬见面了。一开始，衣冠楚楚的余步伟并没有任何察觉，他经历的女人太多，不可能都记住。他只是觉得脸熟，觉得马兰看自己的目光有些异样。马兰面带羞涩地向他如实介绍情况，告诉他自己是一所重点中学的副校长，已经四十岁了，说她是一位耽误了婚姻的老姑娘，在四十岁以前，对结婚没什么兴趣，现在思想认识已有了变化。余步伟表现得很优雅，非常专注地倾听马兰说话，不时地点点头。马兰希望她的叙述能唤醒他的部分记忆，但是说什么都是白说。

到最后，马兰只好把话锋一转："那么该你谈谈了？"

余步伟开始侃侃而谈，他很欣赏自己的即兴能力，自信他的天花乱坠，足以让眼前这个看上去还算漂亮的女人晕头转向。在这种场合，余步伟永远信心十足，既然身份是副局长，他的言辞难免得带些官腔。偏偏马兰对他的吹嘘没有丝毫兴趣，面带讥笑地看着他，给他的情绪造成很大的干扰。隐隐地，余步伟觉得出了一些问题，意识到情况不太妙，说话也有那么点语无伦次。

余步伟试探地问了一句：“我们是不是曾经见过面？”

“你说呢？”

“那就是见过？”

马兰不动声色地说：“恐怕还不止一次。”

“你是——”

“怎么，全忘了？我们不就是在这，不过应该是那张桌子，就那边那张，那时候，你是大学的教授。”

余步伟显得很狼狈。

马兰乘胜追击：“还有前几天，在火葬场。”

余步伟大惊失色，差一点要从座位上弹起来：“火火葬场——”

余步伟怎么会想到出这样的差错。他怎么能想到，会与同一个叫马兰的女人约会两次，结果像小丑一样让她戏弄一番。他怎么能想到，自己的老婆死了，马兰的姑姑也死了，而且两个人的遗体告别仪式，恰恰紧挨在一起。正是因为这种巧合，余步伟在火葬场的表演，全落在了马兰眼里。余步伟一下子找不到北，余步伟狼狈不堪，不过，他很快又恢复了自信。余步伟仰起头来，很认真地听马兰说话，他现在必须以守为攻，让马兰把所有的炮弹都发射完毕。

马兰冷笑着，说：“你戴一副墨镜，墨镜一摘下来，全是眼泪。当时那样子真的很帅，表演得也不错，真像个好演员，对了，顺便问一下，那个死去的女人，总不至于不真是你的老婆吧？”

3

余步伟早在两年前，已开始脱离雷苏玲偷偷地单干。雷苏玲是启蒙老师，余步伟的表演天才正是在她的培养下发扬光大。刚到鹊桥仙做事的时候，余步伟多少有些提心吊胆，他并不在乎自己说假话，对于滑稽演员出身的他来说，说假话要比说真话容易得多。他担心的是自己兴奋过度，会把话说过头，这是舞台上养成的坏习惯，余步伟不知不觉地就把戏演过了。刚出道的时候，雷苏玲规定余步伟每次与客户见面，时间不能超过五分钟，因为时间长了就容易出洋相。他必须速战速决，在最短的时间内，将对方的信心完全击溃，然后迅速鸣金收兵。由于余步伟扮演的是那种最炙手可热的成功男人，他既是女人们倾心向往的对象，同时也很容易让女人觉得自己配不上他。余步伟自忖在打发女人方面已是久经沙场，他可以很快地从黏糊糊的调情中，迅速翻脸，突然来个一百八十度的大拐弯，让对方防不胜防措手不及。

通过在鹊桥仙的几年磨炼，余步伟羽翼丰满，再也不能满足那种由别人安排的五分钟见面。守株待兔妨碍了他才能的发挥，余步伟开始研究报刊上的征婚广告，开始偷偷地物色狩猎对象。主动出击要比被动防守有趣得多，没完没了的匆匆约会早就让他感到厌烦，他希望把戏演得更深入一些。妻子祁瑞珠已不幸身亡，余步伟成了真正的王老五。他现在是不折不扣的单身汉，没有理由不抓住这个机会风流快活几年。在经过马兰的一番羞辱之后，余步伟以最快的速度从失利阴影中走出来，这毕竟是个小小的插曲，今天除了与马兰见面之外，他还有更重要的事情要做。

余步伟今天要带蔡丽芬去福利院。与马兰分手的时候，他发现已经严重超时。通常只是五分钟的约会匆匆见一面，现在超过的时间大大出乎意外。马兰并不想轻易放过这个机会，得理不肯饶人，像教训自己学生一样，把他的道德品质好一顿数落。她希望余步伟像明白道理的学生一样认错，能够知错就改，改邪归正。余步伟的表情终于从极其真诚，发展到不耐烦和不想听，他知道蔡丽芬最讨厌别人迟到了，奇怪她为什么还不打电话过来。由于他一直心神不宁地看手机上显示的时间，言犹未尽的马兰有些生气，悻悻地问他是不是急着去和别的女人见面。余步伟反问她是想听真话，还是听假话。马兰说你如果肯说真话，她当然要听。

余步伟叹气说："那你是猜着了，还真有这么个约会。"

马兰没想到他会这么无耻，而且是一种天真的无耻，一种与年龄不相符的无耻。面对这样的无耻之徒，马兰已经没什么话可说。这时候，余步伟的手机响了，他如获救星，十分兴奋地接听手机，连声说："喂，我就来，就来。"蔡丽芬在电话里的声音很响，余步伟故意在歉意中表现出一种亲热劲，表现出他现在正被一些并不情愿的事情耽误了脱不开身，马兰见此情景，只好草草结束这次谈话。一辆出租车远远地开过来，余步伟伸手拦下，问马兰是不是要先走。马兰摇摇手，他于是伸出手来，想与她握手告别，马兰没有反应。余步伟也不介意，临上车前，绅士气十足地致告别辞：

“过去的事情，我感到很内疚。”

马兰说：“我看不出有任何内疚。”

“如果有把刀，我会把自己的心挖出来给你看，”余步伟指着自己的心脏，有些做作地说，“到那时候，你就知道我说的是真话了。”

几分钟以后，余步伟已和蔡丽芬在一起了。蔡丽芬是个白白胖胖有钱的女人，年纪已不小，离婚许多年，一直想找个称心如意的郎君。和余步伟见过几次面，印象不错，但是总有些放心不下，她这样的有钱女人，最担心别人算计她的财产。余步伟与她交往，最有效的方法，是尽量不把钱当回事。这一次他扮演的角色，是一位会两国外语的大学教授，而且是位农艺专家，因为蔡丽芬只是初中文化，余步伟玩弄她易如反掌。从出租车上，远远地看见蔡丽芬抱着哈巴狗小白站在小区的路口，他下了车，说今天带着狗出门，怕是不合适。他们这是去福利院，去看望饥寒交迫的少年儿童，牵着一条又白又胖的哈巴狗，很容易给人带来不好的联想。

蔡丽芬立刻想到自己也是又白又胖：“喂，你是说小白呢，还是说我？”

“当然是说小白。”

“好吧，你看我们小白生气了，不带我们去，我们就不去了，噢，小白真的生气了。”

蔡丽芬像哄小孩一样地哄那条狗，哄了一阵，以商量的口吻问他，是不是真的不能带它去。余步伟耸了耸肩膀，表示这种事毫无办法。蔡丽芬于是拿出手机，让小保姆下来将小白接走。不一会儿，小保姆来了，那哈巴狗小白依依不舍地挣扎着，蔡丽芬又是哄又是骂，终于把狗交给了小保姆。两人拦了一辆出租车直奔福利院，进了福利院，一大群孩子瞪着眼睛看他们，蔡丽芬大大咧咧地说：

“喂，你认养的那三个孩子在哪儿？”

余步伟眼花缭乱，这些孩子穿着差不多的衣服，表情也有些差不多。幸好院长走了过来，她显然是认识余步伟的，而且对他印象深刻，笑容可掬地向来宾问好，然后点了三个孩子的名，让他们赶快站出来，走到前面来。两个女孩一个男孩应声而出，看上去都有点脏兮兮，带着些胆怯地看着蔡丽芬。蔡丽芬和蔼地问他们几岁了，三个孩子依次回答，两个女孩一个十岁一个十一岁，男孩也是十一岁。回答完了，蔡丽芬笑着问那个小男孩：

“你怎么会比人家矮那么多呢？”

小男孩有些不好意思。

余步伟解围说：“急什么，人家以后就高了。”

接下来，仍然是提问题，三个孩子中，那个小一岁的女孩比较活跃，所有的问题都抢着回答。蔡丽芬很开心，她自己从来就没有过小孩，对应该怎么样向少年儿童提问毫无经验，但是她很喜欢提问。她的一些问题显然是不合适的，刚提出来，在一旁的余步伟和院长便忍不住笑起来。问答游戏结束以后，院长将余步伟和蔡丽芬带到办公室，叫人为他们沏了两杯茶，然后开始介绍这段时间“爱心认养计划”的进展。这个计划是本市媒体发起的一个活动，就是让社会上有爱心的人，到福利院去认养孩子，每人每月一百块钱。由于余步伟一下子认养了三个孩子，他自然成为福利院的明星了，大家都认识他。院长说到后来，很感激地说：

“如果大家都能像张先生张太太这样，能够关心和爱护这些不幸的孩子，其实根本不要拿出多少钱，情况就会不一样，完全不一样，福利院的各种困难，都能克服了。因此，对于张先生和张太太的这种爱心，我们真的很感激！”

从福利院出来，蔡丽芬似乎也被余步伟的爱心有所感动，她模仿院长的口气喊他张先生，笑自己已经成为张太太了。余步伟当然不会白带她到福利院去，他要向她证实自己确实认养了这三个孩子，要向她证实自己确实是个有爱心的男人。他要她相信，自己只不过是一时间遇到了些小困难。余步伟告诉蔡丽芬，作为一名农学院的教授，他在江心洲投资了一大片葡萄园，现在，葡萄园丰收在望，由于当地政府换了领导，决策发生了变化，原来签订的合同形同废纸，他将不得不陷入到该死的官司中。余步伟说，自己在葡萄种植方面，是个不折不扣的第一流的专家，可是在人际关系上，就显得经验不足和容易被别人算计。余步伟让蔡丽芬放心，虽然遇到了麻烦，他对打赢官司充满信心。

余步伟说他现在担心的，是自己的经济一旦真出现问题，当然是短时期的，这三个认养的孩子会拿不到应得的每月一百块钱。事实上，经济问题已经出现了，因为打官司要花钱，他的积蓄差不多都投入到了葡萄园上。蔡丽芬好奇地问余步伟，是不是法律规定每月的认养费必须要拿出来，如果不拿，又会怎么样。余步伟立刻生气了，说我难道像一个赖账的人吗？蔡丽芬看他脸色难看，连忙解释不是这意思。余步伟依然做出生气的样子，仿佛自己的人格受到了伤害。蔡丽芬犹豫了一下，表示这区区三百块钱，她可以出的。

余步伟不领情地说，他并不在乎她出这钱，她钱多是她的事情。

“好吧，那就别说钱了，”蔡丽芬的心情很不错，笑着说，“一提钱就俗气，我们还是考虑怎么花钱吧，你想吃什么，我请客。”

他们去了本市一家最豪华的馆子，然后又去做美容。余步伟说他这样的年纪，再做美容，小姐恐怕要笑话的。蔡丽芬说谁敢笑话，这年头只要出钱，干什么不行。于是两个人先洗澡，然后一起做海藻面膜，两张床紧挨着，做到一半，蔡丽芬起来上厕所，看见余步伟脸上的面膜狂笑起来，说他涂着那黑乎乎的海藻，活像美国的海军陆战队员。余步伟说，你不用笑我，自己还不是一样。蔡丽芬便照镜子，看见镜子里的自己，又一次狂笑。做完了脸又做按摩，还是在原来那个房间，还是原来的那两位小姐，蔡丽芬问余步伟是不是经常到这种地方来，他瓮声瓮气地说，自己要经常出现在这种场所，也当不了教授。蔡丽芬说，别跟我一本正经，教授嫖娼玩小保姆，这种事情报纸上又不是没有。

折腾完了，两个人肚子又有些饿了，到街上随便吃一些点心，就去蔡丽芬家。吃点心的时候，蔡丽芬的心情特别好，问他打赢手头的那场官司，大约还要花多少钱。余步伟说，你问这个干什么。蔡丽芬说，我随便问问还不行。余步伟做出不要她管的样子，随口报了个数目，说至多一两万吧。蔡丽芬觉得没多少钱，暗示如果有困难，她或许可以帮助。余步伟根本不接她的话茬，蔡丽芬因此更认定他是不在乎钱的。断断续续地，她也和不少男人有过接触，因为自己没什么文化，她很少找知识分子，来往的人中，不是吃软饭的小白脸，就是做生意的大款。从余步伟身上，她终于发现文化人的品格就是不太一样，心里不由得添了好几分喜欢。

到了蔡丽芬家，她很矫情地说：“和你张先生在一起，我真的觉得变年轻了。”

余步伟说：“什么叫变年轻了，本来就年轻。”

“不许用好话哄我，我都五十岁了。”

“对于已经快六十的男人来说，你永远还是年轻的小妹妹。”

蔡丽芬让余步伟哄得春心荡漾，脸上一阵阵发烧。她不知道怎么突然想到了自己的肥胖，顿时有些不自信，说男人才不会喜欢我这么胖的女人呢。余步伟告诉她，说唐玄宗为什么喜欢杨贵妃，就是因为她有一身白肉。蔡丽芬被这么一说，浑身的骨头都要酥了，细声细语地说，你太坏了，不可以这样挑逗人家的。余步伟立刻得寸进尺，说我就是唐玄宗，你就是杨贵妃。杨贵妃和唐玄宗在一起，谁挑逗谁，真还说不清楚。蔡丽芬笑成一团，将小保姆打发出去买东西，将宠物狗小白关进客房，然后与余步伟携手走进卧房，稍稍扭捏作态了一番，便彻底缴械投降。她脱光了所有的衣服，白晃晃地将自己横放在了床上，任凭余步伟放肆，随他怎么处置。结局却有些狼狈不堪，到了真枪真刀的时候，余步伟完全控制不住局势，发现自己竟然什么也做不了。什么样的努力都无济于事，即使蔡丽芬要过来帮忙也没用。余步伟不得不自我解嘲，用调侃来掩饰尴尬。他说这爱情的力量也太伟大了，它能将一个已失去青春的老人，重新变成生气勃勃的年轻人，又在转眼工夫，把年轻人随手变成了天真孩子。

“我现在只是一个孩子，对不起，亲爱的杨贵妃同志，看来你是不能指望一个孩子做成什么事了。”

4

马兰和王俊生的关系，断断续续已经十多年了。或许内心深处并不愿意这样，可正是因为有了这个男人，马兰一直到四十岁都没嫁人。王俊生最初是马兰的同事，那时她刚大学毕业，分配在他所在的教研室。故事在不知不觉中开始，在风风雨雨中发展，年轻美丽有很多男人追求的马兰，偏偏爱上了有妇之夫的王俊生。这种事自然会闹得沸沸扬扬，结果棒打鸳鸯，王俊生不得不调离这所学校。经过十几年的奋斗，王俊生事业有成，成了一家律师事务所的负责人。据说他最初对法律的兴趣，只是为了研究如何离婚，多少年来婚没有离成，法律条文倒让他弄精通了。王俊生经办过几个有名的案子，在同行中很有些声誉。

马兰把自己征婚受骗的事情说给王俊生听，他听了，忍不住想笑，又不敢笑。这些年来，毕竟是他对不住马兰，心中有愧，因此必须处处让着她。马兰说，这事是不是很可笑。王俊生很严肃地说，事情并不算可笑，根据他的保守估计，什么婚姻介绍所，什么电视上的爱情速配，十有八九都是蒙人的。换句话说，遇到骗子，是正常的，遇不到，反而有些不正常，好端端的人，怎么会去那种地方。马兰说真让你说对了，我是自取其辱，谁让我要去征婚呢，谁让我要不安分呢，放着好端端的人不做，去出那个洋相，去丢那个人。王俊生知道她这话已是冲着自己来了，怪自己说漏了嘴，连忙摆摆手。每次见面都会闹些小别扭，这已经是老一套，他知道现在最好的办法，就是不要吭声。马兰从来不是那种喋喋不休的女人，王俊生知道只要他不接茬，危机很快就会过去。

幽会的地点是在离王俊生事务所不远的一家宾馆里。有这样的好条件还是近几年的事，在过去的十几年，他们在无数个地方相会，将就着一切机会，在朋友房间的沙发上，在电影院的黑暗中，在王俊生的办公桌上，在野外，在树林里，在江边，他们享受着偷情的欢悦，也忍受着种种不方便。马兰为她的爱付出了惨重代价，她一次次为他堕胎，有一次还被纠察人员捉住，带到派出所去仔细盘问，害得她当时连一头撞死的心都有。这么多年，马兰对王俊生痴心不改，明知道他是不会离婚的，明知道他心目中有另一个女人，明知道他的儿子已经考大学了，她还是傻傻地爱着他。倒是王俊生觉得对不住她，内疚地让她赶快找个人，说你这年龄，再不找人就真的太晚了。马兰为了他这句话，狠狠地伤心过，经过这么多年的磨合，他们之间的爱情经过种种磨难，已经像好酒一样醇厚，马兰相信他是因为真爱她才这样说的。

幽会的最终结果，不外乎要做那件事。王俊生事业上越来越成功，做那事的能力越来越差。他开始寻找各种各样的借口，接手的案子太紧张，夜里没睡好，感冒了，甚至坦白说昨天晚上刚跟老婆做过。他的头顶开始发亮，完全靠周围的头发来掩护中间的秃顶。不过今天的情况有些特别，马兰突然约王俊生见面，本来只是谈谈征婚时受到的欺骗，她说起与余步伟第二次约会的经过，说到了余步伟的狼狈，也说到了他在火葬场的表演。总之一句话，马兰虽然被欺骗了，并不是很愤怒，或许她觉得自己已经出过气了。

马兰最后说：“这家伙一把年纪，看上去还是蛮帅的。”

“难怪像你这样的女人会上当。”

“喂，把话说清楚了好不好，我并没有上当。光明正大地在婚姻介绍所登记征婚，我想见一面应该算是很正常，不就是见一面，你吃什么醋。”

“谁说我吃醋了。”

“你当然不会吃醋。”

王俊生上前搂住马兰，用身体语言表示他的确是吃醋了。他说我吃醋又怎么了，喜欢你才吃醋呢，告诉你，我真的很吃醋，醋坛子已经打翻了。他的手开始不安分，直奔要害，马兰半推半就，有些勉强，因为她的情绪一下子还调节不过来。今天既然已经见面了，她知道自己不会真正拒绝他，因此悠悠地说，她是怕他吃醋，所以才会和一个年龄更大的男人约会，没想到年龄大的男人更坏，看来男人真没有一个好东西。

王俊生肉麻地说：“我坏吗？”

“你当然坏。”

“我怎么坏？”

“就是坏。”

王俊生今天表现得十分出色，远远超出马兰的意外。她想这或许就是妒嫉的原因，嫉妒是最好的春药，王俊生一边干活，脑子里很可能一边在想与她有关的男人。这个男人当然就是余步伟了，马兰心猿意马，想到余步伟大言不惭说谎的样子，忍不住要笑起来。王俊生说你笑什么，马兰于是就真的笑起来，她笑是因为知道自己这时候是不应该笑的，更不应该想到那个余步伟。为了掩饰自己的真实想法，她表扬了王俊生一句，夸奖他的神勇。王俊生顿时更加得意，说你现在知道我是怎么坏了吧，我就让你看看我是怎么坏的。马兰受到她的感染，也逐渐来了情绪，两个人越来越投入，越来越合拍，颠来倒去，突然王俊生的手机响起来，马兰随手拿起来，打开，抹了抹头上的汗珠，正想问是谁，对方的声音已经先响起来，是一个女人的叫声，她赶紧把手机递给王俊生。

天下就是有这样巧的事，是王俊生老婆打来的。王俊生躺在那听电话，马兰趴在他身上不敢动弹。王俊生老婆问他现在在什么地方，又说谁谁谁要找他。马兰弄明白了是谁，吓得直伸舌头，王俊生神定自若地回答着，盼望他老婆能赶快挂电话，在对方喋喋不休的时候，对马兰做了一个很不耐烦又没办法的表情。马兰心里酸酸的，想不听这场对话却不得不听，很快就不耐烦了，一赌气，龙在下凤在上自顾自地游戏起来。王俊生继续听电话，不时地插一句嘴，他越是要挂电话，老婆就越要聊下去。他心里要惦记配合马兰，又要听老婆唠叨，有些应付不过来。马兰奇怪自己饱满的情绪并没有受影响，于是又笑起来，当然不敢笑出声。王俊生忍不住也笑了，他老婆在电话那头觉得奇怪，说：

“你干吗要笑？”

5

马兰正在给高三的学生上化学课。是暑假里，楼道里空荡荡的，只有几个毕业班在补课。余步伟出现在楼道里，挨个教室往里看，突然看到了马兰。马兰正在黑板上写算式，回过头来，无意中发现余步伟。余步伟很严肃地对她点点头，她不由一怔，镇定自若继续上课。正上着课的学生也发现了教室外的余步伟，目光齐刷刷地转向他。余步伟一本正经，一头一脸的深不可测，给人的感觉好像他是上级部门派来检查教学的领导。马兰让同学们注意听讲，要注意力集中，她自己却难免有些分心，在黑板上连连写错。

终于响起了下课铃，学生们涌出教室。有两个女生跑到马兰面前提问，马兰耐心地做着解答。余步伟仍然是一本正经等在外面，同学们从他身边经过的时候，都回头看他。马兰终于从教室里走出来，余步伟笑容可掬地迎上去：

"想不到马校长还亲自上课。"

马兰审视着他，不说话。

"你肯定觉得意外，我自己也觉得意外，"余步伟带着明显的讨好说，"你肯定在想，这个谎话连篇的家伙怎么跑这儿来了。"

马兰不想让他们的对话被学生听见，便把余步伟带到办公室。副校长办公装修得很豪华，余步伟东张西望不说话，马兰也不说话，等待他的下文。好一会儿大家都不说话，两个人似乎在比耐心，马兰将自己桌子上的东西，略略收拾了一下，做出要离去的样子。余步伟张开双手想阻拦，马兰很不客气地让他有话快说。

余步伟说："好吧，你马校长叫我说，我就说了。"

余步伟说他有个熟人的孩子，想进马兰所在的这所学校，可惜分数差了一分，听说要缴四万块钱才能入学，来找马兰的目的，是希望她这个副校长能高抬贵手，帮个忙，少缴些钱。马兰听了，想这人的脸皮真够厚的，冒冒失失说来就来了，也不仔细想想，别人究竟会不会帮忙，不想想别人凭什么要帮他的忙。余步伟最大的优点是自信，自信就是不管别人会怎么想。他像找到救星一样地对马兰大念苦经，把那位熟人描述成一位极需同情的对象。他说那是一位很不幸的下岗女工，丈夫生病死了，女儿平时读书如何用功，考试前夕因为母亲被汽车撞伤，为了照顾母亲，结果考试成绩受了影响。余步伟一旦开讲，立刻口若悬河，滔滔不绝。说多了，破绽也就不断地露出来，前言有些不搭后语。

马兰说："能不能问一问，这到底是你的什么人？"

"就算是个亲戚吧。"

"什么叫就算？"

"应该说就是。"

马兰笑起来，停顿了一会，说："不会是你约会见面的对象吧？"

余步伟不好意思地笑了，显然，马兰的提问一针见血。

马兰不依不饶地又问了一句。

余步伟摇摇头，认输了："见鬼，真让你马校长说着了。你看，骗谁都行，就是骗不了马校长。我告诉你，就是这么回事，还真是这么回事。不错，是我的一个客户，老实说，我和她也没什么关系，不就是一面之交吗，平平常常地见了一面，我这也是良心发现，是同情她，是做好人好事。"

马兰笑而不语，一脸不屑。

余步伟委屈地说："难道我说得不对？"

“说得比唱得还好！”

余步伟并不介意马兰这样说他。

马兰想不明白地说：“那种缺德的把戏，你们竟然还在继续做，难道就不怕媒体曝光，不怕人家上法庭告你们。”

余步伟理直气壮地反问：“告，谁告，你会去告吗？”

“那也说不定。”

“没人会去告的，这种事不值得上法庭。”

“可是这种事太下流。”

“我跟你说，跟你说老实话，人心都是肉长的，这种骗人的把戏，有时候也确实让我不安。我都这把年纪了，该明白的事也都明白，有些女人，你是真不应该欺骗她们，比如你，比如今天跟你说的那个下岗女工，怎么说呢，有时候，我这人也会内疚，也会良心不安。你想，人家下岗了，为什么要征婚呢，肯定是日子过不下去，过日子难啊，没办法了，这也是让生活逼的。你想都到这一步了，所以说我来找你，那是为人民服务，是为下岗的姐妹服务，真是做好人好事。碰钉子就碰钉子，挨几句骂又怎么样。我并不后悔骗人，骗人算什么，对我来说只是业务，做业务有做业务的规矩，老实说，我和客户见一次面，也就提成十元钱，就十块钱，所以你们要恨，不要恨我，恨我也没用，要恨就恨婚姻介绍所。你看我这人其实一点也不坏，把那点秘密毫无保留地都告诉你了。”

马兰说：“你是不是觉得骗人很好玩？”

余步伟兴高采烈，仿佛被马兰说到了痒处，大言不惭地说：

“不瞒你说，还真是很好玩。”

学校新生录取分数线比最初公布的降了两分，余步伟要马兰帮忙的那位女生，实际上不打招呼就可以录取。开家长会的时候，马兰多了一个心眼，想看看那位不幸的下岗女工究竟什么模样。结果却是一个很时髦的女人，年龄与自己不相上下，长得不漂亮，在家长会上能说会道。马兰不知道余步伟是怎么向人家描述自己的，因此也不敢冒昧与她搭腔。后来终于有机会了，找那个女学生谈心，假装无意中问起她家中的情况，才发现余步伟所说的大部分情况都是假的。什么下岗，什么丈夫病故，全是信口胡编。

马兰当时就准备打电话把余步伟骂一通，转念一想，和一个骗子计较毫无必要。开学以后，繁忙的教学工作按部就班，马兰根本没心思再去想余步伟。转眼到了十月黄金周，本来说好与王俊生要见一面，到时候，又说要出差，其实是港澳六日游，律师事务所的人都去，算是对大家平时辛苦工作的犒劳。马兰心里空落落的，看见别人回家的回家，出去旅游的旅游，便主动要求值班。她一连值了三天班，最后一天实在无聊，无意中在抽屉里看见余步伟留下的一个电话号码，便拨过去。电话好不容易接通了，是一个不搭界的公用电话号码，余步伟显然又玩了一个滑头，马兰又好气又好笑，想天底下真会有这么不要脸的男人。

百无聊赖的马兰又拨王俊生的手机，竟然也接通了，他此时正好在澳门，可以收到珠海的手机讯号。马兰说，你玩得开心吗。王俊生支支吾吾，马兰突然想到他很可能与老婆孩子在一起，顿时不是滋味。想让他多说几句话，那边已经借口讯号不好，将手机挂了。十一长假结束，又到了见面的时候，王俊生送给马兰一根意大利金的项链，说是在香港买的，说现在香港人就流行这个。马兰早听人说过，所谓意大利金就是18K的项链，并不值钱，不过是用来蒙大陆人，好在马兰并不在乎，觉得男人买东西上当也属正常，能想到自己已经不错，但是还是忍不住要问，他是不是把老婆也带去了。王俊生一怔，说你想到什么地方去了，要是能带人，我肯定带你去。马兰想这种对话再说下去就没劲了，两人好不容易见一面，说什么都别当真，还是不清不楚不明不白为好。不过心里多少有些悲哀，她发现其实是希望他欺骗自己的。

在三十五岁之前，马兰一直住单身宿舍，当了副校长以后，分给她一个小套。因为她是个老姑娘，很少有人来拜访，这一天，马兰与王俊生分手以后，在自己家门口，突然看到有个男人正等在那儿。她没有想到会是余步伟，显然已等了一会儿，而且和邻居聊了半天，马兰一出现，邻居先招呼起来。余步伟显得很稳重大方，马兰的脸顿时红起来，邻居都是学校的同事，心里咚咚直跳，不知道这家伙已经胡扯了些什么。

马兰不准备让他进自己的房间，邻居已知趣地走开了，她于是板着脸问他有什么事。余步伟笑着说，难道没事就不能到马校长这来玩吗。如果不开口，他是帅气的成熟男人，可是一旦开口，轻薄相便露了出来。马兰气鼓鼓地说，你是我见过的脸皮最厚的男人，满嘴谎话，满嘴胡说八道，我根本就不想见到你，而且也根本不认识你，你是谁呀，我连你的真名字叫什么都不知道。

余步伟有些不好意思，解嘲说：“我确实有过好多名字。”

“你真不要脸！”

余步伟向四周看看，涎着脸说："你这样教训我，人家要误会的，想想人家会怎么想呢，你知道，我们现在这样子，就像打情骂俏。真想骂我解解气，也换个地方好不好，你要怎么撒气都行，别就这么站门口说，让人家胡思乱想多不好。其实什么都没有发生，或者准确地说什么还没有发生，我们不能让人家产生误会，你说是不是？"

马兰愤怒地掏出钥匙，开门，然后重重地将门碰上，把他关在了防盗门外面。余步伟死皮赖脸按门铃，按了半天，马兰将门隙开一道缝，警告说：

"你要是再不走，我立刻报警打110！"

余步伟一脸无辜："打110，你现在就打，我犯什么罪啦，我是强盗？我是流氓？"

马兰索性将门打开："你不觉得扮的角色太年轻了一些，不觉得自己的表演肉麻吗？"

"年轻？不，我早就不年轻了。我想，年龄既不是我的优势，也不是我的缺点。"余步伟抓紧时间，为自己今天的目的做解释，"你知道，我是专门来认错的，我一而再，再而三地欺骗你，真是不好意思，俗话说事不过三，既然已经三次了，我就想，应该给人家赔礼道歉，应该给人家一个说法。"

"现在不要你赔礼道歉，我只要你立刻滚蛋！"

"赔礼道歉完了，我立刻滚蛋。"

"你的脸皮也太厚了！"

"我这人就是脸皮厚。"

马兰又一次将房门碰上，余步伟继续死皮赖脸按门铃。又是按了半天，马兰住在一楼，不时有路过的人，好奇地看着余步伟。他若无其事地按着，没有一点反应。终于铃声停止了，房间里的马兰惊魂未定，脑子里还混乱着，过了不一会儿，门铃又响起来。她吃不准会不会又是余步伟，从猫眼里往外看，果然还是他，所不同的是，这时候他手上抱着一大捧鲜花，显然是在小区门口的花店里刚买的。马兰还是不开门，余步伟按了一会儿门铃，绕到后窗口，对着房间里的马兰大声喊着：

“马校长，马校长。”

马兰真的生气了，她早就想发作，一直忍着，气得浑身打颤，可是对付这么一个不折不扣的无赖，还真不知道怎么办才好。

6

余步伟也不明白自己为什么会真的对马兰感兴趣，过去的一段时间里，他春风得意，艳遇没完没了。把他引上这条道的雷苏玲不止一次发出警告，希望他不要玩火玩得太过，害得整个公司的业务都受影响。凡事要有游戏规则，在鹊桥仙婚介公司做事，绝对不允许与客户走得太近。雷苏玲对他的一些过火行为早有所耳闻，她自己并不喜欢那些吃软饭的男人，但是为公司的利益着想，必须留住余步伟这样的人才。在婚姻市场上，上岁数的余步伟出奇地受女人欢迎。男人大一些和女人年龄大完全不一样，男人的岁数有时候也是资本，越老越值钱，越老越让女人放心。余步伟如鱼得水，把女人们一个个玩得晕头转向。他现在成了真正的花花公子，在差不多一打与之周旋的猎物中，什么样经历的女人都有。

这是余步伟最幸福的一段生活。他周游在异性的世界里，天天都在演戏，做梦也不会想到单身女人竟然都那么好骗，都那么缺心眼，而且骗了也就骗了，很少会产生真正的麻烦。毫无疑问，余步伟现在是个不折不扣的婚姻骗子，他骗财，也顺便骗点色。然而，他觉得自己最大的成功，并不是财色兼收，而是喜欢的演艺事业达到了前所未有的辉煌。一个演员梦寐以求的美好目标也不过如此了，早年舞台上不能扮演主角的遗憾，如今正从现实生活中得到了巨大的弥补，他成功地扮演着不同的角色，惟妙惟肖地体验着各种人物的心态。余步伟有一大堆的假名字假身份，这些名字身份实在太多，以至于自己也会弄错，不止一次被对方看出了破绽。好在每一次都能从困境中走出来，余步伟从来不在同一个女人身上骗太多的钱，他知道要适可而止，要让那些女人自认倒霉，吃了苍蝇自己恶心，打碎了牙齿往肚子里咽。余步伟擅长速战速决，一旦差不多了，立刻找借口逃之夭夭。为了摆脱那些痴迷的女人，他已经假装出了无数次国，死过好几回。

对于这个城市的女人来说，余步伟太像是一个外地的男人，差不多就是语言大师了，他会说广东话，会闽南话，会山西话，会山东话，会四川话，会一口非常地道的绍兴话，这些都是年轻时学徒打下的基本功，滑稽演员在舞台上会的方言越多，越能让观众开心。在现实生活中，余步伟总是情不自禁地模仿别人说话，党和国家领导人的说话特点，只要听过几遍，立刻可以惟妙惟肖地表演给别人看。对于那些认识不久的女人来说，这种表演可以带来很大的快乐。余步伟属于那种能在最短时间内为女人带来欢乐的男人。他看中的猎物都是些内心深处十分寂寞的女人，余步伟想征服她们，就像当年共产党打败国民党一样容易。

有一段时间，马兰不断地接到不同口音的骚扰电话。余步伟像个调皮捣蛋的小男生一样，没完没了地玩这种恶作剧。他并不掩饰自己的真实身份，只是千方百计想和她说话，抓住一切机会调情。由于他的口音不时在变，马兰真有些哭笑不得，她并不喜欢他，但是也谈不上非常恨他。余步伟向她发起了疯狂进攻，或许是别的女人太容易上手了，他根本不相信自己啃不下马兰这块硬骨头。十个女人九个肯，女人身上总有薄弱的环节，只要男人愿意下功夫，只要能找到突破口。余步伟是那种愿意将全部精力都投入在女人身上的男人，他不止一次拿着一支红色的康乃馨在学校门口等候，西装笔挺地站在那，绅士风度十足。马兰的拒绝看上去似乎很坚决，然而他显然吃准了她不会真正撕破脸，在学生面前，要注意师道尊严的马校长不可能太失态。她至多只是假装不认识他，故意在办公室里磨蹭，然后在下班的时候，在校门口拦了一辆出租车就跑。马兰不想玩那种电影上常见的游戏，可是多少也有些禁不住这种死缠烂打。从办公室的窗户里，可以看到校门口的情景，有一天，余步伟又久久地等候在那儿，快下班之际突然下起雨来，马兰不由得动了恻隐之心，想他要是还傻傻地站在雨里，今天就不管三七二十一地见一次面，和他把该说的话都说一遍。

雨很快下大了，从办公室望下去，已见不到余步伟的影子。马兰忽然有一些失落，雨下得那么大，他离开本来也在情理之中。下班时经过传达室，余步伟笑眯眯地突然蹿了出来，这很出乎马兰的意外，心跳不由得加快。因为她打着伞，雨又下得大，他非常自然地就钻到了她的伞下。余步伟个子高，马兰个子矮，个子矮的撑着伞，自然有一种别扭，于是余步伟将康乃馨递给马兰，另一只手想把伞拿过来。马兰接过康乃馨，随手就扔到了雨地里，余步伟连忙冒雨追出去，将那支康乃馨重新捡回来。

余步伟说："花是美丽的东西，怎么可以这样对待它？"

马兰说："喂，我根本就不想理你，请走开好不好？"

余步伟又钻回到了马兰的伞底下，说这么大的雨，你还真忍心让我走开。马兰又好气又好笑，余步伟已将伞夺过去了，屁颠颠地打着伞，一副讨好的样子。接下来，余步伟约马兰一起吃晚饭，马兰说男人吊女人膀子，是不是除了请吃饭，就不会来点别的。余步伟于是很正经地说，那今天你请我吃算了。马兰不理他，自顾自往公共汽车站走去，余步伟打着伞追在后面。正好一辆公交车过来了，马兰拿出月票，刷卡上车，余步伟跟在后面，又要收伞，又要掏出钱包找零钱，忙作一团。他将那支康乃馨咬在嘴上，看上去显得十分滑稽，后面还有人要上车，已经不耐烦了，一个劲地催他快一些。

同乘车的还有马兰的同事，还有学校的学生。大家都当作没有看见，马兰往车厢中间挤，余步伟追了过去。或许她是老姑娘的缘故，谁都有些敏感，从别人暧昧的眼光中，马兰看到了一种不怀好意。有两个小女生竟然失态地笑出声来，一边笑，一边捂嘴，马兰顿时愤怒了，等车子行驶稳了，若无其事地从余步伟嘴角边将康乃馨拿下来，故意做出与他很熟悉的样子。余步伟配合得天衣无缝，非常自然地替她掸了掸头发上的水珠，马兰有些吃惊，用手中的康乃馨打他的手。这动作别人当然更要误会，那两个小女生竟然做出不忍看的吃惊表情，在她们的心目中，马校长只是一个独身的老处女，是一个没有情感生活的老古板。

只要两站路就到了。马兰下车，余步伟还是跟在后面。马兰知道有好几双眼睛正盯着自己，大家都在看西洋景，心里不知怎么胡思乱想，怎么虚构她的故事。她头也不回地在前面，余步伟打着伞在后面追。雨已经小了，也不知为什么，马兰突然产生了一种恶作剧心理，她想为什么就不能让同事大跌眼镜呢，他们要误会，就让他们彻底地误会好了。马兰才不在乎他们要编什么样的故事。眼看着要到自家门口，马兰突然取消了坚决不让余步伟进自家大门的想法。她想，就让别人大吃一惊好了，有什么大不了，天塌不下来。

7

接下来的故事没有出乎大家意外。马兰自信能控制住局面，她对余步伟并没有太大的好感，但是很想弄明白他究竟是怎么样一个人。女人有时候也愿意玩玩火的，马兰的生活太贫乏，真出些什么事也引发不了世界大战。余步伟的表现再正常不过，他进门以后，第一件事就是找个小花瓶将那支康乃馨插好，然后一本正经地问马兰，知道不知道为什么要选今天这日子送花。马兰想了想，摇摇头。余步伟说，今天是你的生日，看，生日忘了都不知道。马兰笑起来，说你胡扯什么，今天还不知是谁的生日，真是连讨好拍马屁都不会。余步伟说，今天是你的阴历生日，你看我连阴历都记住了，难道还会把阳历生日给忘了。他说自己在阳历生日那天，曾捧了一大捧鲜花在学校门口等候，可惜她乘出租车跑了。马兰于是找了张报纸出来，一查日期，果然日子是对的，心情顿时好了许多，笑着说你今天为什么不再捧一大捧鲜花呢，是不是舍不得了。

余步伟似乎很愿意满足马兰的好奇心，他知道她很想验明真身，突然掏出了自己的身份证，递给她，说今天这样的好日子，我们不能说谎，不能让谎话坏了我们的好事，看仔细了，你可能是第一个知道我真实身份的女人。马兰没想到他会这样直截了当，接过身份证，说是不是想让她也记住他的生日，又说身份证其实也有假的。嘴上这么说，却很认真地研究起来，看完了，故作轻松地说：

"原来你姓余，也不知是不是真姓余？"

余步伟叹气说："人真不能说谎的，你看，连我姓什么你都不相信了。"

"好吧，那你就姓余。"

"什么叫'就姓余'，是千真万确姓余。"

接下来，余步伟开始源源不断地为马兰说自己的故事。这一次是如实汇报，他已经习惯于谎话连篇，说起真话来，连自己都有些疑惑，好像是另一个他在说话。他说起了自己不得志的演艺生涯，说起了自己不称心的婚姻，以及在鹊桥仙扮媒子的种种可笑。马兰对他的叙述不全信，也不是全不信。他既然滔滔不绝要说，她就一言不发很有耐心地听。说到后来，大家肚子都饿了，马兰说我这只有面条，我们随便下点面条吧。说着便立刻动手，她一边忙乱，余步伟跟在她身后，继续说自己的事情。马兰是不太会做家务的，余步伟终于看不过去，说怎么可以这样，又说怎么可以那样，于是越俎代庖，亲自动手。等面条做好，马兰尝了一口，不得不承认确实比她做的好吃。

在吃面条的时候，余步伟继续介绍自己。马兰听着听着，有些不好意思，说你老是这么介绍自己，就跟来应聘似的。余步伟说他就是来应聘的，现在他已经说得差不多，该轮到她说几句了。马兰说她没什么好说，说自己去婚姻介绍所本来就是件很勉强的事情，经过与他这种骗子见过面，已经一点兴趣都没有了。余步伟连声说自己罪孽深重，真是害人害己，马兰刚动了一点点凡心，又叫他活生生地给吓回去了。马兰被他又一次逗笑起来，说他太油嘴滑舌，余步伟说自己是滑稽演员出身，油嘴滑舌也是童子功，不把人引笑，就说明功夫没有到家。

马兰那天晚上笑了无数次，有几次笑得非常开心，时间渐渐晚了，她抬头看了看钟，刚流露出一些迟疑，余步伟便很识相地告辞。由于担心邻居的闲言碎语，住在一楼的马兰连窗帘都没有拉。她是故意不拉的，像她这种岁数的女人，带一个陌生男人回来，再拉上窗帘，别人不知道会如何想入非非。余步伟与她分手的时候，预约下一次见面，马兰脸上毫无表情地说，看来再见面已没什么必要，他们之间的故事已经结束了。

余步伟很认真地说："怎么能说结束，应该是刚开始。"

"当然是结束。"

“不能你说结束就结束。”

“也不能你说开始就开始。”

余步伟走了以后，马兰的心头有些乱。她很少有单独和男人在一起的机会，三十岁以前，还有人不断地张罗介绍对象，后来就再也没人管她了，大家认定她铁定要做一辈子的老姑娘。当了副校长以后，更是连开玩笑的人都没有。唯一的来往是与王俊生，马兰一直觉得这段爱情不容易，这么多年来，痴痴地与他偷情，忍受着道德的谴责，忍受着分离的折磨。她一直觉得他们的关系能维持那么多年，完全是因为爱情的缘故，要不是因为爱，大家早就分手了。然而在今天晚上，余步伟带着他的油嘴滑舌走了以后，马兰突然开始怀疑起这段感情来。事实上，她与王俊生在一起的机会并不多，而偷情说白了，就是匆匆忙忙地做那件事。他们或许并不是为做那事才幽会，可是每次幽会又差不多都是老一套。爱情并不像想象得那么纯粹，她一直以为那爱像空气一样确实存在，现在，突然感到非常渺茫。

这是一个秋雨连绵的夜晚，马兰失眠了。她感到孤单，感到冷，感到一种难以启齿的需要，甚至想到要不计后果地给王俊生打电话。感到孤独和寂寞其实是经常的事情，马兰感到震惊的，是今晚竟然会这么强烈，强烈到了几乎要失控的地步。她自信是个自制力非常强的女人，但是这天晚上却是一个大大的意外，如果余步伟硬要留下来的话，接下来会发生什么真的就很难说了。马兰做梦都想不到自己竟然会这么脆弱，自以为强大的防御能力竟然如此不堪一击。想到她不过是接受了别人一枝康乃馨，听了几句变着法子的讨好话，就这么方寸大乱，真是太丢脸了。

在以后的几天里，马兰一直在等余步伟的电话。她想他会打电话过来，可是偏偏就是没有消息。余步伟像露水一样蒸发了，想到自己竟然是在痴痴地等电话，马兰脸上开始一阵阵发热。她后悔当初不应该取消他的预约见面，取消了，实际上是明确表示她已经拒绝他。既然拒绝了，余步伟当然不会再打电话过来。到第五天，余步伟的电话突然来了，马兰接电话的时候，语无伦次，心口咚咚直跳。他在电话里意味深长，说自己也许根本不应该打电话过来，可是世界上很多不应该的事情，人都厚着脸皮做了，因此他也就冒昧地再试试运气。

余步伟发现自己的运气很不错。

8

马兰与余步伟结婚的时候，并没有什么太隆重的仪式。两人先出去旅游了一个星期，因为一本婚姻家庭的小册子上写着，旅行是对情侣的最好检验。第一天还有些扭扭捏捏，很快便俨然像夫妻一样坦然，大家感觉都还不错，回来后立刻登记结婚。等到王俊生知道时，木已成舟，也无话可说。马兰说，你不是希望我嫁个男人吗，现在我真嫁了，你可以了却一桩心事。王俊生酸溜溜地说，这人一把年纪也就算了，不过你别忘记，他可是个骗子出身，曾经骗过你的，当心别再让他骗了。马兰说，他要是不骗我，我们也就没这个缘分，我又不是三岁小孩，你以为你就没有骗过我。

很多人都认为马兰的结婚将是件很隆重的事情，她自己也一直这么认为，结局却是出奇的潦草，潦草到了有过于马虎的嫌疑。化学教研室清一色的女教师，其中的宋老师是个文学爱好者，平时喜欢在报纸上写些小文章，因此特别关注社会新闻。她没事的时候，免不了要议论最新的话题，同时不忘记发表酷评。今天有篇文章报道说某个男大学生做家教，不到一星期就和大自己十多岁的女主人有了事，有事也就有事了，那大学生竟然还敲诈女主人。宋老师对这件事的评价是女主人欲壑难填，三十是条狼，四十像老虎，女人和男人一样身上也会起化学反应，也会有那些健康或不健康的欲望，但是偷鸡摸狗的结果并不一样。不管怎么说，吃亏的永远是女人，女人永远是受害者，如果这事换成男主人和女大学生，吃亏和受害的自然就是女大学生了。

每当议论这些社会新闻的时候，马兰都会感到不自在。宋老师比马兰小一岁，儿子已经上初中，说话大大咧咧，动不动就以过来人的口吻说露骨的话，说着说着会突然停下来，好像要忌讳马兰的未婚身份，内容既然属于少儿不宜，未婚当然也不合适。马兰为此感到很窘，作为学校领导，赴宴的机会增多，男人们喝了些酒，黄段子会接二连三冒出来，赤裸裸地说了，大家听了都笑，笑着笑着，说的人突然又要请她原谅，因为照例不该让一个未婚女人耳朵里听到这些下流的东西。马兰非常在意那些突然停顿之后的潜台词，她知道别人根本不相信她真是老姑娘。

马兰和余步伟结婚以后，并没有停止与王俊生的幽会，相反频率明显增加了。过去幽会为了抓紧时间，差不多都是直奔主题，现在却显得从容和悠闲。王俊生醋意之外，多多少少有些好奇心，马兰因为没什么人可以谈，憋着一肚子话，正好与他倾诉。话题围绕着余步伟打转，甚至在云雨巫山之际，王俊生也要让马兰做出比较。马兰说你无聊不无聊，王俊生说我怎么无聊了，别忘了当年你也这么问过我的，怎么样，难堪了吧，你也知道这话问得不是时候。

马兰说："真想知道，我就告诉你，他不比你差。"

王俊生不太相信。

马兰成心要气气他："人家说不定比你厉害。"

"他怎么厉害？"

"就是比你厉害。"

"怎么厉害？"

马兰不说话了，只是笑。

王俊生便有些气鼓鼓的："既然厉害，干吗还要找我。"

马兰继续笑。

赌气中的王俊生别有一种可爱，他徒劳地努力着，白花了许多力气。马兰想自己其实是真的爱这个男人，她为他付出了全部青春，为了他，甚至失去了生育的能力，这是医生在为她做最后一次流产时告诉她的。如果不是爱，马兰绝不会与他保持这么多年的偷偷摸摸。因为爱，她对他的缺点根本就视而不见。现在，她的生活中开始有了两个男人，马兰觉得这种感觉很好，有很多事情是不能比较的，但是有时候恰恰通过比较才有趣。马兰发现自己现在很幸福，既有情人，又有丈夫，这让她感到一种从未有过的充实。

余步伟最大的好处是能说会道，能把死人说活过来，他永远甜言蜜语嬉皮笑脸，和他在一起大多数时候都会很开心。他能把一些非常尴尬的事情化解掉，不像王俊生那样死要面子活受罪。譬如面对床笫之间的私事，无论成功和失败，余步伟都把它与爱情紧密联系起来。成败都是因为爱，因为爱，他阳痿了，因为爱，春天来了，阳痿也治好了。事实证明，马兰是一个容易被欺骗的女人，余步伟说什么话，都能让她深信不疑。她不知道余步伟和任何一个女人，最初的几个回合都是做不好的，欺骗女人方面他是个第一流好手，但是一旦到真实的短兵相接，他不是阳痿就是早泄。

马兰深信枯木逢春是爱情的缘故，深信是自己让余步伟起死回生的。女人对这样的事情有时候会很得意。余步伟一开始的表现太狼狈，他把这种无能为力，归罪于长期没有正常的性生活。他告诉马兰，自己与妻子早就貌合神离，一块干涸的土地，如果长期没有雨露的滋润，多好的禾苗都会枯萎。再好的枪不用也会生锈，再好的马不骑也会忘了奔跑，而且他也到了应该安分守己的年龄，人就是这样，因为收心，最后难免就会死了心。余步伟表示如果马兰因为这个与他分手，他绝对无怨无悔，毕竟她还年轻，应该得到正常的人生乐趣。马兰为他的真诚打动，她告诉他，只要大家真心相爱，她倒并不真的在乎这个。

余步伟的状态渐渐好起来，有时变得出奇的神勇。马兰最初告诉王俊生，说余步伟比他厉害，本来只是说着玩玩，是想气气他，没想到弄假成真，还真培养出来一个伟丈夫。马兰按捺不住有些满足，毕竟独身了很多年，她身上有不少老姑娘脾气，譬如不会做家务，不会收拾房间，从来不叠被子。她喜欢一边看电视一边睡觉，看看睡着了，醒过来接着看。什么时候吃饭也没有一定，吃什么也没有一定，等到肚子饿了，打开冰箱，有什么就吃什么。刚结婚的时候，马兰还幻想着把自己变成一名称职的家庭主妇，可是很快不耐烦了。余步伟处处显得比她能干，她做的事情差不多都看不入眼，都觉得做得不对做得不好。能者多劳，余步伟既然能干，家务事便让他独自一人包揽下来，马兰坐享其成，充分享受有家有男人的快活日子。

马兰决心与余步伟谈一下王俊生。她觉得一个待在明处，一个躲在暗处，这有些不公平。当然，她还不至于傻得把事实真相都说出来，只是告诉余步伟，自己曾喜欢过一个有妇之夫。既然是结婚以前的事情，马兰相信余步伟不会太吃醋，没想到他的反应十分强烈。余步伟说，他生气的并不是她已经不是处女，生气的是竟然还有王俊生这样的男人。马兰觉得余步伟说的处女两个字眼非常刺耳，这两个字总让她觉得尴尬。有一次学校去医院体检，医生看体检表上写着未婚，竟然很无礼地问她是不是处女。那是马兰经历过最糟糕的一刻，不远处还有人在排队等待体检，医生脸上露出不屑的神情，憋了一会儿，说算了，就不要查了吧。当时马兰恨不得要夺路而逃，她相信医生说的话已让别人听见了，而且当她离开以后，天知道还会怎么议论。

马兰于是后悔对余步伟说这些，她板着脸说："别忘了，你也是结过婚的。哼，男人的思想就是封建，是不是现在已经有些后悔。"

余步伟说："我当然后悔，很后悔哇。"

马兰冷冷地看着他。

余步伟说："我后悔当初你喜欢的那个有妇之夫不是我。"

"这有什么好后悔的，我们当时又不认识。"

马兰事后对余步伟做出的反应十分欣赏。如果他不在乎，说明并不是真的爱自己，太在乎了，又会影响以后的夫妻关系。余步伟的反应恰到好处，马兰也是投石问路，试试深浅，她并不想从此就和王俊生彻底断绝关系，他们之间的关系要能断，早就断了。有了这次谈话，她知道只能让王俊生藏在暗处了，王俊生还愤愤不平，马兰说你省些事吧，要吃醋也轮不上你。余步伟仍然蒙在鼓里，有一次忍不住问她是不是和老相好一点关系都没有了，马兰说，你想让我有，也不难，只要打个电话，人家说不定屁颠颠就来了。她又责问他这话是什么意思，是不是还不放心。

余步伟连声说："我放心，一千个放心，一万个放心，千万不要打电话。"

马兰很喜欢男人有些吃醋的样子。

余步伟说："我一把年纪了，怎么会是人家小白脸的对手。"

马兰扑哧一声笑起来："你心可不老，你是老白脸。"

"什么叫老白脸？"

"你难道不觉得自己骗女人很有一套。"

"我骗谁了？"

"骗谁我不知道，反正我也不知道是叫谁骗了。"

每次发生小口角，都会有个不错的喜剧结尾。余步伟赋闲在家，度完了蜜月，便说不能老这么赋闲下去。国家领导人年纪那么大了，还在发挥余热，他说什么也得再拼搏几年。去婚介公司当媒子已不可能，虽然这是份很不错的工作，法律不允许，马兰也不会答应。男子汉大丈夫，退休在家当男保姆，靠老婆在外面挣钱，活得一点尊严都没有。他提出要去一家房产公司做事，说有个朋友是老总，看中了他的能说会道，要他去做销售经理。马兰对这话深信不疑，觉得自己没理由不让他出去做事。余步伟于是摇身一变，成了房产公司的什么经理，皮包里全是要销售的房子图纸，每天西装笔挺地出去，很晚才回来，说话的腔调完全变了，三句话不离本行，到家就大谈某地房子新开盘，大谈什么房子最有升值潜力，大谈自己今天又做成了几笔生意。马兰学校里的事情很忙，看他春风得意的样子，真还有几分佩服，佩服他那么快就能适应一份新的工作。

到了春节前，余步伟拿出一套房子的图纸给马兰看，是一个跃层房，差不多二百平方米。他说这是公司专门照顾自己职工的，这么大的面积，实际上只收一半的钱，因为楼上的高度低于国家标准，属于违建性质，只允许收三分之一的费用，也就是说，楼上的面积，几乎是白送。这真是一块送到嘴皮的肥肉，马兰听了立刻表态，说我们把它买下来。余步伟一本正经地说，不，不应该说是我们买，是我来买。马兰不明白他为什么要这样抠字眼，余步伟说他现在住的是她的房子，已经很没面子了，因此他想完全凭借自己的能力，买一套像样的好房子，当然，一旦房子买下来，也就属于他们两个人的共同财产。马兰被他哄得甜滋滋的，她并不知道他有多少钱，虽然已经是正式的夫妻了，各人的经济账目仍然是个小秘密，不过她相信他一下子拿不出这么多钱来。

马兰很干脆地说：“你缺多少，说个数，我给你。”

“我不要你的钱，说不要就不要，”余步伟做出要发急的样子，好像他根本就不在乎这个零头，“其实也就差二三万，要不这样，我给你写张条子，算我借，不行，一定要写，是借，亲兄弟明算账，是夫妻也得算清楚，没看见人家外国人都AA制，一五一十全说清楚，不管怎么说，反正这房子你最后不能出一分钱。”

9

马兰从银行取了两万块钱交给余步伟，他二话没说，往皮包里一扔，拉链一拉，也不提借据的事，匆匆走了。这一走，就是一去不返。马兰到晚上等他不回来，打他的手机，总是关机。一直到深更半夜，他还是不回来，马兰有些担心，怕他在外面遇到什么意外，会不会给汽车撞了，或是有歹徒见财起意劫持了他。第二天，学校里很忙，她抽空给余步伟打过几个电话，有一次竟然接通了，他支支吾吾地说着，似乎信号不太好，说什么听不清楚。马兰因此也放心了，知道他没什么事，问他在什么地方，让他声音说大一些，然而电话说断就断了，到晚上，余步伟仍然不见人影。

三天以后，马兰才对余步伟的行踪产生怀疑。她只知道他在房产公司做事，具体是哪一家，也弄不清楚。这个城市中有太多的房产公司，马兰往几家耳熟的公司打电话，都说根本不知道余步伟这个人。情急之中，她开始翻余步伟的东西，可是翻来翻去，根本找不到有价值的线索。由于是上门女婿，余步伟也没带什么东西来，只在一件换下来的脏衣服口袋中，找到几张名片。马兰按名片上的电话打过去，接电话的人感到很奇怪，说不认识什么余步伟。有一个人很恼火，恶声恶气呵斥马兰，希望她以后弄清楚再打手机，他现在人在外地，是要按长途电话收费的。

马兰于是给王俊生打电话，王俊生听说后，想了想，果断地说：“这家伙骗了你。”

马兰不相信地说：“他干吗要骗我？”

“干吗？不干吗，他就是个骗子，骗子骗人天经地义。”

“不可能！”

“不可能？”

“就是不可能。”

“为什么不可能？”

马兰无话可说，沉默了一会，问王俊生她应该怎么办。王俊生让她报案，马兰有些犹豫，他说你还犹豫什么，即使这人不是骗子，失踪了这么多天，也应该去派出所说一声。马兰觉得他说得有道理，心里并不愿意，过了一个星期以后，还是去了派出所。派出所同志接待了她，很认真地问她的底牌是什么，因为毕竟不是一个不懂事的小孩没有了，一个大男人不回家，自然有不回家的道理。如果只是夫妻吵架，派出所的工作很忙，没时间帮她去找赌气出走的丈夫。马兰说他们并没有吵架，对方又问她丈夫是不是外面有别的女人。

从派出所出来，马兰气鼓鼓地给王俊生打电话，为自己的遭遇抱怨，说派出所的人真不像话。王俊生说，跟警察同志计较什么，我告诉你，这家伙没骗你十万二十万，算你运气了。马兰从王俊生的口吻中，感到一种幸灾乐祸，怒气顿时按捺不住，说你凭什么说人家是骗子，在你眼里，什么人都是骗子。王俊生不想与她争辩，连声说好好好，是我说错了，你是不见棺材不掉泪，不到黄河心不死，我是骗子，是我错了好不好。

马兰气冲冲挂了电话，眼泪不知不觉地淌了下来，后悔不该去派出所，后悔不该再跟王俊生诉说。闷闷不乐地回到家，肚子有些饿了，又懒得弄，往床上一躺，感到一片茫然。想到余步伟要在就好了，说一声饿，立刻去厨房忙，然后做了好吃的端过来。明知道他确实是骗了自己，明知道自己现在人财两空，马兰仍然不死心，希望他能突然又出现在她面前。她心里仿佛有一大堆蚂蚁在爬，乱得理不出一个头绪，于是把电视打开解闷，屏幕上出现的第一个镜头就是大吃大喝，气得她连忙换频道。

经过一夜的胡思乱想，马兰相信自己有能耐找到余步伟。她再一次来到鹊桥仙公司，直接找雷苏玲。雷苏玲好像料到她会来，轻描淡写地说，这苦果你大概只好自己吞下去了，哑巴吃黄连，打落了牙齿往肚子里咽，明知道这男人是骗子，你还跟他结婚，还把钱借给他，你说你傻不傻。马兰不想听她的指责，只希望能有找到余步伟的线索。雷苏玲说，我还要找这个人呢，天知道有多少个女人来打听过他了。马兰不死心，隐隐地觉得她是知情不说，显然是因为余步伟后来不再为鹊桥仙干活记恨自己，毕竟他曾经是她公司的一棵摇钱树。雷苏玲的态度一点都不友好，马兰继续盘问，她很不客气地说：

“告诉你，公安局来问，也是这话，就三个字，不、知、道。”

马兰一点办法也没有，她看着雷苏玲胖胖的身体，看看那一脸不准备讲道理的样子，觉得自己根本不可能是她的对手。落到这一步尴尬境地，马兰做梦也不会想到。时间不知不觉地过去，转眼又到了春天，春天过了是初夏，余步伟仍然没有任何消息。一个大活人就像水泥地上的水迹似的蒸发了，说没有就没有，说无影无踪就无影无踪。派出所的同志只能把此事记录在案，帮不了实际的忙。根据户籍关系，证实余步伟确有其人，他对马兰交待的个人历史也基本正确。死去的妻子确实叫祁瑞珠，他曾经所在的滑稽剧团虽然早就解散，还有些档案可查，通过这些档案，马兰竟然看到了余步伟年轻时的演出剧照。既然身份是真实的，一个最简单的事实就不容置疑，那就是马兰和余步伟的婚姻完全合法，现在可以认定的只能是他已经出走了，说余步伟骗钱骗色毕竟是夫妻一方的一面之辞，想真相大白，说什么也要等余步伟出现以后再说。

马兰真心希望余步伟这个人根本不存在。如果确实不存在，所有身份都是伪造的，他和马兰的婚姻便不合法。不合法就好办，按照王俊生的说法，解除一个非法婚姻像脱一件外衣那样容易。如果真这样，马兰就当自己是吞了一只苍蝇，就当自己在公共汽车上遇到了一个流氓，就当是做了一场恶梦，一了百了快刀斩乱麻，立刻摆脱这场无效的婚姻。现在却仿佛深陷在沼泽地里，是湿手伸进干面粉口袋，有苦诉不出，有力气用不上，虽然余步伟确凿无疑是大骗子，但是他仍然是马兰合法的丈夫。要解除这个婚姻的死结，必须要等若干年，要等到了法律认定的失踪年限。

六月里的一天，马兰突然接到雷苏玲的电话，告诉她一个地址，说在某某地方可能会找到余步伟。她将信将疑记下了地址，吃不准是真是假，更不明白为什么会突然有这么一个信息。对于雷苏玲，她多少有些戒心，怀疑他们是一伙的。马兰和余步伟的关系仍然不明不白不清不楚，大家背后在议论，越传越离谱，越说越不着边际。她为了这事心中一直隐隐作痛，现在突然有了消息，即使有再次上当的危险，也不肯放过机会，当即把手头的工作搁下，拦了一辆出租车，直奔目的地。到了地方，核对清楚门牌号码，按响了门铃，一位长得很白净的女人开了门，马兰冒冒失失地问起余步伟这个名字。那女人想了想，摇摇头，说不知道。马兰把余步伟三个字拆开来，一字一顿地读给她听，对方仍然没有反应。

那女人笑着说："你肯定找错了地方，我们也是刚搬来不久。"

马兰也相信自己找错了地方，很抱歉地说了一声对不起，在转身要走的那一刹那，通过迎面墙上的大镜子，她看到了一张崭新的结婚照。马兰不敢相信自己的眼睛，虽然通过镜子反射，那照片离她有一定的距离，还是一眼就认出来，照片上的男人是余步伟。结婚照上的新郎是余步伟，新娘是站在马兰面前这个白白净净的中年女人。

10

马兰与余步伟再次见面，是在法庭上。这一次他栽了个实实在在的大跟头，起码有两项罪行不容抵赖，一是重婚，一是诈骗。因为有王俊生在背后出谋划策，马兰很顺利地打赢了这场官司，余步伟被判处五年徒刑，与她的婚姻也被宣判无效。最后结果虽然让马兰难堪，也还算令人满意。王俊生与法院的人都认识，余步伟极力狡辩，凭借着三寸不烂之舌，在法庭上滔滔不绝，甚至慷慨陈辞，但是没有人同情他，更没有人相信他的鬼话。原告和证人都是受害者，她们对他说谎的才华早有领教。

余步伟的外形发生了巨大改变，几乎变成了另外一个人，原来很酷的成熟男人的帅气没有了，代替的是一种无可奈何与意志消沉。很显然，过去那头黑发是染的，现在的一头花白短发，才准确无误地暴露了他的实际年龄。在法庭上刚看到他的时候，马兰情不自禁地想到了大学毕业回家见到父亲的情景，父亲好像突然之间变苍老了，仿佛一下子变了一个人，反应开始迟钝，说话明显缺乏层次。马兰的父亲是位颇有名气的中学校长，在女儿的心目中，父亲就像一本大百科全书，上知天文，下晓地理，什么学问都知道，父亲的白发第一次让马兰感觉到了时间的沧桑，第一次明白了岁月不饶人的确切含义。

只有当余步伟滔滔不绝诡辩的时候，马兰才在他身上感到了她曾经熟悉的东西。余步伟承认他说了谎话，说了很多谎话，是个不折不扣的骗子，然而坚决不承认自己重婚。婚姻在他心目中具有神圣不可侵犯的一面，他强调自己只有与马兰的婚姻才是合法的，因为在这个婚姻中，他的身份是真实的，是受国法保护的。至于其他，只能用逢场作戏来解释。一夫一妻制是人类最美好的东西，在其他的婚姻中，余步伟只是扮演了一个角色，是剧情发展的需要，是可恶的诈骗。换句话说，余步伟并没有重婚，余步伟仍然是马兰合法的丈夫，他的身心只属于马兰一个人。与另一个女人假装结婚的叫马长龄，这不是真正的余步伟，他只是余步伟扮演的一个角色，是一次投入的演出，是一场无耻的骗局。

尽管法官一次次中断余步伟的演讲，但是他不放过任何展示口才的机会。他知道适当地制造一些矛盾，有利于瓦解原告阵营。在被问到为什么要以假结婚行骗的时候，他故意做出很为难的样子，好像这是一个不能说出口的秘密。检方认为抓住了要害，就这个问题进行紧逼，一定要他做出回答。

“就是说我为什么要以马长龄的名义假结婚？”余步伟沉思了一会，叹气说，“这其实是很容易回答的问题，当然是为了钱。人为财死，鸟为食亡，我想还是因为爱情的缘故，因为我爱马兰，我太爱她了。”

如此直白的表露，让法庭上所有人的目光，不约而同转向马兰。马兰仿佛置身于探照灯之下，立刻感到浑身的不自在。余步伟进一步做出解释，暗示他这么做，只是为了与马兰能有一个幸福的晚年。在今天这个社会里，谁都知道钱不是万能的，也知道没有钱是万万不能的。以行骗的手法弄钱固然不对，不道德，可是他毕竟老了，除了演技方面有些才华之外，并没有别的好办法挣钱。再说了，骗钱是一种很古老的职业，余步伟行骗也是不得已的事情。男人都希望让心爱的女人过上幸福的好日子，男人嘛，为了女人，都会犯些不大不小的错误，犯错误乃人之天性。

余步伟的话在法庭上引起一阵混乱。辩护律师找到了反击机会，开始向马兰讯问：“请问马兰女士，我知道，许多和你一样的女性，都是在不知情的情况下受骗的，请问你与他结婚的时候，知道不知道他是个骗子？”

这似乎有些难以回答。

辩护律师说："好像你曾经已被他骗过。"

马兰如实回答。

辩护律师立刻抓住这条线索不放："也就是说，你们结婚的时候，你已经知道他是骗子，或许知道他有过一系列的诈骗嫌疑。也就是说，你与一个骗子结了婚，当然，你相信你们的婚姻能够让他不再去骗人。"

马兰陷入到了被动中。那些前来作证的女人，脸上立刻露出了不屑。辩护律师显然还是给马兰面子，并没有进一步紧盯死逼，没有明确暗示她和余步伟有合伙欺骗的嫌疑。接下来又问到两万元买房子的钱，余步伟承认确实拿了这两万块钱，说只是手头一时不方便，是借，并且写下了字据。辩护律师问马兰究竟有没有写字据，马兰斩钉截铁地说没有。余步伟立刻狡辩说他准备写的，因为匆忙，没来得及写。辩护律师又问马兰，他是不是说过要写。马兰顿了顿，说是，辩护律师于是要求她把当时的话重复一遍。

"他说买房子不能花我的一分钱，因此这钱只能算借我的。他说男人为老婆买房子是天经地义。"

余步伟的表情很有些得意，似乎在向大家宣布，其他方面他都说谎了，唯有对马兰是诚实的。他存心要让她更难堪，在接下来的滔滔不绝中，余步伟大谈对马兰的爱情。证明这种爱情忠贞的最好证据，莫过于已把他所有的真实情况都告诉了马兰，一个经验老到的骗子绝不会这么做。虽然不时地把戏演过火，但是他想达到的目的，差不多都巧妙地达到了。余步伟说他为了马兰，连去死的心都有。爱是一种太伟大的力量，能让一个完全成熟的男人，做出非常孩子化的举动，他说自己所以失踪，是想将房子真弄到手以后，给马兰一个意外的惊喜。同时，也正是因为手头没钱，觉得自己暂时还没脸见她。在说到爱这个字眼的时候，余步伟绝不脸红。不光是爱，他甚至还冠冕堂皇谈起了性，毫不含糊地扔出一枚重磅炸弹。

“我绝不是那种玩弄女色的花花公子，在性方面，我并不随便，只有和心爱的女人在一起，我才是一个真正的男人。”

今天到法庭作证的女人，都是被欺骗的受害者中的一部分。她们已从最初对马兰的不屑，发展到有深深的敌意，开始后悔根本就不应该来，因为她们显然是被利用了。对余步伟的仇恨，转移到了马兰身上，一个反对她的统一战线正在自发形成。大多数女人对于被骗，抱着骗也就骗了的心态，毕竟不是光彩的经历，无论思想怎么解放，被骗失身总不至于兴高采烈，更没有必要嚷得让全世界的人都知道。从骗子那里讨回公道并不容易，法律只认字据，遇上余步伟这种擅长矢口抵赖的人，还真没什么好办法。余步伟以经济上的窘迫来解释自己并没有骗多少钱，他理直气壮地看着法官，看着庄严的国徽，信誓旦旦地说：

“如果真像你们想的是骗了那么多女人的钱，姓余的早成了一个富翁，要知道，所有的悲剧就在于，我根本没钱。贫穷才是一切罪恶的根源，你们已从我身上看到了最好的答案。”

法官宣判以后，余步伟表示不服，要上诉。同时，他又很做作地宣布，如果上诉驳回，将无怨无悔地去坐牢，因为这是一个他爱的女人所希望的。他的话立刻引起了一片嘘声，马兰窘得恨不能挖个地洞躲起来。离开法庭，王俊生开车送马兰回家，看到她脸色苍白，便安慰她，说不值得为这种人渣气成这样。他说这种无耻的小人，说出什么无耻的话都可能。马兰很伤心，说想不到余步伟竟然会无耻到这种地步。

11

女人的心真捉摸不透，王俊生一再强调，马兰恨余步伟的时候，连杀掉他的心都有。王俊生一再强调，余步伟判刑五年，他的熟人关系起了不小作用。这年头是事都得依靠朋友，王俊生告诉马兰，根据他的办案经验，像这种涉嫌诈骗，罪名可大可小，因为很多被欺骗的女人不肯作证，想拿到有力的证据，不运用一点小手腕显然不行。王俊生的本意是摆功讨好，想证明自己神通广大，出了多大力气，没想到马兰不仅不领情，反而觉得他公报私仇。

王俊生说："什么叫好心当成驴肝肺？这就是现在的例子。"

马兰说："你也未必都是好心。"

"替别人打这样的官司，你知道我可以拿多少钱？"

"不知道，反正能自己买得起小汽车的人，不知吃了多少原告和被告。"

王俊生吃力不讨好，拿马兰也没办法。余步伟的上诉很快被驳回，马兰感到有些解恨，觉得他罪有应得，同时又忐忑不安，因为毕竟是她把他送进了监狱。辩护律师对五年刑期提出置疑，认为法庭应该考虑从轻发落，余步伟已人财两空，而且认罪态度良好，而且控方提出的证据并不是都能站住脚。在上诉期间，原来对余步伟也一腔怒火的雷苏玲，突然改变了态度，跑来向马兰求情，说对他这样的骗子，判个两三年已经足够，给他一个教训，让他稍稍吃些苦头。五年似乎太过分了，余步伟都这把年纪，还能有几个五年。雷苏玲说，马兰我告诉你，你不要觉得我是有什么私心，或者有什么见不得人的目的，余步伟就是跟一千一万个女人上过床，我和他之间也是清清白白，你千万不要以为我有别的什么意思，更犯不着跟我打翻醋坛子，我只是劝你得饶人处且饶人，放他一条生路。

渐渐地，马兰和雷苏玲成了好朋友。很出乎大家意外，在一开始，都没什么好印象，都心存敌意，现在她们突然发现对方并不像原来设想的那样，于是不断地有些来往。雷苏玲是个心直口快的老大姐，天生喜欢助人为乐，余步伟被送去服刑，雷苏玲去探了一次监，回来对马兰说，五年就五年，他也是活该，就让这家伙好好劳动改造，“文化大革命”让他躲过去了，这次让他遭回罪。马兰觉得两件事根本沾不上边，说别跟我提他，跟这个人有关的事，我现在都不想知道。雷苏玲说，你不愿意提，人家却是三句话就离不开你。马兰不吭声，想余步伟对自己肯定心存怨恨，没想到雷苏玲接着说：

“两个人好好地过日子，多好，本来很好的一对，不明白究竟中了什么邪！马兰你不知道他有多后悔，肚肠子都悔绿了，眼珠子也悔直了，心里还是老惦记着你，我说都到了这一步，你难道还不死心，知道他怎么说，他说，他竟然还说什么海枯石烂……”

马兰打断说：“他那张狗嘴，还能吐出什么象牙。”

雷苏玲一本正经地说：“你别说，他那张狗嘴，吐出的还都是象牙，话要是不好听，怎么可以蒙人呢。”

两人都笑起来。

不久，马兰收到余步伟从监狱寄来的第一封信，几乎没有任何犹豫，她将信原封不动地退了回去。这以后，每隔一段时候，余步伟又将信寄来，来了，马兰再退。两人打乒乓球一样，一个执着地寄，一个执着地退。前后差不多有十个来回，马兰也烦了，把信放在抽屉里，也不打开。这边不把信退回去，余步伟那边误会了，以为她已读了这封信，接下来，便一封又一封没完没了。马兰发现情况有些不可收拾，写了一封信去，申明自己从来不读他的信，请他自重一些，以后不要再骚扰别人。余步伟显然不是一个听劝的人，厚颜无耻地继续写信，信封里面的内容越来越厚，手摸上去能感觉到是好几张信纸。忍无可忍的马兰终于去了邮局，将厚厚一大叠的信，用包裹的形式通通寄还回去，心想这次可以彻底摆脱他的纠缠了。可是没过多久，那一大叠信又以包裹的形式寄回来了，包裹单的留言栏里，余步伟只写了一句话：

“此信归收信人所有。”

马兰冲动的时候，很想一把火将信都烧掉。可是担心信既然归她所有，说是烧掉了，口说无凭，别人未必会轻易相信。销声匿迹肯定不是个好办法，马兰始终认为，让别人知道她没看过这些信非常重要，当然更重要的，是必须要让余步伟知道，她对信的内容根本不屑过问，完全不知道信中究竟说了些什么。马兰与余步伟已经没有任何关系，她对他们之间的所有接触，都保持着高度的警惕。摆脱这个人的胡搅蛮缠不是件容易的事情，信越积越多，有一天，余步伟的双胞胎女儿余青余春突然出现在马兰面前，两个人都大学毕业了，都在读研究生，来找马兰的目的，是希望马兰能带她们去看望父亲。

马兰板着脸说："这恐怕不可能，我和你们的父亲已经毫无关系了。"

马兰对这一对孪生姐妹有很不错的印象，读书好的孩子人人都喜欢，她们似乎也喜欢马兰，她和余步伟结婚的时候，两人还特地从北京赶回来。余步伟曾担心女儿的任性会让马兰难堪，会说出不中听的话来，可是她们对父亲的再婚并没有任何异议。恰恰相反，她们很愿意接受这么一位后妈，仿佛有了这位后妈以后，她们的父亲从此就会改邪归正。现在，这两个人冒冒失失地找来，好像事先没想到马兰会拒绝，竟怔在那里，半天不说话。马兰忽然想明白了，一定是余步伟在两个女儿面前胡编乱造了什么故事，他一定是隐瞒了事情的真相。

余春气鼓鼓地说："既然这样，你们当初为什么又要结婚呢？"

马兰不知道该说什么，她打开办公桌的抽屉，让姐妹俩看余步伟源源不断寄来的那些信。她想以这些原封未动的信，来证明自己确实已和她们父亲没关系，但是姐妹俩反而更糊涂了，因为她们做梦也没想到自己的父亲竟然这么浪漫，写了这么多的情书，不免有些感叹。

妹妹余春终于想明白了，说："看来你是不肯原谅他？"

"这可不是原谅不原谅的问题。"

"那应该怎么样？"

“我一下子也说不清楚。”

“有什么说不清楚的?”

“这样吧，你们来了也好，这些信正好带给你们的父亲。”

余春哑语了，她看着面红耳赤的马兰，不知如何是好。马兰同样有些不知所措，在旁边一直不吭声的余青突然发话，她悠悠地说:

“反正是寄给你的，还是你自己还给他吧。”

12

马兰决定当面把那些信交给余步伟。她觉得这是一桩不大不小的心事，不处理好，心头总感到不踏实。王俊生认为这想法不可思议，然而她已打定了主意，不达目的誓不罢休。好在王俊生在司法界有太多的朋友，选个好日子便开车去了。大约三个小时的路程，到了那里，王俊生的熟人先请吃饭，喝酒，时间已是冬天，地点就在监狱的食堂，有鱼有肉还有蔬菜，马兰的胃口大开，连声说菜做得好。熟人笑着说，我们这儿做菜的手艺其实一般，关键是原料好，猪是自己养的，鱼是自己养的，菜也是自己种的，你们想想，真是一点污染都没有的，难怪这儿的犯人一个个都养得又白又胖。王俊生喝了些酒，红着脸说，白白胖胖的怕是你们这些公安干警吧。正好这位熟人又黑又瘦，王俊生说完自己笑起来，熟人也乐了，说我幸亏不胖，要不然掉到黄河里也说不清楚，这年头就是这样，你若是有些权力，又是个大胖子，肯定要说你养尊处优，说你有腐败的嫌疑。

吃饱喝足，由熟人带着参观监狱，参观犯人的牢房，参观手工车间。服刑犯人穿着统一的制服，剃着清一色的光头，见有人来就毕恭毕敬地站起来，立正，大声喊：

“首长好！”

还是由这位熟人帮忙安排，在会客室与余步伟见了面。天气冷，会客室升了炉子，炉子上搁了一壶早就煮开的热水，不停地冒着热气。余步伟没想到马兰会来，慌慌张张地被叫到了会客室，进来就喊报告，然后站在那不敢动弹，脸上一点表情也没有。王俊生看出马兰嫌自己碍事，便招呼熟人一起出去。马兰一时无语，不知道是否应该招呼他坐下。门口还站着一名警卫，余步伟直挺挺站在离门一步远的地方，恭恭敬敬，马兰就说今天来也没有什么别的事，正好是路过，想到他寄给她的那些信，顺便也就带来了，想当面还给他。说完，从包里拿出一大叠信，让余步伟过目，特别强调了一声，这些信，她一封都没看过。

余步伟面无表情地看着马兰，马兰也面无表情地看他。隔了一会儿，余步伟说这些信是送给情人的礼物，别人想怎么处理与他已经无关。马兰并不想听这个，她怔了怔，说那好，余步伟你看清楚，我当着你的面，将这些信都烧了，你也好彻底死了这个心。说着，将炉子上的水壶拿开，把信一封接一封地丢进炉子里。门外的警卫吃了一惊，想进来干涉，看看没什么多大的事，又退到门外。烧这些信似乎是一个漫长的过程，余步伟木桩似的站在那，仍然不动弹。马兰情不自禁地抬眼看他，火光映在她的脸上有些发烧发烫，她注意到余步伟的脸也红了，红得发紫，涨成了猪肝色。

为了缓和气氛，马兰决定与余步伟谈谈他的女儿，问她们是否来看望过父亲。余步伟摇摇头，干咳了一声，说没有来过。马兰有些惊讶，余步伟一向口若悬河，神气活现，现在处在这样的环境中，老实得像个犯错的小学生。她不明白为什么余青余春姐妹没有来探视，这话题刚开始就结束了。接下来又不知说什么好，马兰仿佛替死人烧纸钱一样，十分耐心地慢慢烧着，烧完了一封，再烧另一封，终于把那些没读过的信都烧了。她这么做，仅仅是因为固执，是要赌一口气，是要做出一种姿态，然而信真化为灰烬以后，又不免黯然神伤，后悔自己的行为有些过分。

“我想我不得不再一次声明，希望你以后再也不要写信给我，”马兰很严肃地说着，“我不希望你继续骚扰我，你我之间已经没有任何关系，听见没有？”

余步伟没有反应。

马兰说：“喂，我说，你听明白了？”

余步伟点点头。

马兰又说：“这不行，你得回答。”

余步伟干咳了一声，一字一句地说：“听明白了。”

“听明白了什么？”

“再也不写信。”

“知道就好，我告诉你，别以为你傻乎乎地一封接一封写信，老是没完没了，人家就会看，就会被你的这一套打倒。你这一套根本已经不管用了，没人会看，我一个字都不想看，它们让我感到恶心，感到羞辱，没人会再相信你这种骗子的甜言蜜语，决不会。别以为还有人会再次上当，别做梦了。”

余步伟好像不明白她在说什么，他抬头挺胸，直直地站在那儿，仿佛士兵在听上级训话。马兰意犹未尽，悻悻地说：

“怎么不说话了，你不是很能说的吗？”

余步伟说：“你所说的话，我都听见了。”

“我说了什么？”

余步伟又哑了。

马兰又问：“我说什么了？”

“以后不许再写信。”

“还有呢？”

余步伟又不吭声了。

差不多是结束谈话的时候了，马兰不想再说什么，该说的都说了，她想起管教人员说余步伟在狱中表现不错，便鼓励他好好服刑认真改造，争取提前出狱。余步伟站在那儿一动不动，洗耳恭听，当她说到争取提前出狱这话时，他的眼睛不由亮了一下。王俊生与熟人在外面等得已经不耐烦，她刚站起来，这两个人便进了会客室，问她还有没有什么话要说。马兰摆摆手，熟人立刻指示狱警将余步伟带走。很显然，王俊生的这位熟人对马兰和余步伟之间的纠葛没有什么了解，他当着马兰的面，很热心地向王俊生暗示，如果要为余步伟减刑，可以具体采取什么步骤，通过什么手段。又说起谁就是这么操作的，如果步骤和手段对路，减刑应该不是什么问题。

回去的路上，马兰担心王俊生酒后开车，提出由她来驾驶。他连声说不，说你根本就是难得才捞着机会开车，都说有驾照无车的司机最会出事，让你开，你不怕，我还怕呢。又说别跟我提什么酒后开车，我这人喝点酒，感觉更好。一路上，王俊生笑谈自己酒后开车的经历，说有一次喝多了，喝了八两白酒，一路上手机的铃声不断，那才真叫是危险。他注意到马兰有些心不在焉，知道她还在想监狱里的事情，随口问他们都谈了些什么。马兰不回答，王俊生也就不追问，笑着说，这家伙看到你是不是特别意外？马兰说有什么意外的，说完，又改口说当然意外了，他怎么能料到我们会去。王俊生说，他现在的模样，要比在法庭上好多了，我操，那时候，整个是老头子的模样，白胡子拉碴，呵腰驼背，一说话，就流鼻涕。马兰笑了起来，说你别说那么惨，人家当时可能是感冒。王俊生也笑，说我要是瞎说就不是人，感冒不感冒我不管，反正是真流鼻涕，我当时想，马兰是怎么了，看中这么一个家伙，害得我成天睡不着觉。马兰假装愤怒，在他大腿上拧了一下，王俊生说，我开车呢，你这动作危险，知道不知道。马兰不愿意再理他，开始闭目养神，心里在想余步伟的事，渐渐地，竟然睡着了。快到目的地的时候，马兰醒了，王俊生以开玩笑的口吻说：

“我们是不是想点办法，给这家伙办个减刑什么的，只要你愿意，我还真有点办法。”

13

这以后，果然再也没什么信来纠缠，经过一段平淡的日子，马兰觉得已把这个人忘得差不多了。余步伟三天两头来信的那段时候，门卫常用一种异样的眼光看她，动不动就喊“马校长，有信”。现在，任何邮件似乎与马校长都没关系了。圣诞节前后，同学们一下课，就往传达室奔，在一个放信的大箩筐里淘金似的翻阅信件。每天都有一大堆贺卡寄过来，俊男靓女书包里的信多得搁不下，有时候公然在教室里传看，在马兰的化学课上也看，气得她在全校大会上发火，说这样发展下去，校风受到严重影响，学校的传达室将考虑把所有的贺卡都退回去。

在雷苏玲的热心撮合下，马兰又和几个男人见过面。鹊桥仙婚介公司不时也会来几个条件不错的男人，每次遇到好的，雷苏玲就会想到马兰。马兰因此笑她好像是个卖肉的，遇到好肉就自己留着。雷苏玲说你这人真是没良心，怎么能叫是自己留着呢，我明明是想着你的，你得了便宜还卖乖。马兰笑着说我得什么便宜了，我可是一笔买卖也没做成。雷苏玲说，有好肉你偏不买，这就不能怨我了，我把你拉到河面，面对清清的河水，你仰着头不肯喝水，我有什么办法，就算是把你的头按下去，你不喝，也还是干着急。俗话说捆绑不成夫妻，要是没缘分，上了床还是不成夫妻。告诉你马兰，别老觉得现在一个人挺好，挺自在，自由，想怎么就怎么，女人平时没男人，真不是什么大不了的事情，可是等你生病的时候，遇到什么委屈的时候，就知道身边有个男人毕竟不一样。

还真有个男人差点与她成事，是大学里的一位副教授，也是刚离婚的。马兰已不再唱独身的高调，择偶问题上谈不上过分挑剔，然而就算是不挑剔了，还是不好伺候。一个已习惯独身的人，确实有那么一点点难与别人相处。条件稍好些的男人，一个个都是供不应求的紧俏商品，都莫名其妙的傲气，一傲气，马兰就来气，这一来气，接下来的戏没办法继续。时间不知不觉过去，冬去春来，有一天，一个长得很土气打扮得很时髦的女人，守候在马兰家门口，东张西望翘首企盼。马兰的最初反应，又是为了孩子读书。想进她那所中学的人实在太多，但是一旦把话谈开来，她吃惊地发现，这个女人来访的目的，竟然是为那位差不多已让人遗忘的余步伟。

“我想应该先把自己的情况介绍一下，我姓陈，你就叫我小陈吧。”

这位小陈起码也在四十五岁开外，是一家县级市电视台的广告公司经理，似乎赚了不少钱，提到钱就是一种蛮不在乎的口气。通过征婚启事，她与正在服刑的余步伟发生了联系，开始有书信往来，渐渐地便陷入情海。天下事无奇不有，根据小陈的说法，她所以被这个囚犯打动，为他独特的魅力所折服，完全是因为他所叙说的那个与马兰的爱情故事。这个有着传奇色彩的爱情故事深深感动了她，让她不止一次流眼泪，因此不顾冒昧闹笑话，不管三七二十一，决定前来亲眼看看，看看马兰究竟是个什么样的女人。马兰被她的来意吓一大跳，喃喃地说：

“我和他已经毫无关系，对不起，关于这个，根本没什么可说的，你非要我说，我只能告诉你一句话，他是个骗子，是个充满了甜言蜜语不折不扣的骗子。”

“不错，他是个骗子，而且已为他的所作所为，受到了应有的惩罚。”

小陈对马兰和余步伟的故事了如指掌。关于这个故事，她根本不需要马兰重复，而且似乎比马兰这个当事人知道的更多。马兰感到很震惊，余步伟竟然会用一种赎罪的方式来说故事。在故事中，马兰被过分地美化了，甚至是文学化了，余步伟把她描述成为一名伟大的女性，美丽，善良，把爱情看得比泰山还重。他和马兰之间的故事被编得天花乱坠，完全可以拿到杂志上去发表。因为欺骗了马兰，因为背叛了诺言，因为亵渎了爱情，余步伟陷入了深深的忏悔之中。他承认自己的确是个骗子，是个很高明的骗子，骗过很多人，但是欺骗马兰，却是这一生中最糟糕的一件事，他为此后悔不已，痛苦不堪，恨不能把经历过的一切统统再重来一遍。余步伟用了无数煽情的文字，捶首顿足地抒发这种悔过的心情。他说自己在监狱的高墙之内，最难以忍受的不是失去自由，而是眼睛一闭上，就能想起他对马兰的伤害。

接下来，小陈又毫无隐瞒地大谈自己。她告诉马兰，自己所以会感动，是因为与余步伟同病相怜，有着差不多的经历。在十多年前，她也曾做过一件对不起丈夫的事情，并且因为这次轻率的情感出轨，和深爱自己的丈夫离了婚。丈夫带着孩子怏怏地离开了她，很快又和别的女人组成家庭，陷入一种完全没有爱的婚姻中。她说这件事成了心中永远的疼，虽然还深爱着前夫，却无能为力，帮不上任何忙。经过多年的痛苦自责，她终于听从朋友的劝告，决心从过去的阴影中走出来，去尝试用新的婚姻来解脱自己。在一则亲自起草的征婚启事中，她毫无隐瞒地表明了自己的内疚，希望找个能够理解她的男人，给她一个机会弥补过错。很长时间里并没有一个男人有回音，终于有一天，从一本破烂不堪的杂志上，余步伟在征婚栏里发现了这条启事，他立刻写了一封很长很殷勤的信给她。

“我本来指望找个与我前夫一样的男人，是那种受到伤害的，吃过女人的亏的。我首先想到的是如何去弥补，没想到经过一次次通信，我和老余竟然成了恋人，你想这是多么奇妙的事情，我们有共同的经历，为了同一种忏悔的心情，最后走到了一起。谁也没有想到，我们真的就这么相爱了，就好像是老天爷故意安排好的一样，我们突然发现对方简直是太适合自己了……"

马兰有些无所适从，不知道是应该表示祝贺，还是应该提醒她不要再上余步伟的当。这个叫小陈的女人天真得让人无法形容，也许陷入恋爱中的女人都这样。余步伟显然是个靠不住的男人，他太知道如何去捕获女人的心。小陈眉飞色舞地说完了与余步伟的故事，又说出了今天此行的另一个目的。她和余步伟既然都到了谈婚论嫁的地步，现在要等待的就是看余步伟什么时候能够出狱。

"我们的年龄都不小了，而且不可以再生，他有孩子，有一对双胞胎，我也有个儿子，根据独生子女的政策，不能再有孩子，但是，但是真想要，说不定也豁出去了，不就是罚些款吗？不就是开除公职吗？这根本对我们不是问题……"

马兰很吃惊地发现，这个女人来找自己的真实目的，是希望帮助余步伟办减刑，并且非常巧妙地给了一大堆不应该拒绝的理由。马兰突然意识到，这个看上去傻乎乎的女人，也许非常精明，正在做一笔只赚不赔的买卖。既要马兰宽宏大量地帮忙，又把她有可能成为情敌的潜在危险降低到最低点。同时，马兰还意识到，这件事很可能是余步伟在幕后操纵。在马兰感到犹豫的时候，这个自称是小陈的女人很爽快地表示，只要能让余步伟早些出来，花多少钱打点都无所谓，这些费用都会由她来支付，和人世间最伟大的爱情相比，钱实在算不了什么。钱要是真能买到爱情，花多少都值得。

14

马兰并没有花很大的心思来为余步伟办减刑。王俊生冷笑着说，你这人也太滑稽，花那么大的劲，把这家伙弄去坐牢了，现在又要颠倒过来，再吃辛吃苦把他弄出来。马兰无话可说，说我不跟你斗嘴，谁还能斗得过吃法律饭的人，这事你看着办，帮不帮忙都可以的。王俊生说，你这是把我弄糊涂了，到底是要还是不要我帮忙。马兰说，你不要问我，这件事我自己也不怎么清楚。她是真的不太清楚，心里不想去管这件事，可是又觉得不出些力，说不过去，多少有些不踏实，好像心里有个小人不断地在催问她，你为什么不能成人之美呢。

雷苏玲听见这事，第一反应是愤愤不平，说余步伟都他妈坐牢了，还能把女人勾引到手，真是不折不扣的师奶杀手。马兰对雷苏玲的想法深有同感，两人说起他对付女人的小伎俩，不约而同地笑起来，最后得出一致结论，这就是女人其实都有点喜欢那些死皮赖脸的男人。雷苏玲坦率地承认，自己虽然与他没有过肉体上的接触，可是有时候，还真是有那么点在乎他的。马兰的笑顿时有些暧昧，雷苏玲说，你别疑心生暗鬼，我这人保守得狠，除了自己老公，真没和别的男人有过事，你和余步伟早就分手了，要吃醋也轮不上你。

几个月以后，余步伟减刑的事情真有了些眉目，那个叫小陈的女人便提出来要去看望余步伟，希望马兰帮她找一辆车。马兰和雷苏玲商量，雷苏玲说，她要车，难道不能叫辆出租车吗，你说得倒轻巧，让她出汽油费过路费，这算什么，我成了她的专职司机。雷苏玲发了一通牢骚，最后还是亲自开车，与马兰和小陈一起去探监。小陈一路上没有停嘴，各式各样的话题，逮着了就是一大通，说什么都带着点吹牛，大话连篇。雷苏玲的脸色有些难看，去厕所的时候，悄悄地对马兰说：

“喂，能不能让她少说几句，这女人太影响我情绪，好端端的胃口，都让她倒了，余步伟也是瞎了眼，怎么会看上这么一个女人。”

到了监狱，小陈因为第一次与余步伟见面，亲热的场面就像是在拍电视剧，雷苏玲一旁看得直咂嘴，连忙把马兰拉到一边去。面对那女人表现出来的做作，余步伟也是肆无忌惮地以夸张的亲热应付，那女人扑过去，他立刻张开双臂欢迎。两人拥抱在了一起，余步伟的目光这时候看到了马兰，竟然好像不认识一样。马兰顿时感到一点失落，与雷苏玲走开以后，酸酸地说：

“这两个还是很般配的。”

雷苏玲说：“你别傻了，余步伟是演戏给你看，他是故意要让你恶心。”

“我一点都不恶心。”

“他要让你看到，你曾经喜欢的男人，现在已潦倒到了这份上，竟然会喜欢这么一个没有品位的女人。”

“我并不这么觉得。”

“你现在是感觉迟钝，难道你没看出这女人的用心吗，她要向你表示，这个男人是她的，人家心里对你还是有些忌讳的，她是怕，怕你抢她的男人。”

马兰脸上立刻有些不自在，说：“你别瞎说，姓余的与我根本就没关系。”

因为雷苏玲的话，马兰心里有了疙瘩，等再见到余步伟的时候，事先准备好的一番话，说起来就有些结巴。她告诉他，他现在已坐了快三年牢，要想减刑，起码服完一半刑期，也就是说，刚够减刑的条件，而要减刑，就要有立功表现，因此他现在最重要的，是好好改造，争取立功。余步伟毕恭毕敬听着，等马兰说完了，毕恭毕敬地说，我一定照你的话去做。在回去的路上，雷苏玲笑话马兰，说你对余步伟说得倒好听，一口一个要有立功表现，他关在牢房里，哪儿来的什么立功机会，这不是废话。

小陈自说自话地就留下来了，说是要在附近找个小旅馆住下。雷苏玲对小陈一肚子意见，她不愿意一起回去，来得正好。马兰似乎也对她有了全新认识，发现这个小陈其实根本不怎么在乎别人的想法，而且说翻脸就翻脸。雷苏玲大老远地开车送她来，临了，连一句最简单的谢谢都没有。原先说好的汽油费过路费，就像没有这事一样，弄得马兰反倒很不好意思，仿佛这话是她编出来的一样。

“知道我最强烈的感受是什么？”回去的路上，雷苏玲神秘兮兮地问马兰，“真的，我真有一个很强的感受，你猜猜看。”

“我又不是你肚里的蛔虫，怎么知道。”

“我怀疑这女人也是个骗子，什么赚了很多钱，什么自己的经历绝对可以拍电影拍电视，我觉得这都是问题。真的都是问题，你就等着看戏吧。”

马兰想不明白如果她真是骗子，又会怎么样。两个骗子相互切磋技艺，听上去确实很有意思。不过，马兰有些心不在焉，觉得自己正在卷入一个很荒唐的旋涡中。一路上，雷苏玲牢骚不断，马兰却在想自己的心思，言不由衷地与雷苏玲敷衍着，时不时发出一些怪怪的笑声。雷苏玲不停地提出一些问题，发表着看法，最后斩钉截铁地说：

“这女人根本就不配余步伟，当然，余步伟也不是什么好东西，可是这女人更不是东西。”

马兰说：“喂，你管那么多干什么？”

雷苏玲说：“是啊，关我屁事！”

过后不久，马兰又一次收到了余步伟的来信，这一次，她犹豫了一番，把信打开了。在那封不是很长的信中，余步伟向她表示了谢意，感谢她为自己减刑做的努力，感谢她再次为他提供了一次机会，成全了他与那个叫小陈的女人之间的爱情。余步伟说，经历了与马兰的爱情悲剧以后，他对异性的感觉已如死灰，事实上，他甚至说不清楚自己与小陈的关系，究竟还能不能称之为爱情，他宁愿它是，因为这可以给他活下去的勇气，给他继续生活的信心。余步伟说，他并不奢望马兰会读这封信，更不敢奢望她会回信，想到自己已经写下了这封信，并且将信付邮寄出，他已感到心满意足。

15

马兰冒冒失失地给余步伟回了一封信，信刚寄出，就感到后悔了。在信中，她其实也没说什么话，不过是让他好好改造，争取早些出狱，出狱以后，好好地与小陈过日子。马兰所以后悔，是明白这些事本来完全可以与她毫无关系，犯不着引火烧身。果然没多久，麻烦接踵而来，首先是余步伟来了一封更长的信，赤裸裸地表达了对她的相思之情，他说自己在监狱里，每一分钟都在思念着马兰。他的那封回信充分说明，只要她做出一点点的让步，余步伟肯定会顺着竿子往上爬，一直爬到竿子的顶端，不到黄河心不死，不见棺材不掉泪。

另一件让马兰不愉快的事情，是那个叫小陈的女人竟然开口问她借钱。小陈永远是说自己有钱，可是有一天，她突然以钱包被偷为借口，让马兰通融一千元钱给她。马兰有非常充足的理由可以拒绝，但是，她突然意识到，这也许是一个摆脱纠缠的绝佳机会。自从结识这个莫名其妙的小陈以后，她总是冷不丁就出现在马兰面前，滔滔不绝天花乱坠。马兰相信，如果这女人不偿还一千块钱的话，就不可能再有脸面来找自己。

但是，小陈很快又找来了，不仅没提一千元的事情，还煞有介事又编了一个故事，说自己新拉到一个广告，价值几十万，由于急着要与客户签合同，必须先付一万定金。马兰可以有两种选择，一是借一万元钱，很快就还给她，还有一个办法，是以这一万元钱为投资，可以保证她50%的回报。马兰说，别说那么多了，也别用发财来哄我，我只说一句话，你先把上次的那一千元钱还给我。小陈怔了怔，说你不提，我还真忘了，这一千块钱对我来说，实在是小数字，怎么，怕我不还你这一千块钱。结果她怏怏而去，马兰想追问一千元究竟怎么说，一时还拉不下脸来，没好意思逼她。

这以后，这女人果然再也不曾露面。马兰现在只能从余步伟的信上，知道一些她的情况。在马兰的心理防线上，不与余步伟通信具有重要意义，她知道他纠缠不休的厉害，一旦被纠缠住了，想脱身就很难。好在余步伟已有了别的女人，因为有别的女人，马兰只能算是第三者，因此相信她不会有太大麻烦。遣词造句方面，马兰显得非常谨慎，小心翼翼，不给他有任何误会的机会。余步伟好像也理解她这份心思，在信上，更多的时候只把她当作无话不说的好朋友。他们心平气和地谈论着那个叫小陈的女人，分析她的优点缺点，马兰反反复复向余步伟暗示，既然他们准备在出狱时就结婚，必要的了解还是很重要。她强调，不管怎么说，草率都是不慎重的，人生千万不能以一种游戏的态度对待。

然而余步伟显然有意以游戏态度来处理婚姻大事。像他这样一个囚犯，还有人能看中，就应该谢天谢地。即使小陈不是好女人，也谈不上太大损失。余步伟已潦倒到了没什么可损失的地步，失去马兰的爱情以后，无论精神还是物质，他都是个彻头彻尾的穷光蛋。破罐子破摔是很自然的事情，余步伟甚至说出了出狱后可能又会重操旧业的担心，因为事实上，他根本看不到光明在什么地方。前途渺茫，道路黑暗，余步伟仍然处在一个容易堕落的环境里，他说自己的确把希望寄托在了女人身上，并且也知道小陈不像想象的那样，他知道她根本靠不住。

马兰没有把那女人借一千元钱不还的事告诉余步伟。她只是暗示他，要慎重，要充分了解一个人。尽管她拐弯抹角，点到为止，意思已很明显。余步伟故意装作不明白她的用心，他显然已感觉到马兰并不赞成这桩婚事，故意用这件事来吊胃口。余步伟以这样一个荒谬逻辑来解释自己的所作所为，他强调那女人是马兰的化身，是一个假想的马兰，是一个赝品，既然真马兰遥不可及，他就有权利制造一个假的。马兰对制造这个词突然引起了警惕，突然意识到她已落入余步伟精心设置的圈套里。果然，在下一封信里，余步伟露出了庐山真面目，他大谈自己制造马兰化身的目的，坦率地告诉马兰，说原先只是打算通过一个女人，来刺激马兰的嫉妒心，因为女人常常可以把另一个女人的正常思维搞乱。可惜是白费了一番心思，这一招未能起到应起的作用，没想到马兰是水火不侵刀枪不入。余步伟为此感到了深深的绝望，曾经沧海难为水，余步伟千方百计想做的，其实只是要重新唤起马兰的爱情。

马兰很果断地写信给余步伟，警告他真想得寸进尺的话，将立刻中断与他的一切联系。马兰说，历史不可能重演，悲剧也不会再次发生。她所受到的伤害太深了，因此任何能让她联想到过去的话题，都是不恰当的，都是危险的。余步伟千万不要做白日梦，千万不要因为她不追究他过去的错误，就产生什么非分的想法。考虑到这一阵，马兰正在为他减刑的事情努力，并且事实上已有了一些眉目，她希望他不要轻举妄动，不要玩火，不要自以为聪明，不要玩弄小聪明，结果搬起石头砸自己的脚。马兰用很严厉的口吻教训他，她还从来没有这样酣畅淋漓地对余步伟发泄过，自从出事以后，马兰一直没有捞到这样的机会。现在，她甚至破口大骂，说你这样的小人，你这样无耻的骗子，坐一辈子的牢都不冤枉。

信发出去以后，马兰努力回想信中内容，琢磨着有没有什么不妥，是否用辞不当。她后悔不该发那么大的火，有些话根本没必要说，有些话根本是对牛弹琴。晚上洗澡的时候，她又想起寄出去的那封信，把每一段文字重新回忆，细细地品味，越回忆越气，越品味越委屈。马兰没想到自己会哭，她一向是个很坚强的女子，一向以女强人自居，气鼓鼓地对自己说，没出息的，哭什么，有什么好哭的。教训完自己，她仍然感到气，感到委屈，淋浴热水哗哗地冲在背上，马兰已经洗了很长时间，水有些烫，烫得她浑身血液沸腾。眼泪还在静静淌着，没完没了地往外涌，马兰想，我就哭，就哭，哭了又怎么样，于是她抱着自己的脸，痛痛快快哭了起来。

16

余步伟的回信很快来了，马兰想肯定又是甜言蜜语的狂轰乱炸，没想到他却在信中耍起了无赖。一番忏悔和辩解自然是免不了，他用最深刻最肉麻的词句向马兰表示道歉，这些话已经说过无数遍，没有一点点新意。让马兰感到气愤的是，他竟然声称要放弃减刑的努力，理由是马兰既然不肯原谅他，提早出狱也就没有任何意义。这是一种很拙劣的威胁，态度近乎刁蛮。在信的结尾，余步伟说已经习惯了监狱的生活，说现在是真的很担心，因为担心一旦出狱，可能首先想到的就是直奔到马兰家。很显然，他肯定是个不受欢迎的人，但是，如果不能去找她，不能在她的身边求得宽恕，他又有什么必要再走出监狱大门。

马兰回信说，余步伟完全有权选择在监狱中度过一生。这种强词夺理的威胁十分可笑，十分荒唐。在信中，马兰又一次痛加指责。她现在对他非常失望，并且决心从此不过问他的事情。马兰再一次重申，旧情重燃鸳梦重温已是根本不可能，无论从哪个角度去想，她都没理由接受他这个无耻的骗子。余步伟仍然贼心不死，说明他不了解她，实在是太低估了她的决心。马兰希望他再也不要写信了，因为她现在已经很后悔，后悔给他写信，后悔过问他的一切。她把上封信中说过的狠话，不厌其烦地又重复了一遍，把他痛痛快快地又训斥一顿。马兰发誓如果他再来信，第一件事就是把信撕了，她发誓自己说到做到，发誓这一次绝不会再糊涂。

信刚发出去，马兰已决定改变自己的诺言，决定以后只是不回信，就像过去一度坚持的那样。很显然，如果她只是读了余步伟的来信，天也塌不下来。接下来，信果然一封接一封，像雪片一样飘过来，余步伟变着花样想让她回信，威逼引诱苦苦哀求，可是马兰躲在暗处，坚决不接他的碴。她的这一杀手锏果然厉害，余步伟的信越来越多，话也越来越语无伦次。他的信仿佛石沉大海，仿佛水珠滴在沙漠里，仿佛一个人在广阔的森林里自言自语，仿佛是一个哑巴徒劳的手势。在一开始，余步伟还相信马兰仍然在读他的信，信的内容文采飞扬，情意绵绵，渐渐地，他失望了，痛苦地呻吟着，像一个迷路的孩子那样找不着方向。再下来，他终于绝望了，歇斯底里捶胸顿足，开始在信中骂她，甚至说猥亵的下流话。他狗急跳墙地威胁说，自己出狱后第一件事，就是去找她算账。作为一个无家可归的人，他不能不把她的家当作自己的家，他觉得自己仍然是她法律上的丈夫。

随着减刑即将成为事实，马兰开始感到不安，感到一种前所未有的恐惧。她突然意识到玩火的其实是她自己，如果现在写信去拒绝他的到来，只能说明她一直在偷偷地看他的信，这恰恰是马兰所不愿意承认的。如果这样，她所做的一切努力都将前功尽弃。就好像玩游戏谜底被人现场揭穿一样，马兰不愿意看到这样的结局。但是，如果不予理睬，余步伟真冒冒失失地跑来又怎么办，他这人的脾性完全会这么做，不这么做反倒奇怪了。眼见着这日子说到就到，马兰情急之中和雷苏玲商量，请她帮忙出主意。雷苏玲开导说，马兰，不能这么便宜了他，哪能让他说回来就回来，怎么也得再考察考察，这家伙可是没一句真话的，是狗哪能那么容易改得了吃屎。马兰说我当然知道他没什么真话，我要是相信了他的话，不也是太幼稚了吗。雷苏玲说你明白就好，也不用怕他，到时候他要是敢涎着脸上门，你打电话给我，我来帮你撵他走。马兰苦笑着说，才不要你帮忙呢，我可以打电话给110。

马兰嘴上这么说，心里仍然没有底，又将担心说给王俊生听。王俊生听了，半天不说话。马兰诚恳地说，人家还想听听你的意见，为什么一声不吭。王俊生说让我说什么好，说了你肯定不高兴。马兰说你爽快一些，说什么都可以，有什么高兴不高兴的。王俊生便一针见血地指出，这话是你要我说的，说了可别发急，我跟你说实话，你所有的担心都是自找的，担心什么，其实什么都不用担心，因为在内心深处，在内心深处的那个小角落里，你一直在等着那骗子回来。马兰没想到他会这么说，既有些委屈，又有些光火，赌气说：

“好吧，你真要这么认为，那也就算是，我就是在等那骗子回来。”

余步伟在牢里待了三年八个月，终于被提前释放。他给马兰寄了张明信片，用简单明了的文字告诉她具体的出狱日期。很显然，这是事先发布个信号。突然可能会出奇制胜，也可能走向期望值的反面。对会出现什么样的局面，余步伟忐忑不安，心里一点谱也没有。出狱的当天，他洗了个澡，昂然走进一家豪华的美发厅，打算把灰白的头发染黑。美容小姐准备着染发剂，突然以一种很甜美的声音惊叹，哇——老板的头发好漂亮。她热情地开导余步伟，说现在很多时髦小伙子，故意染成花白头发，这样看上去才酷，像外国人。余步伟模仿着小姐的口吻，问她这样是不是真的很酷。小姐一本正经地说，当然酷啦，黑发早不流行了，叫我说，这头发根本不要染，好好保养一下，绝对像成功人士。余步伟本来还有些心不在焉，听了这话哈哈大笑，说就听你的，给我收拾得像个成功人士。小姐也乐了，说老板本来就是，什么叫像，老板你一看就像，这年头，不是成功男人，谁会上这来。从美发厅出来，余步伟踌躇满志，又有些忧心忡忡，在街边花摊上，经过讨价还价，他买了一束带刺的红玫瑰花，然后拦了一辆出租车，义无反顾直奔马兰的住处。

2002 年 11 月 21 日　河西

玫瑰的岁月

黄效愚与藏丽花的婚礼

黄效愚与藏丽花的婚礼是1982年，那一年，黄效愚二十五岁，藏丽花三十三岁。女方比男方大了八岁，这在当时很出格。婚礼也没几个人，馆子里吃一顿，那年头没包厢，大堂的角落事先订好席位，就一桌人。

我和朱亮算作男方代表，都是黄效愚的中学同学。我跟黄效愚的私交尤其铁，曾是非常好的哥们。黄效愚突然决定要结婚，骑自行车来通知，匆匆告诉具体的日子。当时我还在大学读书，是大四，眼见就要毕业，正百无聊赖，成天胡乱写小说，听了他的话，非常吃惊。

我说："你不会开玩笑吧？"

黄效愚一向认真，很严肃地说："这事，怎么会开玩笑！"

"我真觉得像开玩笑，怎么说结婚就结婚了，"我知道他不是个喜欢开玩笑的人，还是忍不住要问，"你们真准备结婚了？"

黄效愚不说话，看了我一眼，似乎有些不高兴。

我继续玩笑，说："这事有些离谱。"

黄效愚不说话，低着头。

我说："你不觉得她年龄太大了一点？"

黄效愚仍然低头，不准备讨论这话题。

虽然也风闻一点消息，我从来没想过，他们会真的结婚。作为老同学，作为曾经的铁哥们，我知道黄效愚不是很有主见。他肯定是中了邪，不得不听命于藏丽花，肯定是落入了圈套，只能乖乖地听她使唤。我和黄效愚从小学就在一起，他这人不但没主见，还经常会在关键时刻，脑袋瓜不好使。

我说："好吧，这事也不便多说，既然已决定，也不烦了，你把具体日子告诉我。"

黄效愚说："不是已经说了吗？"

我笑着说："最好再说一遍，我真没记住。"

地点是在当时有些名气的四川酒家。我把朱亮也叫去了，黄效愚并没打算喊朱亮，在他心目中，既然我俩关系最铁，有我做代表就行，朱亮去不去无所谓。倒是朱亮很把这事当真，听说黄效愚要跟一位大八岁的女人结婚，满脑子好奇，打破砂锅问到底，一路追问，非要我把知道的事都说出来。

我说："你别问我，我知道的也不多。"

朱亮说："起码你知道那女的大八岁，妈的，大八岁，这还得了，再大几岁，都可以做他妈了！"

朱亮的话并不过分，在当时，虽然开始改革开放，满大街邓丽君的歌，流行喇叭裤和留长发，可是从"文革"中成长起来的年轻人，毕竟还没开过眼，没见过多少稀奇古怪，女人大男人小，岁数相差那么多，确实不可思议。

婚宴在中午进行，新郎新娘，加上我和朱亮，藏丽花的外公邵老先生，她的两位同事，她家的保姆，还有一位不认识的人。也没多少婚宴气氛，黄效愚新做了一身西服，这是我第一次看他穿，以后再没见过，不仅颜色不对，而且不合身，怎么看都别扭。藏丽花是件红衣服，颜色有些鲜艳，依旧是大大咧咧，别人没话说，结果从头到尾，为了不冷场，基本上都她一个人在说笑。

印象深的是婚宴快结束，大厨过来敬酒。此前已来过一次，是一个七十多岁的老头，胖胖的，剃着光头，红光满面。这一次来，带着他的一位徒弟，先问菜做得怎么样，是不是还说得过去。大厨是重庆人，在南京待了大半辈子，他的口音仍然听不太明白。藏丽花的外公是湖南人，显然与大厨熟悉，他们说着各自的家乡话，不时发出爽朗笑声。邵老先生一个劲夸手艺好，说很久没吃到这么正宗的川菜。

后来我才知道大厨是位高人，早在民国时期，已大名鼎鼎，为许多党国要员做过拿手菜。上世纪七八十年代，在南京的各个角落，不经意地就会遇到一些遗老遗少，那天的大厨便是个最好的例子。敬完酒，大厨吩咐徒弟去取文房四宝，笑着对邵老先生说：

“老先生还中意这几样菜，我也算是踏实了。俗话说，择日不如撞日，今天你既然来了，我怕是不能轻易放过，怎么也得让你给我写几个字。”

说话间，文房四宝已取来。除了求字，大厨说他还写了几首不像样的诗，也希望老先生提意见。邵老先生先看那诗，很认真地看了一会儿，不说话。大厨被他的严肃弄得有些紧张，很扭捏地笑着，看了看周围的人，连声说出丑，说自己一个粗人，偷偷写着玩玩，完全是瞎闹，让老先生见笑了。

邵老先生将诗稿递给黄效愚，叹气说：“这诗的好坏，你们怕是看不懂，不过，这字写得是真不赖，你看是不是。”

黄效愚接过诗稿，很认真地看。藏丽花也把脑袋伸过去，只扫了一眼，笑着说诗好坏她也不太懂，不过一看这字，就知道是学的米芾。

大厨听了很兴奋，笑着说：

“大小姐好厉害，好眼力，我学的正是米芾，可是一点都不像。”

藏丽花很随意地又说了一句：

“一个馆子里的大厨，能把字写这么好，很不错了。”

藏丽花还以为自己是在夸人家，厨师的脸上立刻有些挂不住。邵老先生连忙打圆场，说三百六十行，行行都会出状元，大厨和大厨，区别也太大了。大厨脸上仍然有些难堪，很勉强地笑，嘴上敷衍着，说老先生说得对说得好，心里依旧不痛快。邵老先生无话可说，便说把你的那本册页拿给我看看，先看看别人都说了些什么。他的意思是说已准备题字了，大厨很高兴，吩咐徒弟赶紧磨墨。

邵老先生说：“不着急不着急，让他们年轻人开开眼，先看看你的册页。”

大厨的那本册页今天要是拿出去拍卖，一定能值很多钱。先说这上面的名人字，不是达官，就是贵人，都是民国时期的大好佬。因为这次婚礼，我总算有机会第一次亲眼目睹于右任的真迹，目睹到吴稚晖的手书，与他们常见的字体不一样，于右任的不是草书，吴稚晖的不是篆书，从收藏的角度看，这样或许更有价值。还有知名文人和书法家的字，我记得有胡小石的字，有高二适的字，最难忘的是徐悲鸿题词，虽然时间隔得很久，内容我还能记得：

一怒定天下

千秋争是非

“好一个‘天下’，好一个‘是非’！”邵老先生对那幅字看了半天，很是赞赏，笑着说，“我的字不能和他们放在一起，还是写在纸上吧。”

大厨说：“老先生不要客气，今天把这个宝贝拿出来，充分说明了我对你老先生的敬仰，说明了老先生在我心目中的重要位置。不瞒你说，早就预留了位置，就等着这一天，不相信的话，老先生看这后面的几页，还空着呢。”

大厨的徒弟开始磨墨，藏丽花瞥了一眼，对一旁的黄效愚说：

“喂，别傻坐那儿，这事还是你来做合适，你去磨墨。”

黄效愚立刻站起来，看了我和朱亮一眼，屁颠颠去磨墨了。不一会儿墨磨好，旁边一张桌子也腾空，铺上了毛毡，等着邵老先生去题字。我们众目睽睽地看着，到这时候，邵老先生再也推托不了，叹气说自己老了，手腕上已没力，眼睛更是花得厉害，说恭敬不如从命，只怕是写了字，糟蹋了这本珍贵册页。

邵老先生写了什么内容，已记不清楚，能记住的只是他很不满意，不住地唉声叹气。大厨在一旁十分客套地叫着好，我和朱亮因为不懂书法，也说不清楚那字到底怎么样，只能傻乎乎地看热闹。藏丽花和黄效愚很认真地打量着邵老先生的字，不发表任何意见。

“丽花，你也来写两个字吧，”邵老先生忽然想到应该让外孙女露一手，“你的字，现在比爷爷都好，这里反正有纸，你来写。”

藏丽花不表态，大厨看了她一眼，有些客套地让她写字，似乎还不太相信她真能写。

邵老先生说：“对了，忘了说了，今天是我外孙女的大喜日子，我来介绍一下，这个是外孙女婿，他们两个，都还能写上两笔。”

黄效愚一个劲摇手，说：“我不行，我写不好。”

藏丽花很爽快，说：“写就写，爷爷，你说写什么？”

“你的字大了好，写两个大字，”邵老先生想了想，说，“就写‘好吃’这两个字。”

“好吃！”

“对，就写好吃。”

“一个好，一个吃？”

“不是好坏的好，是好，就是喜欢的意思。”

藏丽花看了看笔，又看看纸，嫌弃地说：“这笔太小，大字写不了，写不好。”

大厨不服气地说：“大小姐要别的没有，想要大的笔倒没问题，你要多大的？”

“越大越好。”

“越大越好？”

“大笔写小字没问题，”藏丽花有些傲慢地说，“小笔写不了大字。”

前不久，正好请了书法家来题店名，临时买了几支斗笔，大厨便吩咐徒弟赶快去取。不一会儿，笔拿来了，确实是很大的斗笔，藏丽花取了一支最大的，用手指捻了捻笔毛，先在水里浸了浸，示意黄效愚替自己铺纸，然后就蘸墨，凝神想了一会儿，一气呵成写了两个酣畅淋漓的大字。

那大厨真的懂点书法，看了目瞪口呆，连声说：

“好字，好字，真是好字！”

在学雷锋的日子里

说来话长，第一次见藏丽花，还得往前倒退十年。黄效愚与我同年出生，也许正好经历青春期的缘故，虽然只大了八岁，可是在我心目中，真觉得藏丽花要大出许多。随着年龄的增长，年岁差距会相对缩小，同样的道理，岁数越小，差距就会觉得越大。第一次见到藏丽花的时候，她已经二十三岁，已经有男朋友，而我们才十五岁，发育还不久，刚开始长个子。我和黄效愚都属于发育迟缓，个子很矮，是标准的“僵公”，一直坐在第一排。

那时候读高一，正好遇上学雷锋。在我的学生生涯中，学雷锋的日子并不多。从1964年开始上小学，到1974年中学毕业，基本上都“文化大革命”。“文革”的基本要点是阶级斗争，是路线斗争，整天斗来斗去，整天批判学习。反正都弄不明白，只记得为什么事，突然要让我们学习雷锋。

对于中学生来说，学习雷锋就是做好人好事。班主任让大家成立兴趣小组，让我们想出各种为人民服务的办法。记得当时最出风头的就是朱亮，不知道从哪儿弄来了几根针灸针，一小瓶酒精棉球，加上一本《赤脚医生手册》，便无师自通地替人治起病来。那完全是种表演，为了打消大家的顾虑，他在手掌上到处乱扎，把所有的针都扎在自己左手上，然后缓缓举起来给大家看。我们的班主任对朱亮的冒险精神很佩服，她是一位结婚不久的大龄女教师，还没生过小孩，那时候正怀着孕，自告奋勇地让朱亮给她扎针。

朱亮给班主任做示范，这是他给人扎针的基本程序，先在自己身上扎给别人看。朱亮将自己裤管卷了起来，用手指在膝盖下按来按去，告诉别人足三里的位置，取出酒精棉球，擦针，再擦穴位，轻轻地将针扎进去。接下来，他开始正式给班主任扎针了，班主任十分大方地卷起裤子，裸露出了半截白花花的腿肚，在针即将深入进去的那一瞬间，她突然害怕了，众目睽睽之下，像女学生一样尖叫起来。过了一会儿，班主任才开始缓过神来，以命令的口吻，招呼黄效愚过去帮忙。

她说："黄效愚你快过来，我裤子要掉下去了，你帮我拉一下。"

这以后，一直到高中毕业，同学们背后开玩笑，都会带点色情意味地对黄效愚说，班主任的裤子又快掉下去了，你快去帮她拉一下。

在一开始，我和黄效愚参加了朱亮的兴趣小组，与他一起研究那本《赤脚医生手册》，试着记住人身上的各个穴位。很快我们决定另起炉灶，因为像朱亮那样替别人扎针，我们不敢，没完没了地给他当试验对象，让他在身上乱扎，又心有不甘。最可恨的是朱亮还十分小气，从来不肯把《赤脚医生手册》借给别人，这书上有男女生殖器官的介绍，在那个特定年代，那些简单的示意图和解剖图是我们获得性知识的启蒙秘籍。朱亮自恃有这么一本宝书，常常差使别人为他做这做那。

我们决定成立一个理发兴趣小组，货真价实地学门手艺。为了实现这一理想，首先要想办法弄到理发工具。在当时，买一把理发用的推子，意味着要花很多钱。我决定偷偷地给北京的祖父写信，也不知道为什么，我很少向父母开口要钱，也许是他们从来就不知道要给孩子零花钱，也许是他们曾经拒绝了我，反正在开口要钱这件事上，我变得特别有自尊。所以会给祖父写信，是因为老人家从来就不拒绝，只要我开口，不管合不合理，他都会满足我。

很快收到了寄来的包裹，在一个小木盒子里，放着理发专用的推子，还附了一封信。我已记不清祖父当时的态度，是赞成学理发，还是反对。这已经不重要，万事俱备，东风也有了，理发工具到手，可以开始大干一番。我们开始拿对方做试验，找了个没人的地方，用一张过期报纸围住脖子，再用小木夹子夹紧。这办法很搞笑也很糟糕，很快，剪下来的碎发浑身都是。我们的手艺都很差劲，心里想这样，结果却总是那样。为了如何下手，推子应该沿着什么角度运行，我们争来争去，到最后，越忙越乱，越来越没办法收拾，只好硬着头皮去理发店，请正规的理发师傅帮忙收拾残局。

理发店的陆师傅看着我们惨不忍睹的样子，忍不住哈哈大笑。正在理发的顾客也纷纷回头，对着我们黑白分明的发型忍俊不禁。我和黄效愚的脑袋上就像让猪拱过一样，这边多出一缕，那里少了一撮，要多滑稽有多滑稽。因为就在家门口，说一口扬州话的陆师傅看着我长大，对我很熟悉，他一边收拾残局，一边绘声绘色地教训，说小炮子则都学雷锋，我们剃头的就不要吃饭嘞。等到头发收拾完，我们才想到身上分文没有。陆师傅说你们学雷锋不丑，总不能让我也跟着一起学，再说了，剃头店也是公家的，不收钱，就是慷公家之慨，就是挖社会主义的墙脚。最后也没收钱，不但没收钱，陆师傅还答应收我们做徒弟。当然也不会白白就放过，他的开恩是有条件的：

“乖乖龙地咚，都晓得你家爹爹有点名气，字也写得不丑，要是你能把我一张字，今个这账就算嘞。”

“小炮子则”和“乖乖龙地咚”都是地道的扬州话，前者相当于小兔崽子，是一种表示亲昵的骂人，后者表示惊叹，有点不得了的意思。他也许只是随口说说，那段时候，我一门心思想学理发，一口就答应下来。第二天，拿着一张祖父的手迹，我和黄效愚又一次去理发店，陆师傅正帮人刮胡子，看见我们，说又跑来干什么，一边说，一边抹肥皂沫，拎起椅背上的一根布带，在上面来回磨剃胡须刀。他没想到我们会当真，说要想学理发，先得学如何刮胡子。又说过去当学徒，光是这个刮胡子，就得学上一年。说着，试了试刀锋，十分熟练地刮胡子，刮完，又绞了一把热毛巾给顾客。老式的理发椅可以平躺下来，刮完胡子，把椅子放正，很娴熟地为顾客掏耳朵，掏完了一只，再掏另外一只。一切都忙完，收了钱，才从我手中接过祖父的字，一边看，一边连声说好，说这字真不丑，然后递给那位正准备起身的顾客，请他发表意见：

“老师傅，看看这字，是不是不丑？”

这位被称为“老师傅”的顾客，就是藏丽花的外公邵老先生，当时最流行喊“师傅”，男女老少都这么问候。邵老先生接过祖父的字，很认真地看着，不发表任何意见。过了一会，他回过头来，看着我和黄效愚，百思不解地问为什么要学理发。

邵老先生说：“你们不好好读书，学剃头干什么？”

陆师傅说：“学剃头好呀，什么年头都有饭吃！”

学理发的热情很快过去，首先没人愿意当试验品，我们自己也是心有余悸，害怕会把别人的头发剃得不成样子。当时的兴趣小组，办得有些声色的是书法小组。我们的班主任教化学，对美术有着非同寻常的兴趣，对书法小组的关照也最多。她出面跟工宣队商量，把同学们的作业布置在楼道橱窗里，供大家参观。有一天放学，黄效愚很认真地跟我商量，打算参加书法小组。他要参加的理由，是觉得自己真要写毛笔字，肯定比橱窗里所有的字都好，好得多。

黄效愚不是个高调的人，虽然生长在军队干部家庭，身上没有一点军人的豪气。他很少说自己好，可是一旦敢说比别人强，就一定是真的出色。那时候，我还不会想到日后，想不到他真能写出一手好字，只是觉得他的想法太突然，想参加书法小组的理由说服不了我。黄效愚是我最好的朋友，通常情况下，干什么事我们都能保持一致，共同进退，从来不会单独行动，但是我当时对书法真的一点兴趣都没有。

黄效愚很失望，小声嘀咕着，一脸不高兴。看得出他是真想参加这个书法小组，那时候，我们的关系不是一般的好，是非常的铁，黄效愚不是很有主见，却绝对讲义气。如果我不参加，他就不可能去参加。我的放弃，也意味着他不得不放弃。果然，我明确表态自己不阻拦，他可以一个人参加，黄效愚立刻摇头，斩钉截铁地说：

“不，你要是不参加，我也不会参加。”

快分手的时候，我突然想明白他为什么要参加书法小组。我一下子就想明白了，相信黄效愚一定是为了朱越。朱越是班上很漂亮的一个女孩，很多男孩子都在偷偷地暗恋她。那年头中学生男女绝对不会说话，平时面对面，一个个都跟仇人差不多。私下里，黄效愚曾向我表达过对朱越的好感。这样的坦白很不容易，应该说非常出格，那时候，爱这个字眼就是罪恶，就是下流，就是无耻，就是想要流氓。无论我们在心底里喜欢什么女生，也只能把秘密埋藏在心灵深处，绝对不会把它说出来。黄效愚却傻乎乎地对我说了，说他很喜欢朱越，说朱越长得真是漂亮。

“朱越有什么漂亮，我一点都不觉得她漂亮。”其实我也很喜欢朱越，故意做出一点都不在乎的样子。

“你为什么不觉得她漂亮？”

“不为什么。”

黄效愚有些放心了，我跟他喜欢的不是同一个女生，两个好朋友不会因此争风吃醋，不会因此破坏友谊。按照规则，既然他把秘密告诉我了，我必须有所回报，也说出自己心仪的女孩。我支支吾吾不肯说，他紧追不放，一定要问出所以然。最后，我让他逼急了，胡乱地报了一个女孩的名字。

显然，我跟黄效愚最后参加书法小组，完全是因为朱越。朱越是书法小组的骨干，相比之下，她的字在当时也是写得最好。我们很容易地就参加了这个小组，班主任很高兴我们的这个决定，她有些想不明白，为什么会拖到现在才想到参加。我们无话可说，站在办公室里傻笑。接下来，让我们没想到的一幕发生了，班主任突然拉开了抽屉，从里面拿出两支毛笔，十分大方地送给了我和黄效愚。

那时候，新华书店很萧条，连一本最普通的字帖都没有，我们在里面转了一大圈，什么也看不到，只能怏怏往回走。好在黄效愚家有一本很破的旧字帖，还是他爹转业前借的，上面还盖着某某部队阅览室的大红公章。这是一本颜真卿的《勤礼碑》，我们也不明白那字是好是坏，就在那天下午，就在黄效愚家，就在他们家吃饭桌上，我们照着帖上的字迹，开始了一笔一划，写了平生的第一张毛笔字。

一个星期后，让班主任看作业。班主任很认真，一张接一张地看，一边笑，一边表扬鼓励。她随手挑了几个字为我们讲解，说哪一笔可以，哪一笔不太对。正好那天书法小组有活动，要请一位老先生来给大家讲课。也许想到朱越的缘故，我和黄效愚不约而同有些兴奋，让我们感到更意外的，是那天来讲课的老先生不是别人，竟然是位见过的熟人，就是那天在理发店遇到的“老师傅”，就是邵老先生。

邵老先生和藏丽花

邵老先生在班主任的办公室给我们讲课，书法小组加上新参加的我和黄效愚，也就八九个人。因为此前已见过这位老先生，我和黄效愚兴致勃勃，目不转睛地看着他，他也对着我们望，有些不太明白的样子，大约是已想不起我们是谁。朱越找了个脏兮兮的杯子，替邵老先生倒了杯白开水，班主任一边让他喝水，一边为我们解释，为什么要请这位老先生过来，让老先生给大家讲讲课，可能会有什么样的好处。

时隔多年，已记不清楚邵老先生说了些什么，都是些简单浅显的道理，因为简单浅显，反而弄得我们头昏脑涨。笔应该怎么拿，不应该怎么拿，他的口齿不是很清楚，很重的湖南口音，一次次做示范。从一开始，我就被相互矛盾的说法搞糊涂了。一会儿这么说，一会儿那么说，一会儿说笔要抓紧，一会儿又说绝不能死死地捏住。反正怎么说都有道理，怎么说都对。邵老先生说有人把笔抓得很死，像根棍子绑在手上，按道理这样写不好字，可是最后还是成了大书法家。有人一边写，一边捻手指，笔竿不停地在转，也一样写出了非常好的字。

邵老先生的字究竟有多好，我是外行，说不清楚。南京这地方藏龙卧虎，能写一手好字的人向来有很多，公认的大家也有好几位。多少年以后，因为常在文化界混，我有机会遇到一些著名的书法家，问起邵老先生的字，通常的回答都是还可以。还可以往往是一种十分暧昧的说法，有时候，说了等于没说。很显然，书法界的很多人对邵老先生根本不了解，按照流行的评判标准，他既不是中国书协会员，也不是江苏书协会员，更没出过作品集，因此能不能算书法家，还得打上一个问号。据说他生前曾参加过南京书协的活动，也曾有意想加入协会成为会员，好像还填了表，后来也不知什么原因，不了了之。

邵老先生有时还会有人提起，甚至被抬到非常高的地位，不外乎两个原因。首先是藏丽花的外公，水涨船高，外孙女成了有全国影响的书法家，启蒙老师自然不该是等闲之辈。在藏丽花的履历上，很清晰地写着幼承家传，这个家传不会是空穴来风，研究者总得找点说法，既然她的字获得了很大声誉，邵老先生自然而然就应该是书坛名宿。

其次邵老先生有着很不一般的过去，他出生在官宦人家，旧学的功底十分了得。年轻时曾经从过政，虽然没当过什么特别大的官，却在各种政治集团里厮混，见多识广。邵老先生最被后人诟病的，是曾在汪伪政府里任过职，所谓当过汉奸。在老派的人看来，字如其人，有了这种不光彩经历，他的字当然不可能得到推崇。据熟悉藏丽花的人介绍，所谓幼承家传，也是后来的说法，事实上，在相当长时间里，藏丽花并不承认自己的师承与邵老先生有太大关系。在介绍自己时，她常常说跟谁学过字，是谁的关门弟子，总是羞于提到自己外公。

直到有一天，研究者发现邵老先生生前曾与南京几位大名鼎鼎的书法家有过来往，譬如林散之先生，譬如高二适先生，这两位是南京书坛公认的前辈大家，后人在研究时发现，他们对邵老先生十分推崇。还有一位女书法家萧娴老太太，她与邵老先生的关系更是非同寻常。很长一段时间，藏丽花完全走了萧娴的路子，非北碑不碰，非《石门铭》《石门颂》《石鼓文》不写。早在民国时期，邵老先生就与萧娴的丈夫江达共过事，关系十分密切，可以说是志同道合。有一段时候，他们还做过邻居，都住在玄武湖边上。

隔些日子，邵老先生就会来我们学校，看看书法小组的作业。因为朱越的缘故，虽然对书法毫无兴趣，我一直硬头皮跟着混，有一张无一张地乱写。书法小组的人数逐渐增多，在班主任的鼓吹下，其他班级的同学也纷纷加入。很快办公室已经嫌小，讲座干脆移到了教室。刚开始，同学们的字都惨不忍睹，好坏也没什么区别，渐渐就看出了不同。写得最好的是黄效愚，记得刚开始为交作业，我常让他帮我代写，他的字越写越好，很快没办法代劳，我们已完全不可同日而语。

终于有一天，邵老先生把藏丽花带来了。那是我们第一次见到她，高高的个子，穿一条黄军裤，黄的军用球鞋。可能我们当时太矮小了，藏丽花给我的第一印象，要比实际年龄还要大，大得多，完全是一个成熟女人，丰满，结实，胸脯挺得很高，脸上涨得通红。在大家的心目中，这个人与其说是个大姐姐，还不如说更像一个小阿姨，说她结过婚了，肯定不会有人不相信。我做梦也不会想到，十年以后，我的好朋友和铁哥们黄效愚，会义无反顾地和她走到一起，会和她结为夫妻，还一起生了一个儿子。

那时候藏丽花还在农村插队，作为“文革”前的最后一届高中生，她的成绩十分出色，可惜没机会上大学。一直到现在，我都没弄明白，她为什么会到我们学校来代课。也许是班主任怀孕了，需要有个帮手，也许邵老先生认识学校的什么人，反正稀里糊涂地就来了。我们只知道她当时不领薪水，完全是出于义务，鞍前马后地在学校乱跑，什么事都做，化学也教过，物理也教过。目的可能是想能留下来当老师，然而这显然一厢情愿，不管她有多大能耐，只是一个临时代课的知青。

藏丽花在学校的时间并不长，很快就被辞退了，不过却给我们留下了很深的影响。大家印象最深的，是她表演如何写毛笔字。那是第一次来的时候，邵老先生让她做示范。藏丽花很傲慢地看着我们，我们傻乎乎地看着她。她突然拿出一支很大的毛笔，蘸点清水，就在黑板上写了几个大字，“好好学习，天天向上”，字很大，写完了，坐在一旁的邵老先生用不容置疑的声音对我们说：

“看见没有，要写，就得是这么大的字才好！”

这以后，只要一提到藏丽花，我就会想到她当年的神气活现，想到她突然拿出一支笔，蘸了水，在黑板上十分潇洒地写字。我至今都不能想明白，这支笔事先藏在哪儿了，怎么就突然出现在她的手中。

一时间，我们傻了眼，以至于她回过身来，眼睛还都盯在黑板上。接下来，大家开始写字，模仿黑板上的那几个字。我们开始磨墨，打开大字练习本，依葫芦画瓢，按照那几个字的样子写。后来才知道写的是魏碑，当时只是觉得这几个字很新鲜，很好看，与我们平时见到的不太一样。在我们写字的时候，邵老先生坐那儿岿然不动，藏丽花走来走去，东张西望像个监考老师，不时地摇头。终于她很傲慢地转过身，向着我和黄效愚径直走过来，我连忙将刚写的字翻过去，用手压住，不让她看。

藏丽花已走到我们面前，冷笑着说：

“好吧，不想让看，我就不看了，反正你也写不好。”

接下来，她盯着黄效愚的字看，很认真地看着。黄效愚有些得意，他是公认写字最好的人，大家都想知道藏丽花会有什么样的评价。她看看那字，又看看黄效愚，半天不说话。最后，她拿起黄效愚的大字练习本，翻看前面写过的字，然后合起来，看了看封面的名字，问：

“你就是那个黄效愚？”

黄效愚点了点头，睁大了眼睛，看着藏丽花。

藏丽花悠悠地说：“我外公说了，你的字写得还不错，不过，要我看，一点都不怎么样！”

藏丽花接着又说了一句：“你还得好好地练。”

藏丽花的故事

藏丽花接受记者采访，被问起什么时候开始写毛笔字，常常会用一个“不知道”来回答。按照她的说法，自从有了记忆，就开始运用毛笔。她没办法说清楚自己什么时候开始临帖，只记得小时候，闲着无聊，没别的孩子陪她玩，她就经常独自一人，用笔蘸着清水，在石板上写来写去。

藏丽花自小跟外公外婆一起长大，她父母都是革命军人，都是军人中的文化人，随解放大军去了西南。藏丽花出生在贵州，还是在月子里，父母便把她送到南京，在八岁的时候，才又一次与母亲见上一面。这时候，藏丽花父母已离婚，又结了婚，各自都有了新的小孩。藏丽花有三个舅舅，两个舅舅在外地，一个舅舅在美国，外公外婆最疼爱的是她母亲，然而这个女儿又最让他们操心和烦神。

母亲在藏丽花的心目中始终很陌生，外婆过世，母亲回来过一次，带着弟弟妹妹，几乎没有跟藏丽花说上话。外公过世，母亲又回来过一次，这一次是独自一个人，仍然是没有与女儿说什么。母女俩心里都有隔阂，不知道该跟女儿说什么，也不知道该跟母亲说什么，相对无言欲说还休。心里都有话，谁也不愿意多说。最后只能是丈母娘与女婿瞎聊，母亲叹着气跟黄效愚抱怨，说藏丽花这孩子很可怜，从小没有爹妈管，日后还要靠他多多照顾。黄效愚听着很不是滋味，偷偷地看了藏丽花一眼，她正在不远处看报纸，显然听见这话了，脸色更加阴沉。黄效愚心里想，丈母娘真不会说话，藏丽花听她这么说，肯定是不高兴，肯定又憋了一肚子的火。

丈母娘说："她心里不喜欢我，她这人，谁也不会喜欢。"

丈母娘又说："她心里根本就不会有我这个妈。不过我看得出，你喜欢她，你对她好，有你喜欢她我就放心了。"

藏丽花在书法上的领路人，应该是她外婆。用藏丽花的话说，外婆是个真正的大家闺秀，虽然一辈子没有工作，当了一辈子家庭妇女，却是非常了不起。在接受台湾一家电视台采访时，藏丽花侃侃而谈，大谈自己能有今天，能够成为一名女书法家，与外婆这样的家庭妇女分不开。藏丽花认为，中国大陆教育很大的失败，是因为家中没有一个称职的有文化的主妇。妇女们都出去工作了，裙子也不穿了，穿着男人一样的长裤，像男人一样干活，像男人一样地成为了机器，像男人一样只知道养家糊口。时代不同了，男女都一样，结果因为一样，根本没人花功夫教育孩子。藏丽花说，中国大陆所说的家庭妇女，通常是指那些没有文化，没有知识，只能依附丈夫苟活的女人，她们没出去工作，是因为没能力找到工作。

藏丽花的外婆上过大学，她那岁数的女人能上大学，绝对凤毛麟角。不过大学也没毕业，还是在上大学的时候，就嫁给了外公，藏丽花的外公当时已很能挣钱，神气十足地对外婆说，别上什么大学了，你不是学的家政吗，用不着再学了，就在家给我教育孩子吧。藏丽花常常要说，外公外婆年轻时，从来就没缺过钱，就算外公不能挣钱，光是外婆的陪嫁，也可以白吃白喝很多年。

谈到自己的书法风格，藏丽花喜欢强调家庭出身。她认为不同寻常的出身，可以造就不同寻常的书风。譬如她小时候就喜欢写大字，写那种隶书风格的擘窠大字，每个字都要比一个人的手掌还要大，外公一直反对她这么做，说一个女孩子家，写字要绢秀，写那么大的字干什么。根据外公的意思，藏丽花应该写《灵飞经》，或者学学褚遂良，然而她就是不肯听，就是不喜欢写小字，就是喜欢写大字。如果不是外婆有力地支持，藏丽花或许也会按照外公的路子走，因为外婆支持，她在一开始就学写隶书，隶书最适合写大字。

藏丽花的回忆中，在六岁之前，大约是家庭的经济状况比较好，还有些老底子，外公外婆也不心疼纸墨，随她去乱写。渐渐地不行了，一会儿运动，一会儿改造，没那么多的纸让她糟蹋。有一段时间，连酷爱书法的外公也不经常写字了，而是改成不断地读帖。为了节省纸张，外公只能用手指在空中乱划。藏丽花最喜欢描述的，是自己如何在家藏的石板上苦练。这石板可是一块宝贝，是她外公在苏州伪省政府当官时，花了二十块大洋淘来的。当时也不仅仅是看中那石板，是看中放石板的红木架，做成了一个小桌子模样，专供人练字。

藏丽花开始在石板上写字时，脚底下还得垫张小板凳。她记得小时候常要和外公抢着写字，老人家在那儿写，她就跑过去捣乱。她和邵老先生经常要做的游戏，是外公写一个字，然后她立刻在下面学着写。早在还是一个小毛丫头的时候，藏丽花就是非凡的天才，显现出了一种超乎寻常的早熟。有一天，外公一位喜欢书法的友人前来做客，他让邵老先生为自己的书斋题字。邵老先生一连写了好几张，都不是很满意，结果等朋友再来时，他拿出已经写过的字，请友人随便挑一张。

友人一张张翻看，看中了一幅还没有题款的字，说就这张吧，我觉得这张挺好。邵老先生有些吃惊，眼前的这张字，既像是自己写的，又不太像，一时间，他竟然有些吃不准了。不过他很快就知道，这是藏丽花捣的鬼，是她偷偷地模仿着写了一张，然后混在了一起。友人不太相信，不相信一个十岁出头的小女孩，竟然能写得这么好。

于是把藏丽花叫来当场验证，第一张字有些紧张，写得不太好，第二张果然就十分了得，把友人惊得目瞪口呆，连声称奇拍手叫绝。那时候，藏丽花还不太会题款，也不太懂钤印，既然友人能看中这张字，邵老先生便在旁边题了长款，说明这几个字的原由，然后郑重其事地钤了印。这幅字如果还在，大约可以算是藏丽花最早的作品了，可惜在“文革”中，这位友人自杀了，那字自然也不知所踪。

藏丽花的书法技艺，在“文革”刚开始的时候，获得了突破性进展。轰轰烈烈的大革命，剥夺了一代人上大学的权利，却让她有更多机会去写毛笔字。那时候，藏丽花的书法已相当不错，铺天盖地的大字报，正好给她一个展示才华的机会。她擅长写大字，字越大越好看，学校的同学写大字报，都把标题留给她来写。写醒目的大标语，更是离不开她。因为她的毛笔字漂亮，各个造反派组织都拉拢她，讨好她，都希望她能成为自己组织里的一员。

多少年以后，藏丽花成了大名，成了书法界的名人。省委的一位副书记与文化界名流对话，当着各路精英的面，笑着对藏丽花说，早在三十多年前，他就知道她的字写得好。因为是座谈会形式，现场气氛十分活跃，在场的文化名流都觉得不可思议，毕竟那时候藏丽花还只是个中学生，省委副书记当然也还年轻，他怎么知道哪张大字报是藏丽花写的。

省委副书记说出了藏丽花当时所在的中学，又说出了她当时参加的造反派组织，更厉害的是，他还能记得她当时的笔名。这个真的让人感到很吃惊，甚至连藏丽花也快忘了她曾经用过“风雷激”这个笔名。省委副书记做了解释，说当时他大学刚毕业，跟在教育局的老局长身边当秘书，陪着局长一起去下面的中学看大字报，当然是偷偷地去的，这位局长也是个书法爱好者，一边看大字报，一边欣赏学生的毛笔字。他很吃惊藏丽花作为一个中学生，竟然能写那么一手漂亮的字。

藏丽花仍然有些怀疑，就算省委副书记说的都是实话，千真万确，可是当时那位教育局的局长，又怎么知道她就是“风雷激”呢。大字报内容当然不重要了，经过省委副书记的提醒，藏丽花依稀想起了自己当初的笔名。这个笔名非常可笑，非常有时代特色。她记得自己班上还有一个女生，笔名叫“战神州”，还有一个男生干脆叫“金箍棒”。藏丽花的同龄人，当时的红卫兵小将们，更多的是记住了他们怎么去串联，怎么挤火车去了北京，怎么在天安门见到了伟大领袖毛主席，而她最难忘的，就剩下了一句歌词：

“拿起笔作刀枪！”

在那个火红的年代，笔就是刀枪，笔就是与阶级敌人战斗的武器。那时候，无论走到哪里，藏丽花身上都会带着一支毛笔。她不仅擅长运用大笔，能用大笔写字，而且为了便于携带，也能用小笔写大字。在书家看来，这是非常犯忌的事，可是当时为了方便，也顾不上了。

还是藏丽花的故事

“文化大革命”给藏丽花留下更深刻的印象，不是没完没了地写大字报，而是忽如其来的上山下乡。毛主席他老人家发出了知识青年到农村去的号召，狂热的年轻人一个个都很兴奋，都觉得这事既新鲜又刺激，欢欣鼓舞奔走相告。藏丽花也有过短暂的激动，一想到自己很快就要摆脱外公外婆的管束，便立刻有一种说不出来的快乐。

幸福的感受来得快，去得更快，还没有离开家，藏丽花就有些舍不得外公外婆了。外婆老是一个人悄悄地在流眼泪，这让她感到有些内疚，既然外婆对她去农村是那么难受，还有什么理由感到高兴呢。因为从来没去过农村，藏丽花并不知道前途如何，不知道会有一种什么样的生活在等待自己，然而外婆的眼泪，让藏丽花有了不祥的预感。

接下来，差不多有两年时间，藏丽花没碰过毛笔，这是她自记事以来，从未出现过的状况。虽然也带了几本字帖去插队的地方，可是她根本就没兴趣去阅读它们。在农村当知青的感觉一点都不好，那段日子，藏丽花看中了邻村的一位会计，一位回乡的男知青，大队书记的弟弟，比她还要小一岁。落花有意流水无情，偏偏那家伙有眼无珠，喜欢上了另一位女知青。这让藏丽花感到很不痛快，不仅因为他不喜欢自己，而且还因为他不识好歹，竟然爱上了一位各方面都不如自己的女人。

有一天，那位会计在墙上刷标语，用那种粉墙的排笔刷子，蘸着很稠的白石灰水，写了一条很大的标语。藏丽花在一边看着，满脸不屑，最后忍不住讥笑说：

“你怎么可以把字写得这么难看！”

会计的脸上有些挂不住，悻悻地说：

“你有能耐，你来。”

藏丽花二话不说，上前拿过刷子就写。她从来没用过排笔刷子，很不适应，手上感到非常别扭。字写好了，因为大，要退后好几步，才能看出效果。

会计说：“你的字也不怎么样，比我也好不到哪里，还不是跟我的字差不多！”

藏丽花很愤怒，排笔刷子往石灰水的桶里一扔，扭头就走，眼泪止不住地流了出来，哗哗地十分泛滥。会计还不服气，还在那儿叽叽咕咕。藏丽花根本就不回头，所以要流眼泪，绝不是因为这会计不喜欢自己，而是他竟然敢说她的字不怎么样，竟然会把他们的字相提并论，说藏丽花的字与他丑陋不堪的字差不多。

接下来，藏丽花记忆中就剩下了一件事，千方百计想办法回到城里。毛主席说，知识青年到农村去，接受贫下中农的再教育，很有必要。她通过自己的亲身经历，充分证明了到农村去完全没必要，不仅没必要，而且还非常糟糕。事实证明，知识青年不喜欢贫下中农，贫下中农也不喜欢知识青年。

想回城，最简便的办法是装病，装什么病都行。刚开始，藏丽花还往插队的地方寄病假条，到后来，干脆不理不睬，爱怎么样怎么样，大不了一份口粮不要了。虽然她出生在这座城市，在这儿上小学，读中学，然而现在已成了地道的黑户。那时候还有推荐上大学这档子买卖，藏丽花知道根据自己的表现，绝不可能有那个机会，所以也就从来不去考虑走后门。别的知青下乡，都惦记给大队书记送点礼，给队长的媳妇送双袜子，藏丽花从来不玩这一套。幸运的是，尽管她一点都不世故，完全不在乎别人的看法，别人也没给她穿过什么小鞋。

那段日子，藏丽花死活不愿意再到乡下去，硬赖在城市并不是个好办法，然而她就是死皮赖脸地硬扛着。生活来源很快成了问题，成了大问题。因为“文革”，海外的舅舅没办法再寄钱回来。外公本来还有一份很不错的养老金，数额突然减去一大半。为了贴补家用，外婆开始帮街道生产小组粘火柴盒，随着时间的消逝，藏丽花已记不清楚当年粘一个火柴盒能有多少钱，能记住的只是报酬非常少，外婆干得非常辛苦，到后来，僵硬的手指都没办法再弯曲。

藏丽花觉得自己一生最愧对两个人，一个是自己的丈夫黄效愚，还有一个就是外婆。等到她名成功就，外婆早就死了，老人家把一生的爱都给了外孙女儿，却没有享受到她一天的福。出身于大户人家的外婆，即使生活最窘迫的时候，也能够把日子过得非常优雅。事实上，自从嫁给外公后，她断断续续地就没停过进当铺，后来当铺没有了，又成为信托商店的常客。每当遇到经济困难，柴米油盐成了问题，外婆就会翻箱倒柜，寻思自己还有什么宝贝可以拿出来应急。

为了能够留在城里，为了待在城里不吃闲饭，藏丽花尝试过各种办法谋求生路。做过代课教师，跟外婆一起粘火柴盒，有一段时候甚至想混进剧团当演员。受喜爱拍曲的外公影响，藏丽花自小就会唱几句昆曲，一开始只是好玩，外公有个学生是著名的票友，戏路是小生，正经八百地教过藏丽花几天。到了“文革”中，没戏可演，剧团名存实亡，转业的转业，下放的下放。然后突然来了外宾，是懂点中国文化的外宾，指名道姓地要听传统的昆曲。当时正处于军管时期，各地的第一把手都是军区司令员，譬如江苏的革委会主任，就是大名鼎鼎的许世友。武人当政，最大的好处是敢于乱来，想干就干说干就干。于是下令剧团恢复，立刻招兵买马，面向社会招收临时青年昆曲演员。在样板戏风行的年头，还真没有什么人会唱昆曲，也没有人愿意唱。藏丽花赶紧再一次去拜师，改学花旦，天天吊嗓子练身段，勤磨苦练，现学现卖。

多少年以后，文化人雅聚联欢表演节目，藏丽花偶尔也会开口露上一手。唱一段《长生殿》，唱一段《牡丹亭》，抑扬顿挫一板一眼，立刻技惊四座，立刻掌声雷动，一片声的叫好。不一样就是不一样，别人怎么也不会想到，作为书法家的藏丽花，竟然还有这个本事，还会有这么一手绝活。当然，别人更不会想到，藏丽花根本就不喜欢昆曲，当年临时抱佛脚，下功夫死练，只是为了能留在城里，只是为了一个城市户口，为了拿到一份能养活自己的生活费。

有一段时间，她几乎已是剧团的人。虽然不是科班出身，她学得太晚了，唱得不是很好，然而也能不算太差，蒙蒙外行没有一点问题。藏丽花早知道自己不是当演员的料，能不能唱戏也无所谓，根本不在乎是否可以真的登台亮相。那时候只有一个目的，只有一个心愿，就是要千方百计混进剧团。昆曲早已是半死不活，当不了演员，能够留下来写写字幕也好。但是团里并不需要书法家，能写一手好字的人很多，和别的剧种不一样，昆曲演员更讲究传统，都是自小就开始练书法，随便找个人出来都可以写字幕。

成为一名专职的书法家之前，藏丽花的正式工作，是位于市中心一家国营卤菜店的员工。一段时间，她似乎很安心，很喜欢这个工作，常常引以为自豪，忍不住就向别人卖弄剁盐水鸭的绝技。她剁过的鸭子，竟然还能保持一只完整的鸭子形状，由此可想这一手刀功何以了得。藏丽花与黄效愚结婚，已经是八十年代初期，我去那家卤菜店买过盐水鸭，她给我剁的几乎都是鸭腿，分量也明显超重。

藏丽花在“文革”后期正式调回南京，尽管一直赖在城里，直到正式报上城市户口，进了卤菜店，系上崭新的白围兜，她才觉得自己终于回来了。这段时候，更开心的是陷入到了对林训东的爱恋之中。这是一场非常热烈的爱情，藏丽花全身心地投入。那时候，“四人帮”还没被粉碎，思想仍然很禁锢，文化却已在悄悄复苏。不甘寂寞的年轻人蠢蠢欲动，开始了各种形式的秘密聚会，大家在私底下转阅世界名著，聚在一起偷听古典音乐，转抄民间诗人写的地下诗，传播形形色色的小道消息。

在一位音乐教师家中听古典音乐时，藏丽花结识了林训东。这个男人已经结婚了，有个六岁的小女儿，是区文化馆的工作人员，一个典型的才子，音乐诗歌戏剧舞蹈，什么都懂一点，什么都能玩几下。藏丽花很轻易地就被他的才华吸引，林训东谈诗，可以让诗人哑口，与音乐教师侃音乐，能够叫对方无言。让藏丽花震惊的还有，他竟然能够把贝多芬《命运交响曲》的旋律，从头哼到尾，中间不会有一点停顿。

那时候有留声机的人家并不多，有古典音乐唱片的更少，年轻人第一次听贝多芬，第一次听柴可夫斯基，仿佛久旱遇到了甘露，文化的沙漠里看到了绿洲，被深深打动几乎不容怀疑。对于需要文化的年轻人，知识往往是最好的杀器。藏丽花不计后果地爱上了林训东，他结过婚，有个女儿，所有这种种一切，都已经变得不重要。

黄效愚对书法的迷恋

黄效愚对书法的迷恋，让人有些想不明白。也许他天生就应该写字，有人天生就适合玩书法，就像有人天生应该玩体育运动，应该去打篮球踢足球。说起来话长，因为朱越的缘故，我们参加了书法小组，这一点大家心照不宣，谁也抵赖不了。很快高中毕业，朱越下乡当了知青，我和黄效愚分别进厂当了学徒。有一次，跟黄效愚在一起聊天，说起了昔日的梦中恋人，往事历历无限感慨。

那时候，我们已经得到确切消息，朱越正和一个叫黄海明的男生处朋友。吃不着葡萄，难免觉得酸，我们都认识黄海明，都觉得朱越很没有眼光，怎么会看中这么一个家伙。我们都有一点点伤感，都做出不在乎的样子。那时候，我在一家机械厂上班，是钳工，每天做差不多的事，非常无聊。黄效愚在工艺美术厂上班，成天跟字模打交道，因为他喜欢写毛笔字，干这个工作倒是挺合适。

黄效愚对书法的迷恋，早在上高中时就毫无保留地流露出来。一度十分红火的书法小组，很快偃旗息鼓，自从邵老先生和藏丽花再不来给我们上课，小组的活动基本上停止了。只有黄效愚傻乎乎地坚持每天写字，不仅写，还悄悄问了邵老先生家的地址，每隔一段时候，便将自己的作业送去请教。

邵老先生成了黄效愚的指导老师，很长的日子里，黄效愚十分有耐心地写着《勤礼碑》，一笔一划，一写就是很多年，渐渐从近似到神似。有一天，邵老先生对他说，你已经有了很不错的基础，开始写写二王吧。于是开始学二王，根据邵老先生的安排，一天隔一天临习，单日继续写颜字，双日写二王。除了临帖写字读点古文，黄效愚对其他事都不感兴趣，自作主张地将隔日临习改成了上下午，上午颜字，下午二王。每天都要在写字上面花很多时间，他的进步因此很快，基本功也变得更加扎实。进工艺美术厂以后，他的工作本来就与写字有关，有活干的时候认真干活，没事干的时候静心练字，背诵古文诗词。因为业务的需要，厂图书馆里有很多常见的传统字帖，黄效愚仿佛发现了新大陆，开始一本接一本地抄写临摹，柳字欧字，初唐三家，宋朝的黄苏米蔡，逮着什么写什么。

工艺美术厂的老师傅有一种过硬本事，只要是字帖上能有的字，反复摹写几遍，就可以以假乱真。刚工作那几年，黄效愚似乎很满足自己的生活状态，每天要面对写不完的字，从来都不会觉得厌烦。一段时间，他最好的老师已不是学养丰富的邵老先生，而是厂里一个姓庞的老师傅，黄效愚一心想成为庞师傅那样的奇人，写什么像什么，想怎么写就能怎么写。大也能写，小也能写，只要多看几遍，大小收放自如。

恢复高考的时候，我曾想拉着黄效愚一起报名，特地跑到他们厂去找他，苦口婆心地劝，希望他能与我一起复习功课。我绝对没想到他会拒绝，当时他正在往一件漆器上描字，听了我的话，手上的毛笔依然举着，犹豫了一会儿，说自己对上什么大学一点兴趣都没有。

黄效愚说：“我们学什么呢，学理科，学文科？”

我兴致勃勃地说：“当然是理科，我们学医怎么样？”

黄效愚再次强调他对当医生毫无兴趣，除了写字，什么都无所谓。他说只有像朱亮那样的人，才应该去学医，因为朱亮喜欢针灸，天生就是个赤脚医生，是那种不穿鞋的医生，他去读了医学院，有了正经八百的文凭，就可以把鞋穿起来了。黄效愚的判断还真没有错，朱亮果然就报考了医学院，而且真考上了，毕业以后，他在一家大医院待了两年，又去美国留学，后来就留在了美国，听说医术很高，能挣很多很多钱，已进入了美国的富人行列。我的劝说对黄效愚没起一点作用，这时候的黄效愚，根本就听不进我的话。

几个月以后，我和朱亮被安排在同一个考场参加考试。看考场时，我们正好遇上，听说我临时改报了文科，朱亮有些想不明白，问我为什么改填了志愿，又问我黄效愚为什么不报名，说你们关系那么好，为什么不说服他一起考大学。

黄效愚对书法的迷恋，直接影响了我们的友谊。自从开始全身心地投入练字以后，他完全变了一个人，对是否还有我这个朋友，已经不太在乎。我们刚开始成为好朋友的时候，通常都是他迁就我，听我的话，都是他来找我玩，无论做什么事，都是非常在乎我的意见。对书法的迷恋，彻底改变了他的性格，他的整个身心都陷入其中，以至于我每一次去找他，他似乎都在做与写字有关的事情。

友谊有时候就是一种习惯，被惯性推着往前走。在我做小工人的日子里，因为没什么新的朋友，尽管黄效愚常常心不在焉，我也只能去找他玩，有什么话也只能向他倾诉。他们家有两处房子，其中有一间靠着街边的房子，很小，很潮湿，黄效愚就独自一人住在这里，里面全是他写的字，非常整齐地堆放着，一排又一排，足足有桌子那么高。墙上也挂得到处都是，黄效愚告诉我，他的工资都用在写字上了，而且还特别说明，有很多纸还是他从厂里顺带回家的。

“成天这么写来写去，”我有点想不明白，说，“有什么意思？”

黄效愚说他也不知道有什么意思，反正就是觉得喜欢写，一天不动笔就难受，一天不写字就觉得欠缺了什么。他的脑子里已经让各式各样的字给填满了，一闲下来，就会想着这字应该怎么写，不应该怎么写。我去找他聊天，他总是要让我看他写的字，我又不懂字的好坏，结果就是对照原帖，只要写得像就是好的，只要写得像就是最高境界。那一段日子，差不多每个月，我都会去黄效愚的小屋玩一次，聊聊天，看看他新写的字，然后再发发牢骚。

如果不粉碎“四人帮”，不恢复高考，我们的生活大约就会永远那么固定下来。天天一大早去上班，傍晚天黑了再回来，今天是明天的重复，后天又和明天没任何区别。闲的时候看看小说，只能看小说，好在家里还有许多外国小说。没有看得上的女人，更没有女人看上我。黄效愚对现状很满意，我却非常讨厌自己机械单调的生活。

有相当长的一段时间，我和黄效愚几乎没有什么来往，我们像两股道上跑的车，各行其道，各走各的路。考上大学以后，我已没那个闲工夫再去打扰他，到了大学二年级的时候，也就是上世纪的八十年代初，他突然神情沮丧地出现在我宿舍，憋了半天，说有话要跟我好好谈一谈。他的神态让人感到很意外，我很吃惊他会来找我，当然更为意外的，是他冒冒失失地来找我，竟然是为了要考大学。

我不明白为什么，十分好奇地问他："怎么熬到现在，又突然想到要考大学了？"

这事有些不可思议，也不可理喻。早知今日，何必当初，当初苦口婆心地劝他，他不肯考。现如今一转眼，两年的宝贵时间都过去了，黄花菜也凉了，要像跟准备充分的应届高中考生竞争，他肯定不是对手。事实就是这样，黄效愚匆匆备考，匆匆参加考试，结果名落孙山，分数差了一大截。

黄效愚与藏丽花的故事

黄效愚要考大学的理由也很荒唐，说是想进一步研习《古文观止》。这是个很奇怪的念头，为了安慰他，我告诉他一个秘密，作为一名中文系的学生，事实上我们根本就不学习《古文观止》，我告诉他根本就没开过这课，中文系的人都不把古文当回事。黄效愚不相信，说中文系不学《古文观止》，那还叫什么中文系。

黄效愚有着很好的古文基础，起码比我这个中文系出身的人强得多。《古文观止》上的内容，他可以背诵出十之八九，《唐诗三百首》也可以默写出二百多首。这些都是受了邵老先生的影响，老先生既然把他收为弟子，便按照自己的思路来培养。在工艺美术厂的最初几年，黄效愚感觉非常好，写字的水平突飞猛进，自学的能力越来越强，古诗文在邵老先生的辅导下也读了不少，然而没想到有一天，藏丽花突然用一盆冷水，将他给彻底浇醒了。

那一段时候，黄效愚对自己的字有点沾沾自喜。他开始有点骄傲了，去邵老先生家的次数明显减少，一来要做的事实在太多，有太多的字可以写，太多的书可以读，二来老先生的精力也有限，对黄效愚的所作所为，有时候也懒得过多评价。有一天，黄效愚抱着一卷新写的字，想拿去请邵老先生评点，可是去了以后，才知道邵老先生身体不适，已经住进了医院。于是立刻赶往医院，幸运的是，邵老先生病情已稳定，正处在恢复期间。邵老先生看到他很高兴，也许是许久不见面的缘故，问他这段时候干了什么，为什么老是见不到他。黄效愚解释说厂里太忙，说国庆节快到了，老是加班加点。

那一天正好藏丽花也在场，黄效愚虽然跟着邵老先生学了好多年的书法，但是与藏丽花的见面次数并不多。很多时候是她不在家，有时候正好在家，也是躲在自己房间里不出来。邵老先生通常都是在吃饭的客堂接待客人，黄效愚去了，就在吃饭桌上谈话，要写字，也是临时铺上一块毛毡，现磨墨现写。对于自己的字，黄效愚一直很有信心，因为邵老先生教学生的，通常都很客气，以表扬和鼓励为主，基本上不说什么不好，而是指出哪一笔好，哪一个字与上次相比，有了明显的进步。黄效愚的习字之路，一直是在邵老先生的呵护下进行。

这么多年来，黄效愚已习惯了听表扬。他本来并不是一个自信的人，对书法的自信，实际上是邵老先生有意识培养的结果。那天在医院，因为藏丽花也在场，邵老先生看了黄效愚的字以后，老一套地又表扬了几句，便让藏丽花也发表意见。藏丽花很不客气地把字接过去，匆匆看了几眼，一言不发地把字还给黄效愚。

黄效愚有些尴尬，他知道藏丽花这人十分孤傲，也知道她的字写得很好，很有独到之处，可是就算她字写得再好，也不应该如此傲慢，如此不把别人放在眼里。藏丽花的态度让黄效愚心里很不舒服，她不说，他也就懒得问。事情本来可以到此为止，然而邵老先生又随口追问一句，问外孙女儿有什么看法，为什么不发表意见。藏丽花咬了咬嘴唇，轻描淡写地说了半句：

“还行吧，能写成这样——”

黄效愚与邵老先生都等她把话完，偏偏她又卖起了关子，不往下说了。既然她不肯说，别人也就算了，邵老先生不再追问，黄效愚也不打算计较。过了一会，藏丽花又发表了意见，这一次是毫不客气：

“字写得是不错，就是太俗，太俗了！”

太俗了这个评价，仿佛当头一棒，打在了黄效愚的脑门上，一下就把他打蒙了。平时黄效愚听别人评价自己的字，都是一个好字，都是一个像字，所谓好，就是好看，漂亮，所谓像，就是和字帖上差不多，就是以假乱真。好话听多了，习惯成了自然，就不太当回事，完全是无动于衷。藏丽花的一个俗字，让黄效愚感到浑身都不自在，像一根根刺扎在了身上。

那天离开医院，黄效愚与藏丽花是一起走的，为什么会一起离开，黄效愚也说不清楚。一开始是邵老先生让他走，他不肯走，后来藏丽花又让他走，他还是不肯走。再后来，藏丽花也要走了，他便跟着她一起离开了医院。两个人都是骑自行车，在取自行车的时候，藏丽花就跟什么事也没发生一样，不当回事地对黄效愚说：

“你的字真有点俗，我跟你说，字不能这么写！”

黄效愚不服气，问：“那应该怎么写？”

“反正不能这么写！”

接下来，黄效愚闷闷不乐，无精打采地开锁，推着自行车，与藏丽花一起出医院大门。两人虽然一路同行，并排骑着自行车，也没什么话可以说。藏丽花看他生气的样子，忍不住要笑，忍不住笑了，忍不住笑出声来。时间是中午，街上也没什么人。最后，又是藏丽花先开了口，问黄效愚住什么地方。黄效愚如实回答，说住在哪里。

藏丽花回过头来，笑着说：“听我外公说，你是一个人住，怎么样，欢迎不欢迎我去看看你写的字？”

黄效愚没想到她会这么说。

藏丽花又说：“怎么，不欢迎？我告诉你，你别跟我外公学了，你要想把字写好，得跟我学，得让我做你的老师。”

黄效愚听了她的话，猛地捏了一下车刹，将自行车停住。他的行动吓了藏丽花一跳，她也连忙捏刹车，停了下来。

黄效愚气鼓鼓地说：“我干吗要跟你学？”

藏丽花说：“这很简单，我的字比你好，比你好得多。”

黄效愚不说话了，他傻乎乎地看着藏丽花。

藏丽花在黄效愚的住处东张西望，看他写的字，她显然也有些吃惊，没想到他居然临过那么多的帖。这一年，藏丽花已经三十岁出头了，作为一个还没嫁人的老姑娘，她的一举一动，都不同于平常人。在黄效愚面前，更是喜怒无常，一会像个老大妈，一会像个老大姐，一会又像个小姑娘。黄效愚似乎也故意存心卖弄，很耐心地一叠叠翻给她看。藏丽花一开始还显得有点耐心，看了一会儿，便开始不耐烦，说看来看去，也就是这么回事。她建议黄效愚将这些字全部烧了，没必要留在房间里占地方。或者卖给收破烂的，这么多纸，都是吃了墨的，说不定还真能卖几个钱。

黄效愚有些后悔让藏丽花来做客，她的话让他感到自取其辱。他想赶她走，可是一时又说不出口，这么做毕竟太小家子气了。好男不跟女斗，尤其是不应该跟一个老姑娘斗气。虽然气势上藏丽花占了绝对上风，黄效愚内心并不服输，他觉得她所以会那么狂妄，那么口吐狂言，完全是属于嫉妒。邵老先生总是说他的字如何好，这肯定会让自恃甚高的藏丽花感到不舒服。对于这样不讲理的女人，最好的办法就是不理睬，就是让她说，随便她说什么。然而黄效愚的一味忍让，并没有让藏丽花有所收敛，她似乎存心要叫他难堪，要让他发急。黄效愚越是不说话，她就越是来劲，越是肆无忌惮，说到临了，她说自己当时在医院不过是随口说说，现在看了这么多字，可以更加肯定他的字是太俗了。

藏丽花说："黄山谷有一句话，我不说你也知道——世人只识兰亭面，欲换凡骨无金丹，你的字，如果说有毛病的话，就是俗，俗到了骨子里。我让你放把火，将这些字都烧了，就是要治你的病！"

藏丽花又说："你来帮我磨墨，我写几个字你看看，你看看我是怎么写的。”

黄效愚不说话，脸上毫无表情。

藏丽花又说：“听说过什么叫字奴吗，听说过什么叫字匠吗，这个就是说你，说的就是你这种人，说的就是你这种字，字奴！字匠！我跟你说，你呀，绝对不能再这么写下去了——喂，帮我磨墨呀。”

黄效愚的脸上仍然是没有表情。

藏丽花见他不愿意动弹，就自己往砚台里倒水磨墨，然后铺纸，取了一支笔，随手写了几个字。写到一半，叹气说这张没写好，又换了张纸，接着写，写完了仍然是摇头，说写得不好，今天这状态真是不太适合写字。她回过头来，看了看黄效愚，他有些诧异地看看她，脸上仍然是没有任何表情。

“我这字也不好，”藏丽花面露尴尬，显然是真的不满意，苦笑着说，“不过跟你的字比，要好一些，你说呢？”

还是黄效愚和藏丽花的故事

黄效愚在一开始，并没有看出藏丽花的字写得有多好，他只是没想到她会这么张扬，会在他的房间里当场挥毫。眼见为实，在藏丽花口吐狂言的时候，黄效愚确实也很想看看她怎么写字。他知道她写的字很不错，在邵老先生家，黄效愚虽然没有进过藏丽花的闺房，可是他从外面看到过里面用来写字的书案，看到过书案上的文房四宝。邵老先生家唯一的书案是属于藏丽花的，平时邵老先生要写毛笔字，只能在会客厅里的饭桌上写。

藏丽花写字的方式，与黄效愚见过的所有人都不一样，首先是抓笔，抓得好像很随意，轻轻地一把抓住了，一边写，笔管一边在手指间很随意地转动，也就是所谓的捻管转锋。其次是慢，藏丽花的字，看似很轻快狂放，飞毫动云，其实写字的速度相当缓慢，笔墨非常沉滞。

因为写得并不满意，藏丽花带着一些遗憾，怏怏地去了。黄效愚反复地看那几个字，总觉得有些触动，有些异样的感觉。接下来的几天，黄效愚若有所失，情不自禁地总是对着那几个字看，一遍遍地琢磨，渐渐地感觉完全不一样。一旦用木夹子把它们夹住，挂在墙上，竟然是越看越好看，越看越耐看。尽管藏丽花自己并不满意，觉得并没有写好，可是黄效愚却通过这几个字，发现了另一番天地，眼前豁然开阔明朗。

三天以后，邵老先生出院了。一个星期以后，黄效愚去了邵老先生家，正好藏丽花也在，黄效愚便直截了当地提出来，要拜藏丽花为师。

藏丽花好像料定他会这样，白了他一眼，不屑地说："你想想好，真准备拜我为师？"

黄效愚说："想好了，千真万确，我就是要拜你为师。"

藏丽花说："你想好了，我还未必愿意呢。我问你，我让你把自己写的那些破字都烧了，你烧了没有？"

黄效愚犹豫了，不说话。

藏丽花不依不饶，说："要是舍不得烧，你就别想拜我为师，我这人说话算话，你舍不得，就别来找我。"

黄效愚咬了咬牙，说："烧就烧，我肯定把它们烧了。"

"什么时候烧?"

"回去就烧。"

"真的?"

"真的。"

藏丽花笑了，很得意。明知道黄效愚舍不得，她就是要他干这舍不得的事。邵老先生在一旁看热闹，他似乎也很赞成黄效愚跟藏丽花学写字，捻着下巴上的胡须，看看外孙女，又看看黄效愚，悠悠地说：

"我已经老了，已经没办法再教你，你跟着丽花学学，肯定也是有好处的。再说了，你们的性格完全不一样，要是两人能够互相学习，各取所长，就更好了。"

"爷爷，你有没有搞错，现在是他要拜我为师，"藏丽花按捺不住得意，"什么叫互相学习，我难道还用跟他学?"

"尺有所短，寸有所长，你如何知道他就对你没有帮助呢?"邵老先生有些不满，叹气说，"丽花，你的字确实不错，毛病就是太狂了，太狂了。"

藏丽花笑着，说："我就狂，我乐意!"

接下来，藏丽花便把黄效愚叫进自己的闺房。这举动让邵老先生也感到有些意外，藏丽花通常是不太愿意让别人进自己房间的。这是黄效愚第一次走进藏丽花的闺房，他过去曾在这个门口经过了无数次，可就是从来也没有进去过。那天藏丽花的心情似乎特别好，把黄效愚叫进去了以后，又一次半真半假地捉弄他：

“喂，你是不是真想好了，真要拜我为师？”

“真拜你为师。”

“你真觉得我的字比你好？”

黄效愚不说话了，他笑着，傻乎乎看着藏丽花，觉得这个问题不用回答。

藏丽花也觉得不用回答，不过她还不愿意就这么放过黄效愚，她还想继续捉弄捉弄他。

藏丽花说：“要拜师可以，你得先跪下来，给我磕个头！”

黄效愚瞪大了眼睛，没想到她会这么说，他有些倔犟地说：“磕头不行，这个不行。”

“为什么不行？”

黄效愚喃喃地说：“我跟邵老学了那么多年，也没磕过头。”

“所以我不能像我爷爷那样，白白地就教你，哪有那么容易的事，你说教就教啦，我怎么能那么好说话，”藏丽花笑得十分开心，然后一本正经地说，“喂，你磕头不磕头？”

“不磕。”

“真不磕？”

“真不磕。”

黄效愚的脸色开始变得难看，快要发急了。

“不磕就算了，不磕头还当什么徒弟。”

黄效愚这次是真的要发急了，脸色憋得通红，大有扭头就要走的意思。

“好吧，不磕就不磕，”藏丽花本来也只是说着玩玩，寻寻黄效愚的开心，看他真急了，赶紧给自己下台，“不过，不过我既然收你为徒，你当了我的徒弟，就得听我的话——怎么，跟你开开玩笑的，真生气了？”

黄效愚说：“我没生气。”

“还没生气？”

黄效愚的脸色开始缓和过来。

从这一天起，黄效愚正式开始跟藏丽花学写字。他并没有将自己过去写的那些字一把火烧掉，而是全部卖给了收破烂的。这意味着他要和过去的自我毅然决裂，将开始一个全新的自我。一切都要从头来，从头开始，接下来的时间，他将按照藏丽花的思想办事，将根据她设计的路子往下走。

这是一条与藏丽花外公教学完全不同的途径。在邵老先生指导下，黄效愚的学习过程，基本上都是临帖，临二王的帖，写唐人以后的字，走的全是馆阁体的路子。隶书也写过，魏碑也写过，都是浅尝辄止，仅仅知道一些皮毛而已。藏丽花最痛恨的就是馆阁体，她觉得一个男人写字，最可怕的就是写出一手只是看上去好看的字。因此她当老师十分简单，很长一段时间里，只能抄写三个碑，也就是“三石”，反复临《石门颂》《石门铭》《石鼓文》，其他的碑帖只许看，不许写。

黄效愚于是老老实实地听话，他这人最大的特点就是听话，跟邵老先生学书法，怎么说，就怎么做，现在藏丽花如何吩咐，他就如何坚决执行。先是把“三石”反复临摹，不仅对着原碑写，还要临写藏丽花自己临写的“三石”。藏丽花在“三石”上下过很深功夫，尤其是临《石门颂》，非常见功力。后来，藏丽花病重的时候，黄效愚曾把她临的《石门颂》找出来，与前辈何绍基与萧娴临的相比较，不敢说就一定比他们临得更好，但是一点也不比前辈写得差。

有一段时候，黄效愚对藏丽花五体投地，觉得她的字怎么看都好。他和藏丽花书法见解上的最大不同在于，藏丽花总是一眼就能看出缺点在什么方面，她总是一眼就看出有什么地方不对。黄效愚恰恰相反，他往往是一眼就看出人家的字好在什么地方，一眼就能看出那一笔那一划为什么好。在见坏见好这两方面，他们两个人可以说都是天才，都绝对不同于常人。一个太张狂，睥睨天下，谁的字都不入自己法眼。一个太虚心，虚怀若谷，对什么人都会由衷佩服。黄效愚拜藏丽花为师，占便宜得到好处的当然是他，因为藏丽花总是一眼就指出他的字有什么不好，知道了不好，改进起来就会变得很容易。

刚开始那阵子，黄效愚一直想看她怎么写字。百闻不如一见，虽然在自己的住处，他曾经看过她挥毫，可那只是惊鸿一瞥，自从拜师以后，藏丽花一直是君子动嘴不动手，光是说不肯练。她的话自然是都有道理，句句都可以击中要害，不过不能看到她亲手写字，总觉得不太过瘾，藏丽花显然也明白黄效愚的心思，他越是急着想看，她就故意藏着掖着，拖延着不让他看。

终于藏丽花答应要动手写给他看，终于到了她应该好好地露一手的时候。这已经是两个月以后，天气开始转凉了，已是初冬时分，还是在藏丽花的闺房，她让黄效愚磨墨，往一个大号的砚台里倒水，一下子倒了很多水。黄效愚细细地磨着，问为什么要磨这么多的墨。

藏丽花笑着说："我已经很久不写字，今日要写，就好好地写个痛快！"

墨磨得差不多了，藏丽花取了一支一号斗笔，先在清水里润了润笔，然后铺纸，很随意地用镇纸压住一角，蘸墨，试了试浓度，觉得正合适，便略微想了想，一气写了下去。差不多是十公分见方的字，行笔虽然慢，从头至尾，几乎没有丝毫停顿。排列非常整齐，就跟叠了格子一样，黄效愚也是练过很多年字的人，当然知道这一手硬功夫很不容易。写完了一张，换纸，仍然是魏碑风格，只是更加飘逸，写字速度也明显变快。然后写隶书，行书，独独不写楷书，又换了支更大号的笔，索性让黄效愚为她端着砚台，写擘窠大字。

前前后后，大约写了两个多小时，房间已经到处都是她写的字。这期间，藏丽花基本上没有停过笔。一旦进入写字状态，就像演员在舞台上演戏一样，她显得非常投入，完全沉浸在戏里面。刚开始写字，她还喊冷，忍不住要搓手取暖，又伸出去让黄效愚摸，她的手是冰冷的，可是写到后来，她已大汗淋漓，脸色通红，像喝了酒一样神采飞扬。临了，藏丽花又拿出了两方印章，一阴文，一阳文，让黄效愚为她钤印。在书法作品中，如何钤印也是一门大学问，然而她在这方面，一向有些马虎，并不太计较。

藏丽花笑着说："你看哪儿合适，就盖在哪儿吧。"

黄效愚和藏丽花的爱情

黄效愚一直觉得看藏丽花写字，是一种很好的享受。我不止一次听黄效愚说过藏丽花的写字，说她姿态如何优雅，如何有美感。黄效愚不仅自己喜欢写，也更愿意看藏丽花写。这两个人因写字结缘，因为写字，生活变得绚丽多彩。成为夫妇以后，藏丽花常忍不住问黄效愚，他究竟喜欢自己什么，难道就仅仅是喜欢她写的字好。

藏丽花总是有些疑惑，总是忍不住要问："效愚，我比你大这么多，你是真的喜欢我？"

黄效愚说："当然是真喜欢。"

"我都是一个老女人了，有什么好喜欢的？"

"我喜欢你写的字。"

"就为了几个字？"

"我喜欢你写字的样子，我喜欢看你写字。"

藏丽花不想就这么放过他，追着问："你到底是喜欢我的人，还是喜欢我的字。"

黄效愚想了想，仍然答非所问："我喜欢你写字的样子。"

藏丽花有些想不明白，喜欢一个人写的字还能理解，一个人写字的样子有什么可喜欢的。然而事实就是这样，黄效愚确实是喜欢看她写字，只要她在写字，他就会聚精会神地在一边看，好像永远也看不厌倦。结婚前是这样，结婚以后更是这样。黄效愚好像永远也看不够她怎么写字，有时候，两人发生了什么口角，为了某事不愉快，藏丽花知道他是真生气了，要想跟他和好，最有效的一招，便是当着他的面写字。这是她最好的一种认错方式，只要她肯认认真真地写字，写了以后，又屈尊逼着黄效愚提意见，与他一起讨论，问他什么地方好，什么地方是不是不好，于是就会雨过天晴，就会大事化小，小事化了，再大的一场风暴也能够过去。

黄效愚开始跟藏丽花学写字的时候，也正是他来找我准备考大学的时候。当初并不明白他为什么要这么做，后来才知道，是受了藏丽花的突然刺激。有一天，藏丽花很感慨，说我年龄不小了，已经没机会上大学，你还能考，为什么不去考呢。藏丽花说这话时，仍然还处在与林训东的热恋中，那时候，她还没有与林分手。经过几年的纠葛，林训东终于与前妻离了婚。有一段时间，所有的障碍都不存在了，有情人苦尽甘来，他们眼看着就要结婚。

然而这两个人终究还是没有走进婚姻殿堂，所有的人都觉得不会再有什么问题的时候，却又出现了非常大非常严重的问题。无论是邵老先生，还是黄效愚，作为当时藏丽花身边最亲近的人，都弄不明白这究竟是为什么。新房已布置好了，新家具也买了，嫁妆也已准备好了，黄效愚甚至陪着邵老先生去参观过新房，可是风云突变，两个人好端端的，说翻脸就翻脸，说分手就分手。

没有人说得清分手的具体原因，藏丽花与林训东说好就好上了，说不好就真的分了手，从头到尾都是不顾一切，都是不计任何后果。谁都知道这两个人的情感经历很不容易，从“文革”后期大家在一起偷听古典音乐，到后来各自都有了些名气，基本上都快接近成功，林训东创作了几首非常时髦的歌词，藏丽花也参加了两届有些影响的书法展览。从一开始的偷偷摸摸，到后来公开的成双成对，从一开始邵老先生的很不赞成，到后来不得不默认事实，再到后来，为了弥合这两个人的关系，邵老先生不惜老将亲自出马，让黄效愚去找林训东，约他出来进行一次面谈。面谈没有任何效果，两个人既然决定分手，别人说什么也都没有用，说什么都是白搭。反倒是藏丽花很不乐意，跟邵老先生吵，训斥黄效愚，怪他们多管闲事，怪他们给她丢了人。

藏丽花和林训东分手时，她的书法已开始很有些名气，可是仍然还在国营的卤菜店里卖盐水鸭。林训东正准备离开区文化馆，往省文联调动，他显然是个会折腾的人，不停地换几个地方，最后终于混到北京去了。黄效愚与藏丽花结婚的十多年以后，大约在上世纪九十年代末，我去参加新疆方面举行的一个笔会，竟然会碰巧遇到了林训东。这时候的林训东，作为一名歌词作家，早就已经过气了，头发显然染过的，黑得很不自然，或许是因为太瘦，脸上的皱纹很深。年纪稍轻一点的人都不太愿意搭理他。那个笔会由两拨人士组成，一拨是作家，一拨是书画家，来自全国各地。林训东并不知道我与黄效愚的关系，听说我是南京方面去的，便向我打听知道不知道藏丽花这个人，知道不知道她现在的情况。

记得那一天是在塔克拉玛干的大沙漠里过夜，吃了晚饭，大家无处可去，一起到沙漠上去看月亮，坐在空旷的沙堆上聊天。林训东的问话，引起了两位书画界人士的注意，作为同行，他们显然都很喜欢藏丽花的书法，对她的字评价也非常高，却又特别喜欢开玩笑，其中一位大约也听说过一些风言风语，半开玩笑地问林训东：

“林老师，听说你和这位藏丽花，曾经有过一腿，有没有这个事？”

问得很暧昧，林训东的回答更加暧昧，他故意往四下看看，明知道自己的话说了会引起不小震动，偏偏故意还要这么说。当着众人的面，他说你们怎么知道的，你们怎么知道我们有这个事。本来别人也只是随口说说，开个玩笑，可是林训东这么全无遮拦，赤裸裸的一个回答，别人倒也不好再说什么。一时间，大家都不说话了，确实也没办法再往下说。林训东又说，现在人太多了，又还有女同志在这儿，有些话不好意思说，不方便说出来，等人少了，我再告诉你们。结果仍然没有人接他的话，一直到笔会结束，林训东也没有机会告诉别人，他和藏丽花究竟是怎么回事。

离开新疆那天，在机场的候机大楼，我和林训东的登机时间差不多，他又一次主动与我提起了藏丽花：

“你跟藏丽花究竟熟悉不熟悉？听说她的字现在已经很值钱了，是不是？”

我只能如实相告，告诉他，我只是对藏丽花的老公有点熟悉，没想到他立刻来了劲，进一步追问，说他更想知道她老公的事，说她老公是不是很厉害，是不是很结实，身体特别棒。接下来，林训东对我大谈自己与藏丽花的艳事，肆无忌惮，完全不考虑别人愿意不愿意听，根本就不在乎别人的感受：

“不瞒你说，那时候我还在文化馆，她差不多就是个石女。什么叫石女，你是真不会想到，你绝对想不到当时要跟她做那事，有多难，有多困难，是真他妈的困难。两个人在地板上打滚，滚来滚去，她疼得哇哇乱叫，弄了不知道多少次，偷偷摸摸地一次又一次。那时候，她就是这样一个女人。不瞒你说，我们当时要分手，也跟做那事没一点乐趣有关，真的是没有一点乐趣，没有一点感觉。后来，后来听说她和别人结了婚，那一年我出差去南京，约她到宾馆，你知道怎么样，她完全变了个人，完全变了，那个疯狂，那个来劲，我真没法跟你说。事后我问她，是不是找了个特别厉害的男人，是不是找了个特别会调教女人的男人，你知道她说什么，她说，那当然，我男人很厉害，我男人比你厉害得多。”

林训东没有与藏丽花成为夫妻，与她成为夫妻的是黄效愚。藏丽花没有与比自己大八岁的林训东结婚，而是选择了比自己小了八岁的黄效愚。藏丽花结婚时，已三十三岁，是一个地道的老姑娘。事实上，对于黄效愚和藏丽花的故事，我知道的并不比别人多。黄效愚不喜欢和别人说自己的故事，当年他们不顾大家反对，毅然决然结了婚，结婚以后，我跟他们交往很少，偶尔与黄效愚见上一两次面，也是匆匆见面，匆匆说上几句，不可能聊得很深。所能知道的只是一些大概，他们很快有了个儿子，藏丽花很快时来运转，书法的名声越来越大，终于离开了卤菜店，成了画院的专职书法家。黄效愚却混得不是很好，下岗了，所在的工厂倒闭了，也找不到合适的工作可以做，一直赋闲在家里管儿子。

结婚不久，藏丽花便与黄效愚闹过一段时间离婚。邵老先生死了以后，他们又闹了一段，一时间，满城风雨沸沸扬扬。再后来，两人不闹了，开始重新磨合，这一磨合，竟然找到了感觉。再后来，两人开始恩爱起来，琴瑟同谐鸾凤同鸣，成为很让人羡慕的一对夫妻。国家一家很有影响的生活类刊物，曾发表过报道他们的文章，文章很长，标题很煽情。再后来，有人注意到黄效愚的字，他的名声也开始在小圈子里响亮起来，获得行家的好评，渐渐地，甚至后来居上，有了超过藏丽花的势头，然而就在这时候，藏丽花得了绝症。

我曾经跟藏丽花要过一张字，那是他们结婚后不久，自然是还不太知道她名气有多大，字写得有多好。反正是不太懂，只是听黄效愚说如何好，随口要了一张。后来就大不一样了，有一段时候，藏丽花名声非常大，一字难求，谈论她书法的人特别多。世道就是这样，名声一大，字就开始值钱，字一值钱，名声就更大。藏丽花最擅长写大字，最适合写招牌，题匾额，最火爆的时候，她的字开价非常高，越是高，求的人越多。有一天在闲谈中，我说起自己还有一张她二十多年前写的字，藏丽花那时候已身患绝症，脸色很憔悴，听了我的话十分意外，按捺不住得意，不加任何掩饰地表示，她当年的字因为稀少，以后会更珍贵更值钱。

“不过，你怕是很长时间没看过效愚的字了，”藏丽花也觉得她刚说过的话太世俗，太赤裸裸，突然把话题一转，很诚恳地向我表扬黄效愚，“我们家效愚的字，现在写得非常好，绝对不是一般的水平，我跟你说，你真应该跟你的老同学要一张字。”

黄效愚的被忽视

邵老先生对黄效愚他们的婚事，在一开始就不怎么看好，就像当年不赞同外孙女与林训东在一起纠缠，他觉得这两个人的婚事太不像话，年龄相差太大，阴差阳错，注定会是始乱终弃。打断了牙齿往肚里咽，藏丽花与邵老先生的女儿一样，根本不可能听进别人的意见，眼看着外孙女儿就要重复她母亲走过的路，而且比她母亲走过的路还要不靠谱，还要更烦神和操心，邵老先生却没有一点办法。这是一段谁也不会看好的婚事，黄效愚的父母自然也不会赞成这桩姻缘，他们拼命反对，实在反对不了，为了不让藏丽花这个儿媳妇进门，便跟儿子干脆断绝了往来。因此从一开始，黄效愚就是个上门女婿，住在邵老先生家里，藏丽花的闺房稍稍重新布置了一下，成了他们结婚的新房。

一直到有了孩子，邵老先生才算是勉强适应他们。对黄效愚这么个外孙女婿，他倒也没什么太大不满意，除了年龄不般配，性格太婆婆妈妈。邵老先生更看不惯的是外孙女的蛮横，她成天对着黄效愚指手划脚，完全不像个做媳妇的样子。藏丽花自小就被宠坏了，外婆在世的时候，家务事不管大小，都由老太太去做。外婆过世以后，家里开始乱得不像个样子，因为藏丽花根本不会做家务，也不想做。与黄效愚结婚以后，她依然还是大大咧咧，家务事很快便全盘落在了比她小八岁的黄效愚身上。

邵老先生觉得看一个人的字，也可以看出性格。藏丽花的字更像男人，粗犷，大气，不拘小节，黄效愚的字却像女人，细腻，结构端正，每一笔都很落位。当初黄效愚要跟藏丽花学写字，邵老先生没有反对，一个重要的理由，就是希望他的字里能再增加一些阳刚之气，做人也因此变得刚烈一些。黄效愚有很好的颜字基础，按说写颜字的人，骨子里就不应该柔弱，不应该没什么原则，可是他对藏丽花，就像对自己喜欢的某一类字帖一样，总是百般呵护，一味偏袒。现实生活中，总是藏丽花跟黄效愚胡闹，她太要强了，而黄效愚的脾气又实在是太好，藏丽花怎么闹，怎么无理取闹，他都能忍让。

刚结婚不久，藏丽花就与黄效愚闹离婚，她的理由是他们的结合太匆忙，太不成熟。那时候因为还没儿子，黄效愚也没有十分反对，先是不理睬她，后来便赌气还击，说当初要结婚，是你的主意，现在要离婚，还是你的主意。他说我反正是个听话的人，都听你的话好了，都按照你的主意去办就是了。邵老先生对这种视婚姻为儿戏的做法十分愤怒，说你们不嫌丢人，我好歹也是知书达理的人，你们让我这张老脸，往哪里搁。两人闹了一阵，事情也就过去。藏丽花并不是一定真的要离婚，她只是情不自禁地要闹点别扭，想到黄效愚比自己要小八岁，想着想着，就觉得有些别扭，而对付别扭最好的办法，就是干脆再闹点小别扭。去医院检查化验，她发现自己已经有了身孕，便立刻放弃了离婚的念头。藏丽花这个年龄的女人，很多人的小孩早上了小学，厉害的甚至上了中学，她虽然谈不上有多喜欢孩子，当母亲的权利还是不愿意放弃。离婚的念头是取消了，对黄效愚气头上说的那句话，始终不肯放弃，动不动就要翻出来敲打几句：

“你那葫芦里卖的什么药，我都明白，什么结婚是我的主意，离婚也是我的主意，这话什么意思？还不就是说，当初是我不要脸，是我主动勾引了你。”

黄效愚对她的唠叨照例是不吭声，逼急了就只会一句“本来就是”。藏丽花最恨他这句话，说你真是没出息，一个大男人，还好意思说女人勾引你，我是勾引你了，可谁让我瞎了眼呢，看上了你这么个不中用的东西。等到他们儿子四岁的时候，藏丽花又跟外省的一位画家发生了瓜葛，闹得鸡飞狗跳，画家妻子打上门来，弄得大家都没办法收场。于是藏丽花打定主意要离婚，这一次，黄效愚是真不肯离，十分苦恼地说，离婚了，我们的儿子怎么办。

藏丽花搬到外面去住了一阵，那一段日子，黄效愚就像个烫手的热山芋，捧在手上嫌烫，真摔了又舍不得。在外面住了一阵，她找了个台阶，又住了回来。想想还是不甘心，说你现在下岗了，全靠我养着，我也不忍心把你怎么样，你不想分手，我们就不分手，可你终究是个男人，不能一点都不在乎。黄效愚说谁说我不在乎，藏丽花说在乎什么，你根本就不在乎自己戴不戴绿帽子。

当藏丽花说话很过分的时候，黄效愚就埋头写字，写字可以让人忘却一切烦恼。有时候心情非常糟糕，他便通宵达旦地背帖，一笔一划一丝不苟。对帖当歌人生几何，何以忘忧唯有练字。藏丽花依然喋喋不休，很愤怒他在这种时候，竟然还能非常投入地写字，恨恨地说字如其人，你这种没出息的东西，再花工夫也仍然写不好字。你再用功，再努力，也就是个字奴，也就是个字匠。有时候被骂狠了，黄效愚也会小声嘀咕几句，不服气地说我就是字奴，我就是字匠，我喜欢当奴当匠，又怎么样。

藏丽花喜欢打麻将，喜欢抽烟，喜欢喝酒，像男人一样大嗓门说话。随着她的名声鹊起，麻将也越打越大，烟和酒也越来越凶。出国去赌场玩，整个代表团都去碰运气，她一定是输钱最多的人，就算是打老虎机，也能输掉很多美金，有一次在墨尔本的皇冠赌场，她先是赢了将近一万美金，可惜很快又让她给输掉了。藏丽花越来越像个女名流，关于她的话题越来越多，正面和负面的新闻源源不断。她越来越不顾家，根本就不在乎黄效愚的感受，根本就不在乎外界如何评价。她马不停蹄地参加各种书法展览，从省内，到国内，再到海外，不止一次地去香港和台湾，一次又一次地拿大奖。著名书法家该有的荣誉，该获得的头衔，她心想事成，基本上都拥有了。出版了高规格的书法作品集，举办个人书法展，所有这一切，曾经梦寐以求的东西，现如今水到渠成，说得到就都得到。

藏丽花本来就不是一个低调的人，个人事业上的成功，让她变得更加张扬，更加肆无忌惮。

藏丽花很少去想黄效愚对自己会有什么帮助，更不相信什么夫妻双修共同提高。她一直觉得自己是个粗线条的人，很多事情根本不往心上去。她印象中的黄效愚永远是个比自己小八岁的大男孩，永远是个很虚心地跟在自己后面练习写字的学生。多少年来，对待黄效愚，想说就说想骂就骂，她这个当老师的，一直享受着盛气凌人的特权，以致习惯成为自然，隔一段如果不痛痛快快地骂骂他，就好像缺失了一些什么。

其实藏丽花早就明白，自己如果能像黄效愚一样投入，像他一样痴迷，她在书法造诣上还可能走得更远。她是个十分有才华的女人，在成名的日子里，她不失时机地乘胜追击，充分利用了自己的才华，也过度地挥霍了自己的才华。和当代大多数著名的书家一样，藏丽花的创作，早就遭遇到了发展的瓶颈，她的信心还在，才华依旧，可是对黄效愚的依赖程度，却在无形之中一日日地加深了。

终于有一天，藏丽花突然发现自己根本就不可能离开黄效愚。多年的夫妻生活，她有意无意地一直在忽视他的存在，一直不把他放在眼里，挑剔他写过的每一张字。她已经习惯了黄效愚对自己的忍让，习惯于占上风，终于有一天，藏丽花发现经过漫长的修炼，黄效愚的书法水平早已炉火纯青。邵老先生生前曾经感叹，他们夫妻如果能够很好地切磋，都把对方当作自己命中前世就已注定的贵人，相互取长补短，两个人的技艺都会得到长足进步，前途将不可限量。

终于有一天，藏丽花突然开始觉悟。她突然明白外公当年为什么会那么说，为什么要发出那样的感叹。她突然发现自己所擅长的那些玩意，自己书法技艺中的那些精华，已经被黄效愚全盘吸收，已经很神奇地化成了他自己的东西。遗憾的却是，等到藏丽花意识到这一点的时候，已经太晚了，已经来不及了，已经没办法弥补。藏丽花过去从来没意识到，有一天，黄效愚会变得非常优秀。她从来没想过，黄效愚可能会超过自己。她做梦也不会想到，他的字最后竟然会达到那么高的境界。

黄效愚究竟有多么优秀

也许黄效愚平时太刻苦，太用功，在藏丽花名成功就的大好岁月，她常常有一种不可掩饰的得意。相比较而言，她相信自己天生是一个会写字的女人，根本不需要像黄效愚那么努力，根本不需要花那么多笨功夫。出名以后，接受媒体采访避免不了，怎么回答却十分有讲究，面对记者的提问，藏丽花最初喜欢描述小时候练字如何刻苦，喜欢强调自己有什么样的童子功，到了后来，她已厌倦了那种平庸的回答，不太愿意用勤奋来形容自己。很显然，勤奋是很多常人都能够做到的，她更愿意向外界展示自己天资过人的一面。

藏丽花一再要强调自己的过人之处，就是能一眼就看出别人有什么不好。她总是喜欢这么说，这是我的本能，我天生就是这样，天生有一双毒辣的眼睛。有时候，这样的火眼金睛确实是很伤人，由于她的口无遮拦，充满了攻击性，无形之中已经得罪了很多同行。在当代书坛，没有人喜欢被她评头论足，没有人躲得开她的毒舌。不过，对于黄效愚来说，她却是一块很好的磨刀石，在她挑剔的目光下，他的缺点暴露无遗，根本不可能掩饰和躲藏。

一直到身患绝症，藏丽花都不曾明白过来，自己的进步其实与黄效愚也有着密切关系。习惯成了自然，很多事都是在不知不觉中，她对不好的东西确实有过分敏感，然而对什么是最好常常犹豫不决。人有所长，必有所短，藏丽花只清楚什么是不好，却不太明白什么是更好。在这一点上，黄效愚恰恰相反，正像前面已经说过的那样，他对好的玩意有着特殊嗅觉。藏丽花给别人题字，准备参加某某书展，总是习惯一气连写上几张，然后摊在地上，或是挂在墙上，让黄效愚帮她挑选。一开始或许还是无意，仅仅是因为偷懒，到后来竟然产生了严重的依赖，藏丽花已逐渐地对自己失去了判断，必须要借助黄效愚的慧眼。黄效愚总是一眼就能挑出最好的那一张，他从来都不会看走眼。

大器晚成的黄效愚究竟有多优秀，一下子还真说不清楚。他对书法艺术总会有些特殊的理解，总会有些不一般的看法。大街上一块最普通的招牌，馆子里店员随手写的揽客菜单，甚至厕所里的下流涂鸦，都能让他流连忘返，都有可能会给他不一样的启示。博采众长转益多师，他可以非常娴熟地将北碑南帖的种种优点，很随意地体现在自己的创作中。与藏丽花写字的速度相对缓慢不同，黄效愚动笔前会踌躇再三，有时候甚至还要冥想半天，迟迟不能下笔，可是一旦挥毫，立刻一气呵成，仿佛早就烂熟在心，已写过了多少遍一样。

终于有一天，藏丽花聚精会神在写字，黄效愚十分专注地一旁看着。一个写一个看，一个表演一个欣赏，妻唱夫随，本是他们夫妻生活中最让人羡慕的常见场景。然而这一天的情况十分特殊，一连写了好几张，写完了，藏丽花对着刚写的几幅作品看了半天，突然信心全无，又唉声又叹气，说这几张字简直就是不能看。那时候，她的肺部还没有查出来什么大问题，只是动不动就咳嗽，只是感到胸口闷，常常喘不过气，说话很吃力。藏丽花不甘心地又铺了一张纸，蘸了墨，犹豫再三不能落笔，最后便把笔递给黄效愚，让他来写一张。黄效愚接过笔，不假思索，刷刷地就写，很快就完了。

藏丽花对着那张字沉默良久，无话可说，内心深处未必完全服气，嘴上已没有了往日的犀利：

“你现在的字，一点都不比我差！”

藏丽花开始感到悲哀，她发现在黄效愚书法作品中，已经找不出什么太大破绽。一向挑剔的藏丽花终于开始松口了，开始用听上去完全不太像表扬的话，来评价自己的老公。她很不服气地告诉黄效愚，他的字已没什么太大毛病。这是一个很高的评价，非常高的评价，能这么说，说明藏丽花已不再像过去那么心高气傲。虽然是二十多年的夫妻，她总觉得黄效愚还是学生，还是习惯用老师的口气跟他说话。

过了五十岁以后，藏丽花发现自己对写字的热情，已经大打折扣。在藏丽花内心深处，或多或少还是有些纠结，甚至就是无奈，她接受不了黄效愚的字比自己更好的现实，虽然这个人是她的老公，是她最亲近的人。或许是好胜心在作怪，藏丽花就是不太愿意服输，不服输的最好办法，是干脆不写字。常常是黄效愚让她写，逼着她写，说了好多遍，她才会勉强拿起笔来。除非是要参加什么重大的书展，除非人家花了大价钱一定要买她的字，否则就没有一点动力。俗话说拳不离手曲不离口，书画家天天动笔本是常事，然而在她总是想逃避，到后来，干脆借口自己身体不好，不愿意多写。

一位很有名的美籍华人学者罗本来中国访问，此人的书法水平非同寻常，手上的功夫十分了得，对国内享有盛誉的书法同行，经常会流露出不屑一顾的神情。据说罗本最广为流传的一个故事，就是在北京参加书法名流的聚会，到场的名家一个个泼墨挥毫献艺，轮到让他写，他看了那些名家的字，突然赌气不肯写了，因为他觉得这些名家的字，实在是太糟糕，罗本不愿意与他们为伍。主办方知道他的名气，知道罗本在海外华人圈子里的影响，一定不肯放过，非要留下墨宝不可，结果他便以右手酸疼为由，用左手胡乱涂抹了一张。

这个罗本是美国哈佛的著名教授，似乎根本就不怕得罪同行，在接受媒体采访时，他用词激烈，不加掩饰毫不留情，对国内的书法家进行了严厉批评。他公开表示，自己既然用左手都能比他们写得好，为什么还非要用右手呢。罗本对中国文化界的游戏规则，显然是无师自通，知道如何让别人关注自己。书坛本是名利场，谁敢捅这个马蜂窝，谁就会立刻引人注目。一时间，赞成和反对的人分成两大阵营，罗本来南京讲学，本地媒体如获至宝，追在后面采访，希望能他从嘴里获得报料。罗本果然没有让喜欢八卦的媒体失望，他不加掩饰地说：

“我到哪儿，都说人家的字写得不好，别人会很生气，因此我这次在南京，绝不说谁的字不好，只说谁的字好，说好话总不会有错。”

媒体便追着问，他觉得谁的字好。罗本说昨天刚去了夫子庙，看到很多名人题的匾，写得实在不怎么样，倒是在一不起眼的角落，看到一位叫藏丽花的几个字还说得过去，女人的字嘛，能写成那样已经很不错了。这话很快传进藏丽花耳朵，因为罗本很少说人的字好，他这么随口一说，便已是很高的评价。正好不几日就是中秋节，有关部门邀请文化名流登高赏月，本地的藏丽花与外来的罗本，都在隆重邀请之列。藏丽花因为事先知道罗本也会出席，便带了自己的书法集准备送他。通常情况下，这样的雅聚不外乎吃吃喝喝，领导讲话，艺人表演，然后到会的书画家当堂挥毫。罗本这次也没有扭捏，喝了不少茅台酒，人家一喊就写，写了“紫气东来”四个字，然后便躲到一边去翻看藏丽花送的书法集，翻着翻着，一张字掉到了地上，捡起来打开看，却是黄效愚随手写的一张手稿，罗本一看那字，竟然立刻被字中流露出的气息给怔住了。

藏丽花题完字过来，罗本很兴奋地问这几个字是谁写的。藏丽花不经意地说，这是我老公的字。罗本有些吃惊，说你老公的字很厉害。藏丽花笑了，说厉害是什么意思。罗本也笑，说当然是好的意思，这字写得相当不错。藏丽花说，你说的一点不错，我老公的字真也不比我差，只不过是没名气罢了。罗本不相信，说这么好的字，怎么还会没有名气呢。藏丽花说，一个人字的好坏，本来就和名气没什么关系，罗先生不是说过吗，中国许多暴得大名的人，其实那字写得都不怎么样。罗本点点头，说这话倒是在理，事实也就是如此。

正说着，手机响了，藏丽花一看号码，说我老公来接我了，我身体不太好，今晚要先告辞一步。罗本对这样的聚会也早就没兴趣，说要走都走，我也准备回酒店了，这个什么月亮不赏也罢。

结果罗本就搭了藏丽花的车，一路上，藏丽花大大咧咧地向罗本介绍自己老公，说这是我的老公兼司机。又接着对黄效愚介绍罗本，说这就是那位很牛B的罗本先生，说人家罗先生看了你的字，说你字写得还错。罗本和黄效愚让她这么一介绍，都有些不好意思。黄效愚无话可说，罗本只好与藏丽花敷衍，说你的这位老公兼司机字写得确实不错。

藏丽花说："不是跟你罗先生说笑话，我老公的字现在真比我写得好，你要是不相信，你可以到我们家去看看他的字。"

罗本说："好啊，择日不如撞日，现在就去怎么样？"

也许喝了些酒的关系，也许真想看看黄效愚的字究竟有多好，罗本果然就去了藏丽花家。在罗本看来，藏丽花的字已经很不错了，已经很难得，他无法想象她老公的字还能怎么好。刚刚看到的只是一张小小的手稿，时间虽然有些晚了，罗本意犹未尽，欣然接受了邀请。

没想到一次即兴的拜访，一方面，会让自恃甚高的罗本大开了眼界，另一方面，也让黄效愚的书法名声，就此有了传出去的机会。那天晚上罗本显得很兴奋，看了黄效愚的字，心潮澎湃，说这些年来，自己一直都在努力寻找一种能看得上眼的当代书家作品，没想到今天晚上竟然在无意中遇到了。看得出，他是真心喜欢黄效愚的字，每一张字都要看很久很久，一边看，一边深深惊叹。罗本说他每一次回国，都很失望，他觉得中国有些名望的书法家日子都过得很好，都很富裕，一个个都太有钱了，可就是写出来的字气息不对，怎么看都不对。罗本说他有些想不明白，为什么黄效愚的字写得这么好，却没有一点名气。

藏丽花在一旁笑，解释说：

“这很简单，正是因为我老公没名气，他的字才会写这么好。”

黄效愚的书法在美国办展览

那天晚上，罗本没有返回酒店，干脆住在藏丽花家。他表现出了异乎寻常的激动，反反复复地揣摩着黄效愚的字，情绪几近失控。出身名门世家的罗本很有些名士气，他自小在美国长大，受家庭传统影响，身上有着很扎实的中国文化根底。罗本的曾祖父是大清帝国的重臣，祖父在国民政府里担任过要职，家族中出了许多赫赫有名的人，分别在学术界和商界获得了成功。作为哈佛大学的著名教授，他的专业是古人类学，是世界上屈指可数的几位专家之一。除了自己的专业，罗本最喜欢的两个业余爱好，一是意大利歌剧，一是中国书法。

藏丽花身体不好，熬不了夜，告辞先去睡了，罗本与黄效愚一见如故，大谈多年来的习字心得。在个人的书法趣味上，这个罗本与藏丽花完全一路，他看别人的字，总是先看到种种不好，以骂为主，以讥笑批评为基本表达方式。难得他能看上黄效愚的字，难得他对他的字评价非常高，偏偏被夸奖的黄效愚不擅言辞，罗本与他煮酒论英雄，他笨嘴笨舌，说到前辈书家的字，只会一个劲地喊好，碑也好，帖也好，手卷也好，真草隶篆，仿佛天底下就没什么不好的字。说来说去，也没有什么太深见解，谈到“兰亭”，说有人说是雄强，有人说是姿媚，雄强也是好，姿媚也是好，看明白了，学会其中一招，这个就很好。有人雄强一辈子，只有雄强，有人姿媚一辈子，只会姿媚，也有人，既能雄强，也能姿媚，当然更好。罗本听了，胡乱点头，心里隐隐有些不痛快，奇怪他一个奴性十足的人，怎么会写出这么一手好字。既然黄效愚不怎么会说，他就当仁不让，说了一套又一套，说得黄效愚目瞪口呆。

晚上睡得晚，罗本第二天很迟才起来。自上世纪八十年代起，每隔几年，他便有机会来一趟大陆，对中国的国情十分熟悉。让罗本感到意外的是房间正对着玄武湖，虽然早听说过南京是个美丽的城市，可是以往几次，都是来去匆匆，并没有切身体会。藏丽花家就在玄武湖边上，是那种很高的高楼，从窗户里一眼望出去，玄武湖的美景尽收眼底。过去的二十年，中国文化人生活水准已有了极大提高，根据藏丽花家的居住水平，充分说明一个出了名的书法家，在中国还是很能挣钱。罗本住的房间是黄效愚儿子的，房间很大，小家伙去新加坡上大学了，这里便临时成了接待外人的客房。

听到房间里有了动静，黄效愚便敲门进来，招呼罗本出去吃早饭。在喝牛奶的时候，罗本注意到墙上有一幅书坛前辈萧娴的题词，写着“卫管重来”四个字，写得酣畅淋漓，这原是当年康有为写给自己女弟子萧娴的，藏丽花小时候与萧娴是邻居，老太太一时高兴，就又写了转送给她。藏丽花注意到罗本正在琢磨这几个字，就问他对萧娴的书法技艺有何评价。罗本笑了笑，说她的字只能往大里写，遇到太平盛世，给人写写招牌还是很不错的。

接下来，藏丽花开始大谈自己的体会。作为一个书家，该有的荣誉都有了，该拿的奖都拿过了，最高规格的书法集也出过了，国务院津贴也有了，跨世纪人才也是了，钱也挣了，身体也坏了，还能活多少年自己都不知道，一想到这些，人生真没什么太大的意思。特别是有一天，一向自恃甚高的她，突然发现名不见经传的老公，他的字竟然写得比自己还好，这更让她怀疑人生，觉得自己白活了，声名也是白得了。藏丽花口无遮拦，苦笑着说像罗先生这样，真知道字的好坏，能够品出味道的，又能有多少。

藏丽花十分感慨，说："现如今，字哪儿有什么好坏，什么书法大师，什么主席副主席，全都是蒙人。"

藏丽花又说："我老公字好，不过，我老公人更好！"

罗本说可以由他出面，邀请黄效愚去美国办个人的书法展览。出口转内销是很好的经营策略，既然他们都觉得黄效愚的字非常好，既然目前国内还没有多少人知道他，不妨先走出国门，到海外去试试运气。藏丽花并没有太把罗本的话当真，根本没往心上去，只是觉得他随口说着玩玩。见多不怪，到国外举办书展，在她看来已不是什么新鲜事，影响固然会有，也十分有限。让藏丽花隐隐感到不快的，是罗本并没有邀请她一起参展，连一声客气都没有。不管怎么说，藏丽花的名声比黄效愚不知要高出多少倍，如果只是以书法地位而论，她觉得自己的字在中国书法界差不多相当于省部级大员，而黄效愚则是道地的布衣。她承认黄效愚的字写得相当不错，写得甚至比自己还好，可是办书展没有她参与，真把他放在她前面，难免有些嫉妒，难免有些失落。

没想到这事最后竟然成了，罗本回美国，几个月以后，邀请函真的发来了，条件是藏丽花夫妇各拿出五幅精品，捐给某个基金会，然后由对方负责他们在美国期间的一切费用。藏丽花不止一次在国外办过书展，有这方面的经验，于是立刻着手为黄效愚准备，没有装裱的字，赶快送去装裱，又突击写了一部分。又去商场买了最高档的西装，最时髦的唐装，说这些衣服都是正式场合要穿的。黄效愚平时随意惯了，这时候只好听藏丽花的安排。藏丽花本是大大咧咧的人，只知道挑贵的买好的，合适不合适反倒在其次，这些所谓的正装穿在身上，怎么看都觉得别扭。

办护照办签证都很顺利，因为藏丽花身体已经严重地不好，黄效愚很有些担心，怕她经受不起颠簸，然而她根本不在乎，说好不容易有这么个机会，夫妻两个能一起出国，就是死在国外也值了。黄效愚知道她这是为了自己，因为藏丽花前前后后，已经出了许多次国。全世界凡是有华人的地方，最欢迎中国的书法代表团，一些在国外的商界领袖，最愿意接待的也是来自中国的书画家。出国对于藏丽花来说，已完全谈不上什么诱惑，一想到要坐长途飞机，她的内心深处还是有点恐惧。三年前，藏丽花开始感到胸口不适，去医院做检查，先是查不出什么毛病，后来终于有了结果，是特发性肺纤维化。听上去，这个什么纤维化，好像并不太严重，然而医生与黄效愚谈话，告诉他危险性，说存活率多则五六年，少则两三年。这一结论让黄效愚目瞪口呆魂飞魄散，一下子都没办法接受这个残酷的现实，想不明白为什么看上去并不严重的胸闷，呼吸不畅，会有那么可怕的严重后果。

医生也解释不清为什么会是肺纤维化，它的发病原因非常复杂，是现代医学中的难题。或许与抽烟有关，与喝酒有关，与熬夜有关，可是抽烟喝酒熬夜的人太多了，为什么偏偏是轮到藏丽花得了这病。人有旦夕祸福，因为这病，藏丽花开始改变生活习惯，烟也戒了，酒也不喝了，偶尔打打麻将，绝对不再熬夜。性格也有所改变，在家里不再是什么都不过问的大女人，而黄效愚却仍然还是事事都要管的小丈夫。黄效愚不得不更加细心地照顾她，因为肺脏已受到了严重的损害，藏丽花必须多休息，必须增强营养。按照医生的说法，像藏丽花这样的身体，真的是不适合出国。

黄效愚的书法展在国外也谈不上巨大成功，报纸上报道了，电视上亮相了。一位很有钱的富豪参与捧场，用很高的价格买了他的一幅字，这是非常抓人眼球的一条新闻。然而，种种一切，热闹了一阵也就都过去，好比一块石头扔在了波澜不惊的水面上，砰的一声，刚有了些动静，然后很快又恢复以往，又继续陷入了沉寂。这次出国，前后共计二十多天，黄效愚大开了眼界，毕竟是他第一次走出国门，看什么事都觉得新鲜，听什么都觉得有趣，然而也不无遗憾和无聊。出了国才知道外语的重要，可怜他们一句洋文都不会，始终都得由热心的华侨陪同，限制在华人的圈子里活动，就仿佛没有出国，一旦狠狠心想离开翻译，又担心会找不到厕所，藏丽花憋尿的能力特别差。尽管罗本对黄效愚推崇备至，把他的字放在一个非常高的位置上，评价已接近前无古人后无来者，但是海外的书法爱好者并不买账，他们仍然觉得这个人名气还不够大。爱好书法从来都不等同于懂得书法，与黄效愚相比，那些似是而非的爱好者们更愿意买藏丽花的字，因为她的名气大，头顶上有着种种头衔和光环，毕竟一上网就能搜索到她的名字。

藏丽花因此也明白了罗本的苦心，为什么会不让她与黄效愚一起举办书展。人们总是更在乎那些与书法艺术无关的细节和琐事，如果是举办夫妇二人的合展，作为陪衬的她一定会喧宾夺主，因为在世俗的眼光里，显然是她的名头更响亮，升值的潜力更大。这让她感到自慰，同时又有莫名的悲哀。看着黄效愚有些天真的激动，满脸成功的喜悦，藏丽花不由得想起自己初次办书法展时的心情。那时候，好像真已攀登到了某个艺术高峰之上，看着观众喜气洋洋拥进展览馆，按捺不住心头的高兴，然后呢，就看着人群一脸茫然，几乎是不停步地从自己最得意的作品前走过去，连最简单地瞄上一眼都不愿意，顿时一桶冷水浇了下来，所有的兴奋已不复存在。

回国前的一次酒会上，由于有太多的人索字，忍无可忍的藏丽花几近翻脸。作为一名书家，情绪好时随手写几张字，并没有什么太大难处，可是一窝蜂都拥过来，像一群乞丐那样围绕，死皮赖脸地跟你讨字，明摆着是要占便宜，并且还要指定写某某内容，这就显得太过分了，让人无法容忍。在国内，经常也会遭遇这种场面，要字的人不是喜欢书法，而是觉得不要白不要，觉得这字将来有可能会值钱。藏丽花都用相同的内容对付要字的人，像印刷品一样地写上“大音希声”四个字敷衍，黄效愚很少遇到这样的机会，因此有些兴奋，让他写就写，一点架子都没有，有求必应，真草篆隶，写什么都可以，最后藏丽花终于急了，红着脸说：

“喂，搞搞清楚好不好，你毕竟不是卖艺的！”

没有结尾的故事

三十多年前，刚考进大学中文系，我就向黄效愚表示，要跟他一起练习书法。那时候他的字已写得很好了，写什么像什么。在我这个外行看来，什么样的字才叫好，才叫很好，其实永远说不清楚。我打算练习的目的，无非是作为一个中文系学生，写一手东倒西歪的丑字，实在有些难为情，都不好意思给女友写情书。断断续续地，我也临过一些碑帖，譬如《勤礼碑》，譬如《张迁碑》，又譬如《华山碑》，都是浅尝辄止，三天打鱼两天晒网，基本上等于没写。心有余而力不足，每次与黄效愚见面，我都孩子气地发誓要开始练字，都说要拜他为师，可是事实上，每次也都是只有一个开始，没有一次能坚持下去。

最长的一次连续写了两个月的《勤礼碑》，一天都没断过，前一个月还有进步，接下来越来越糟，越写越难看。两个月努力都白花了，我因此向黄效愚报怨，说自己太笨，在书法上没有一丝一毫的灵气，练习写字完全是自取其辱。听了我的抱怨，藏丽花十分不屑，说两个月就想有进展，你也太有灵气了，你也太有才了，还没听说谁两个月就能把字写好。当时正是我的第一本小说集出版，黄效愚一定问我要一本，我去送书，顺便把临的字让他们过目，既然两个月不行，便问想把字练出来，到底要多少时间。

黄效愚被问住，为难地说：“多少时间，这可说不准。”

藏丽花看了看黄效愚，笑着说："也不多，差不多要一辈子吧！"

我曾在报纸上为藏丽花写过一篇小文章，是标准的不懂装懂，至今想到了都后悔。是在她刚开始成名的时候，那时候，她特别在意有人在报纸上吹捧，特别相信宣传的作用。黄效愚找到了我，希望看在老同学的面上，无论如何要帮他这个忙。那时候，外面正在盛传他们要离婚的事，藏丽花的绯闻满天飞，黄效愚跑来找我，神秘兮兮地不好意思开口，我还以为他是要向我控诉藏丽花，没想到吞吞吐吐，最后却是让我为他老婆写文章。

转眼间，几十年就这么过去了，我的练字仍然还是在计划中。黄效愚从美国举办书展回国，藏丽花给我打电话，希望我能就他的书法说几句公道话。她说中国的书法界太昏庸了，太黑暗，只看名气，只看头衔，现在黄效愚在国外已经很有影响，你为什么不站出来鼓吹一下，为什么不帮老同学呐喊几句。我说看在老熟人的面子上，应该有所表示，可是让一个不懂书法的人说几句废话，又有什么意义。我这其实是在拒绝她，藏丽花笑着说，中国已经有了几千年的书法史，在这个书法的历史里，说废话的人太多了，很多废话说到了最后，就莫名其妙地成为了真理。

电话里的藏丽花似乎很兴奋，毕竟黄效愚的影响已经到了国外。她说现在起码是有两个人，都认为黄效愚是当代最优秀的书法家，一个是她藏丽花，一个是罗本。她跟我说了许多黄效愚的事，一个劲地夸他，最后又问我知道不知道她的身体情况，黄效愚有没有跟我谈起过她的病情，有没有告诉过我她将不久于人世，已经没几天可折腾了。她这么直截了当，不当一回事地问起，竟让我一时语塞，只能如实相告，说黄效愚确实跟我说起过她的病情，不过我并不太相信医生的结论，医生经常会胡说八道吓唬人。

藏丽花笑着说：“我才不管医生怎么说呢，反正我活一天，算一天，混一年，是一年，反正我们家黄效愚还年轻，我死了，他说不定会找个更好的女人。”

黄效愚不止一次跟我说过，他与藏丽花在书法上是天作之合，一想到可能会失去她，他便感到不知所措。社会上已经开始有些传言，说藏丽花知道自己不行了，很快就要告别人世，因此故意力推黄效愚的字。还有一种说法更荒诞不经，说黄效愚的字本来就不错，藏丽花的一些代表作，其实是黄效愚的代笔，藏丽花在书法界的地位，早就名不副实。对于这些传言，藏丽花非常气愤，可是也没有气力去与别人争论。流言蜚语本来就是人生的一部分，如果没有了胡说八道，人生也就不精彩，也就不好玩了。

黄效愚说自己已习惯了藏丽花说不好，他的书法能写成今天这样，能有今天这还算不错的水平，就是因为她在不断地说不好。现在，藏丽花经常是表扬，把他的字抬到一个很高的地位，黄效愚反倒有些不知道应该怎么办。早知今日，何必当初，黄效愚宁愿藏丽花没完没了地说自己不好，他根本就不在乎自己的字达到了什么水平。他写字，是因为他喜欢写字，是因为他心里总在惦计着要把字写好。有一天，他跟我说起藏丽花的病情，说自己已没什么心思再写字了，说着说着，像一个无助的孩子一样痛哭起来。

藏丽花的肺纤维化确诊以后，六神无主的黄效愚十分着急，到处找名医治疗，求助于各种民间偏方。他并不是个很有主见的人，一方面，并不完全相信医生的话，不相信藏丽花已经病入膏肓，另一方面，又知道医生的预言绝非儿戏。物伤其类同病相怜，残酷的现实就是如此，与藏丽花病情相似的几位病友，一个接一个地相继离开了人世，对他们夫妇来说，这是非常大的刺激。黄效愚为人不仅没有什么主见，而且神经很脆弱，反倒是藏丽花经常去安慰他。

黄效愚在美国办书展，曾与在海外生活的朱亮联系。朱亮开着一辆高档房车，带着金发碧眼的美国女友前去看黄效愚的书展。他已经离了婚，前妻和孩子也在美国，都过着令人羡慕的中产阶级生活。现如今的朱亮住着豪宅，家里有游泳池，每年都要去世界各国度假旅游，可是却没想到邀请黄效愚夫妇去做客。他甚至也没有请老同学吃一顿饭，只知道一而再再而三地夸耀他的房车值多少钱，自己的年薪是多少多少。

第二年，朱亮回国了，与黄效愚电话联系。黄效愚跟藏丽花商量，是不是应该请老同学吃顿饭，藏丽花心头有些不痛快，说当然可以请，我们不跟人家计较，不计较他当初也没请我们，既然是回国了，我们应该有点祖国的温暖，请他吃一顿，请他吃顿好的。结果不仅朱亮被宴请了，我也跟着一起沾光，被拉去一家非常高档的馆子作陪。席间他们大谈在美国如何如何，我根本插不上嘴。朱亮已跟原先那位美国女友分手，正与一位更年轻的美国女孩恋爱。藏丽花十分感慨，跟黄效愚开玩笑，说我本来还担心自己死了，你怎么办，现在有你这位老同学做榜样，说明好日子还在后面，我一旦不在了，美国女孩子你找不到，找个年轻漂亮的中国女孩，肯定没问题。

一句玩笑话，让黄效愚立刻翻脸，说生气就生气，说不高兴就不高兴，半天不开口。看见他是真生气了，藏丽花有些过意不去，连忙小心翼翼地赔罪，连声说对不起，说你不喜欢这样的玩笑，我下次不说了还不行。黄效愚还是不说话，还在生气。藏丽花便当着我们的面，像哄孩子一样讨饶，说我们黄效愚真生气了，好了好了，不要生气了，是我不好，我不会再说这种话了。黄效愚气鼓鼓地说了一句，你每次都是这样，每次都喜欢乱说。藏丽花还要狡辩，说我乱讲什么了。黄效愚说，你就是乱讲。藏丽花于是神色黯然，说我知道你是在乎我的，我知道你心里真有我这个人，可是人要生病，老天爷不肯照应，这个我又没有办法，我又不想得这个病。朱亮连忙把话题岔开，说我们说点高兴的事，说大家这么聚一聚不容易，说他突然回想起了当年的四川酒家，那次是黄效愚和藏丽花结婚宴，就在大堂的角落里，人不多，朱亮与我就算是男方代表了。

“我记得你当时还写了两个很大的字，是什么字的，对，我想起来了，是‘好吃’。”朱亮神采奕奕，看了我一眼，仿佛在问我还能不能记得往事，“在美国的时候，我老是有意无意地想这两个字。美国佬什么都好，就是在吃上面，太差劲，太他妈没文化。”

朱亮说他很想再去四川酒家吃一顿，今天的宴会太高级了，太奢华，他很想重温旧梦，重新体验一下在大堂里用餐的那种感觉。朱亮的话把大家又一次都带回到了当年，我们仿佛又进入了美好的上世纪八十年代。那年头，口袋里也没什么钱，上馆子太难得了。那年头，我们都还年轻，前途渺茫又前途无限，街上流行穿喇叭裤，耳边响着邓丽君的歌曲。一时间，往事重来，好像就在眼前。藏丽花看着黄效愚，笑着说黄效愚你不会后悔吧，你现在想后悔也来不及了，当年我嫁给你的时候，所有的人都反对，所有的人都不看好我们，都觉得我们年龄差距太大，都觉得我们不般配。在美好的回忆气氛中，藏丽花满脸通红，突然变得很兴奋，说好在你的这两位老同学还不错，肯给我们面子，他们来参加了我们的婚礼，见证了我们这段有点糟糕的婚姻。藏丽花越说越高兴，丝毫也没有注意到黄效愚的脸色凝重。终于，藏丽花在最后又说了一句，说没想到转眼就快三十年，黄效愚他现在想后悔也不行了。

黄效愚板着脸，很生硬地冒出了一句："藏丽花，你听好了，都跟你说过多少次了，我从来没说过后悔娶你！"

藏丽花一怔，调皮地伸伸舌头，说："你说这个干吗？"

黄效愚说："我不想听你这么说。"

藏丽花说："好吧，对不起，不说了，我又说错了。"

黄效愚说："我从来没有后悔过，从来没有！"

说完，黄效愚竟然又像孩子一样地痛哭起来。

藏丽花最后与罗本也闹得有些不愉快，罗本答应尽快为黄效愚印一本高规格的书法集，七拖八拖，都两年多了，迟迟还没有印出来。黄效愚对这事倒不是很在乎，有人喜欢他的字，能够欣赏他，还愿意为他宣传，这就很好了，就可以心满意足。藏丽花担心罗本会将那些字据为己有，出于对罗本的信任，他们并没有留下任何字据。毕竟是多少年探索的积累，是黄效愚书法中的精品，而罗本恰恰又是个很识货的人，知道这些墨迹的真实价值。

我最近一次见到黄效愚是在一周前，有一天他突然打电话给我，说刚跟在美国的朱亮通过电话，拜托他为藏丽花买一种刚研发出来的新药。黄效愚告诉我，藏丽花的病情最近还是加重了，并且已在死亡的边缘走了一遭，不过现在略有些好转，基本上是度过了这次危险期。过去的几个月，他们一直是在医院小心翼翼度过，生活在恐怖之中。这几天藏丽花的精神还不错，很想跟人聊聊天，如果我有时间，可以去医院看看，陪他们说说话。

第二天，我买了些水果和鲜花，去医院探视。在病房门口，黄效愚拦住了我，说鲜花的香味会引起病人过敏，绝对不能拿进去。我有些尴尬，只好将鲜花放在过道上。远远地，半躺在床上的藏丽花看见我了，很高兴地与我打招呼，对我挥了挥手。她剃了一个差不多是男孩子的发型，看上去要年轻许多，我笑着向她走过去，她显然很意外我会去看她。

我安慰她说："你看上去不错，很有精神！"

藏丽花笑了，笑得很灿烂。

黄效愚在一旁跟我解释，说前些日子她很不好，他们的儿子专程从新加坡赶回来，现在情况稳定了，又回新加坡读书去了。藏丽花抱怨说，我说儿子不用回来，要准备毕业论文，他回来有什么用，又帮不上什么忙，是黄效愚非要让他回来。藏丽花的声音很低，完全不像过去那样精气神十足。我知道会有那么一天，藏丽花笑着说，我知道会躲不过，但是这一次好像还不是，我知道这一次还不是。说了这么几句，非常虚弱的藏丽花已经气喘吁吁，没办法再说下去。

黄效愚连忙上前照顾，让她不要多说话，然后又回过身来对我说，因为不停地咳嗽，她嗓子早就哑了，现在也没什么力气交谈，因此我可以随便多说几句，说什么都行，能让藏丽花听见就行。

事实上我在病房里并没有待多少时间，更没有说什么话，她住的是高干病房，条件很好，有空调有电视还有卫生间，不一会儿，医生前来查房，很不客气地对我说，病人需要休息，最好不要跟病人多说话。此外，外面很不干净，我这样冒冒失失地进来了，非常容易把细菌也带进来。我很快就被赶出了病房，只好在楼道里与黄效愚聊会儿天，有一句无一句地说着，就站在病房门口，这样，藏丽花远远地还能看见我们。

黄效愚很平静地说已很久没有写字，自从迷上了书法，他还不曾有过这么长时间不碰笔。对于一个天天要写字的人，这真是一种很奇怪的感觉。他说昨天与藏丽花单独相对的时候，自己突然之间想明白了，原来真正不写字，也没有什么大不了，太阳照样会升起，日子照样还可以过。黄效愚觉得遗憾和可惜的，是藏丽花的身体不会再恢复了，如果她的身体能够康复，如果她能重新获得健康，他宁愿焚琴煮鹤，把自己过去写的那些字都烧了，他愿意一辈子都不再去碰毛笔。黄效愚跟我说这些话的时候，显得十分平静，没有丝毫的激动，显然他知道藏丽花正看着我们，他不想刺激她。说到最后，黄效愚苦笑着说，藏丽花要是不在了，他一个人写字还有什么意思呢，他干吗还要写字呢。

也许是藏丽花看着我们的缘故，我的表现也像黄效愚一样平静。我的脸上始终带着微笑，一边听他说话，一边不时地看藏丽花一眼。

终于到了告别的时候，我笑着对藏丽花挥挥手，若无其事地捏了捏拳头，仿佛是在鼓励她要挺住，然后在同样带着微笑的黄效愚的陪同下，缓缓走向电梯。电梯迟迟不上来，离开了藏丽花的视线，一时间，大家反倒无话可说，都在看门框上方的阿拉伯数字。突然，黄效愚的眼睛红了，他无限感慨，深深地叹了一口气，说他们夫妇本来打算为我联手写一幅字，在过去这很容易，现在看来，曾经非常容易的事，已经永远不可能了。

离开医院的路上，若有所失的我感到很茫然，周围人来人往，车水马龙。说老实话，就是到现在，我仍然不知道他们夫妇的字究竟有多好，可以卖到多少钱一尺。我只知道他们的字已经很值钱，未来还可能会更值钱，有很大的升值空间。艺术说到底，不是用钱来衡量，然而也只有用钱，才能更清晰地说明问题。我非常喜欢他们的生活方式，希望他们白头偕老，天天能够写字，如切如磋如琢如磨。当然，如果他们能联手写一幅字，挂在我的书房，这样也挺好。

2010 年 7 月　河西

一号命令

第一章

1969年夏天很热，阳光总是灿烂，眼见到了九月初，天气继续炎热。无数知了在大合唱，此起彼伏非常嘹亮。大白天气温实在太高，仿佛着火一样，热浪逼人，一阵阵扑面而来，手伸出去，所有物品都是热，家具热，锅碗瓢盆热，放出来的自来水也热。嘈杂的蝉声是提示，意味着不会下雨，意味着持续的大晴天，意味着高温预警。黄昏时分，仍然没一点凉意，燥热的空气凝固了，酷暑蹂躏了一个整天，人们房间里再也待不住，再也熬不下去，迫不及待都拥到外面去乘凉。大街小巷，先找空地方洒水降温，然后端了各式各样的卧具，长的木椅子，简易的竹床，有人干脆将草席铺水泥地上。天太热，拍扇子的噼里啪啦声不绝于耳。天这么热，蚊子在黑暗中乱撞，一点没见减少。

终于熬到半夜三更，好不容易一阵凉风，刚有点安静，沉寂下来的知了突然发出一两声惊叫，很像一个人从梦中猛醒，又好像一粒流星从夜幕上滑过，眼前一亮，立刻无影无踪。赵文麟坐在一张旧藤椅上，似睡非睡，基本上处于半昏迷状态。整个夏天，酷热难熬的夜晚，他都是这么狼狈度过，半坐半躺，长夜难眠，好像睡着了，又像从未真正进入梦乡。夜晚的宁静会被一些声音无缘无故打破，他听见一个人在叽里咕嘟说着什么，忽高忽低，隐隐约约是在吵架。

这是邻居女孩子妞妞发出的呓语，正在说梦话。她是个刚发育的初一学生，人看上去还很小，一对乳房却特别大，像充了气一样，又结实又饱满，将胸前的衣服高高顶起。男孩子性格，精力出奇的旺盛，在大白天，妞妞是不折不扣的孩子王，不但同龄女孩子要听她的话，那些调皮捣蛋岁数比她大的男孩，也乐意听从她调遣。到晚上，睡着了还不安生，常说梦话，打很响的呼噜。妞妞的呼噜虽然响，却很匀称，很纯净，那是一个女孩子特有的鼾声，一点都不粗鲁。

赵文麟意识到自己已完全清醒，他意识到这一次醒了，就不会再睡着。时间是下半夜，鼾声四起，周围的人都处于沉睡状态，因为太热，大家光着胳膊，裸着大腿，肆无忌惮地睡在露天。淡淡的月光下，是空地方便睡着人，木床一张接着一张，所谓木床，其实就是将家里的门板拆下，用长凳架起来。往往一家老小紧挨着，挤在一起睡。夜深人静，正是一天中气温相对最低的时候，整个城市都沉浸在梦乡。妞妞的梦话引发一阵混乱，有人被惊醒了，翻身继续睡觉，门板咔咔响了一阵，又是此起彼伏的鼾声。

每当到了这样的时刻，赵文麟便会一阵阵凄凉。不管愿意，还是不愿意，他都会不可避免地想起紫曼。三年前，紫曼写下了一份遗书，在门框上挂了一根绳子，毅然决然地离开了人世。时间过了整整三年，对亡妻的思念刻骨铭心，一刻也没有消停。对于赵文麟来说，那是一种锥心之痛，只要是半夜里醒来，他的心就会猛地收紧，就会情不自禁地思念到天明。

天刚蒙蒙亮，妞妞的小闹钟突然响起来。刺耳的闹铃声穿过晨曦，惊醒了无数人，也因此招惹了一片骂声。这闹钟连续响过好几天，到时候就会铃声大作，弄得鸡犬不宁，把很多人的美梦吵醒。

闹钟声音非常响亮，可是很显然，妞妞还沉浸在酣梦之乡，还准备继续睡下去，她并没被这刺耳的铃声惊醒。结果便是别人很愤怒，大声喝斥，对她嚷嚷，说时间到了，说妞妞你赶快起床，我们都被你给吵醒了。所有这些与妞妞仿佛都没什么关系，妞妞继续呼呼大睡，最后还是与她睡在一起的高奶奶将孙女摇醒。

接下来一幕也是赵文麟所熟悉的，困意蒙眬的妞妞从高奶奶身边坐了起来，揉着眼睛下床，找到了拖鞋，然后去招呼睡在周围的其他小伙伴。正是最好睡的时候，妞妞自己打着哈欠，很认真地把那些她要喊的人都一个个摇醒：

“起来起来，起床的时间到了。”

妞妞绝不会放过一个小伙伴，这么早爬起来，是要去学校挖防空洞。1969 年这一年，到处都在挖防空洞，男女老少，只要是能干活的，都为防空洞出过力。挖防空洞已成为一场轰轰烈烈的全民运动，墙壁上写着“深挖洞，广积粮，不称霸”的标语，学校连暑假也不放了，考虑到白天太热，怕孩子们干活时中暑，让学生一大早就去学校干活。

孩子们草草地收拾一下，往嘴里胡乱塞些东西，便跑过来喊赵文麟。以妞妞为孩子王的这帮小孩，对赵文麟有一个很奇怪的称呼，都管他叫“赵师傅”。他们大呼小叫，一口一个赵师傅，让快六十岁的他感到别扭。作为一个过来人，作为一名驰骋疆场很多年的职业军人，赵文麟更习惯别人称自己先生，称自己长官，称自己同志，称自己老大爷，甚至不礼貌地叫老头，唯独不喜欢别人叫他师傅。在当时，工人阶级领导一切，工人的地位达到了历史最高点，叫师傅绝对是对一个人的尊称，可是他一点都不喜欢这称呼。赵文麟觉得它很有些不伦不类，在解放前，师傅又叫“师父”，不能随便乱叫，必须三叩六拜，黑社会拜码头，小徒弟学本事，求别人传授技艺，才用得到这个称呼。

早在前一天就说好，妞妞要赵文麟去她学校指导已挖得差不多的防空洞。虽然正式升入初中了，因为中学校舍紧张，妞妞这一级的学生还要在原来的小学继续读下去。俗称“戴帽子”，名义上是中学生，却仍然要在原来的小学教室里上课。在孩子们心目中，他们身边所熟悉和能见到的唯一军人，也就是这位赵文麟，尽管他已被剥夺了领章和帽徽，还能不能算军人都很可疑。天气太热了，赵文麟上身穿着一件白颜色的老头汗衫，唯一能证明军人身份的标志，也就是那条穿得很旧的黄军裤，但是能有这么一点点军人的痕迹，对天真的孩子们来说，已经足够了。

小学不是很远，很快就到达。赵文麟的三个孩子，曾经在这所学校读过书，如今他们一个个都飞走了，都成了上山下乡的知青，大儿子去了东北，二儿子去了云南，小女儿天天才十五岁，初中刚毕业，去了陕北的延安。看着眼前这些乳臭未干的孩子，赵文麟便不可抑制地想到了天天，自从紫曼离世，他最放不下心的就是这个小女儿。事实上，天天比妞妞也大不了多少，根本就还是个孩子，看着两个哥哥走了，她义无反顾地也闹着要到农村去，而且说走就走，跟谁都没商量。

在以妞妞为首的一帮孩子簇拥下，赵文麟走进了小学的大门，进去走了不远，与另外一帮孩子迎面相撞。他们对他的军人身份显然有所怀疑，一个个脸上露出了不太相信的神情：

“老师傅，你真的是一名解放军吗？”

妞妞老气横秋地代赵文麟回答：“当然是，人家当然是解放军。”

“是解放军为什么没有领章帽徽，为什么腰上没有挎着枪呢？”

妞妞很不屑，说：“你见到的解放军，难道都带枪的？”

妞妞又说：“你以为是在万恶的解放前呀？”

孩子们笑了起来，都觉得妞妞讲得有道理。这时候，一位上了些岁数的女老师走过来。赵文麟很大方地伸出手，女老师怔了一下，也伸出了手。尽管自己的三个孩子都曾在这所学校读书，赵文麟并不认识这位老师，可是从她僵硬的神情看，似乎不太友好，显然是知道他的，显然知道一点他的故事。赵文麟向她解释，说孩子们一定要让他过来看看他们挖的防空洞。女老师十分勉强地敷衍着，说我们这些小同学还都是孩子，当然希望能得到一位真正的解放军同志的鼓励。

孩子们围在身边七嘴八舌，一个男孩很当回事地问赵文麟：

“喂，解放军同志，你真和国民党反动派打过仗吗？”

妞妞觉得这样提问很没水平，也很没礼貌，气鼓鼓地说：

“这还用问，人家当然和国民党反动派打过仗。”

孩子们仍然要追问：

“你爬过雪山，走过草地吗？那些武装到牙齿的国民党反动派，他们根本就不是我强大的人民解放军的对手，是不是？”

“这个呢，”赵文麟犹豫了一下，先摇了摇头，又点点头，十分肯定地回答，“他们确实不是共产党的对手。”

先前那个被妞妞抢白的男孩又问：

“那你一共打死过多少国民党反动派？”

赵文麟沉思了一会儿，很抱歉地说：

“我，我没有和国民党反动派打过仗。”

孩子们非常失望，妞妞的眼睛瞪得很大，女老师不知所措。突然之间很安静，赵文麟不知道该说些什么，他知道这时候自己必须赶快说些什么。

赵文麟说：“我打过日本鬼子！”

赵文麟又说：“我还和美帝国主义打过仗！”

孩子们乐了，他们问他究竟是日本鬼子厉害，还是美帝国主义厉害。赵文麟又不知道该如何回答，不知道怎么样才能让孩子们满意，怎么样才能让孩子们高兴，回答说日本鬼子和美帝国主义都是纸老虎，都不算厉害。孩子们对这答案非常满意，想起看过的一部电影《上甘岭》，叽叽喳喳又问开了：

“那你一定上过‘上甘岭’了，上甘岭是不是一座很高很高的山？”

赵文麟想了想说：“差不多吧，我去过那地方，我们在那儿打过仗。”

“你真的打过很多仗？”

“打过很多仗，多得都说不清。”

现在，孩子变得非常满意。这年头，只有英雄人物才会让人崇拜，只有英雄人物才会让孩子感到尊敬。他们的眼睛开始发亮，心潮开始澎湃，因为面前这位看上去并不起眼的老人，曾经身经百战，这个很了不起。

第二章

赵文麟对孩子们的杰作无话可说，发表不了任何意见，这根本就是开玩笑，小孩子玩的游戏。防空洞在学校的西北角，有个现成小山丘，六朝时期的一座古墓遗址，1958 年大炼钢铁，人们砌土制小高炉时无意中挖到了墓道，那年头没什么文物概念，也不把千年古墓当回事，一下子发现了很多修墓道的青砖，立刻废物利用，正好砌土高炉。文物主管部门闻讯赶来时，古墓早破坏得不像样子，只找到一块刻有墓志的石头，扔一旁也没人管，赶紧当宝贝收藏到博物馆。当时还挖到了随葬品，各种陶器，陶俑，陶牛车，碎的碎了，随手牵羊地拿走了，文物部门职责所在，想去追回，也无迹可寻，只好在古墓不远处竖一块石碑，算是亡羊补牢。

1969 年夏天，准备打仗的风声比任何时期都要紧张。全市在开挖防空洞，小学生自然也不能例外。妞妞小学的防空洞一度还被评为先进典型，很多学校前来参观学习。在工宣队师傅带领下，以高年级的学生为主，又一次将已经封闭的墓道打开，将原有的小山丘尽可能掏空。孩子们想象力很丰富，又非常缺乏，因为和战争联系在一起，结果就只能非常可笑地模仿电影。一开始都是学习《地道战》，这部片子看过很多遍，基本上能将台词背下来，但是很快发现这思路行不通。

在赵文麟看来，孩子们挖的这个防空洞更像一只大蜘蛛。有着一千多年历史的六朝古墓，仿佛蜘蛛肥硕的身体，围绕它延伸出去的一道道壕沟像蜘蛛的细腿。本来计划像地道战一样，这些细腿部分都是在地下进行，应该是隐蔽的通道，可是稍稍深挖一些就冒水，上面又会不断坍塌，结果只能挖成了明沟。所谓防空洞，大部分都在露天，根本就不可能防空，全校那么多人，真正能躲进洞的，连一个班级的人都到不了。

大概九点钟光景，赵文麟回到了家，气温让人热得喘不过气来，浑身早已湿透，脱去上身的老头衫，用毛巾抹汗，然后就赤着膊，到藤椅上去静坐。坐了一会儿，邻居高奶奶端了碗绿豆汤过来，说天气太热，吃这玩意儿正好解暑。他正好有些饿了，也不客气，拿起来就吃，隐隐地闻着那味，好像已经有些酸了。天气确实太热，食品很容易变质，不过高奶奶既然是好心，当然应该将它吃了。于是眉头也不皱，狼吞虎咽，几口就将一碗绿豆汤喝了。

高奶奶没话找话，说天气热，再不吃掉，这绿豆汤真要馊了。赵文麟不说话，懒得搭理，天热得让人都不想说什么。高奶奶又问起妞妞学校的防空洞，问挖得好不好。他摇摇头，苦笑着说那个也不能叫防空洞，真打起仗来，一点作用都起不了。高奶奶听他这么说，便找到了新话题，问会不会真的打起仗来，真要是打起来，究竟谁会跟我们打，为什么非要打仗，说妞妞一会告诉她是要跟苏修打，一会又说是美帝，到底会是谁呢。

赵文麟还是无话可说，只能安慰高奶奶，让她放心，说这仗打不起来，跟谁都不会真的打。打仗的事情很严重，哪能说打就打。高奶奶不相信他的话，说这个还真的不一定，居委会都开始全面动员了，让大家赶快疏散，能离开南京的都赶快离开，最好去投奔乡下的亲戚。武学园 14 号的老李全家去了乡下，12 号的老王他们厂也发出了通知，让家属尽可能地疏散，打仗打仗，说不定就真打起来。高奶奶是居委会主任，小时候出牛痘，脸上留下了很多深暗的疤痕，人们背后都叫她高麻子。“文化大革命”初期，小小的居委会主任也成了走资本主义道路的当权派，高奶奶本来就是家庭妇女，干这个主任也没工资，一赌气干脆回家不干了。后来居委会实在找不到愿意管事的人，只好又把她请了出来。她本是个喜欢多事的热心人，人家不得已请她出山，她骂了几声娘，发了几句牢骚，又重新掌管居委会的大事小事。

赵文麟从军校退休回家，名义上是交给居委会管束，因此她作为居委会的领导，作为邻居，还真是要时不时地过问一下。赵文麟差不多吃了一辈子的食堂，回家以后，自己做饭，生个煤炉都不会，常常吃了上顿没有下顿。高奶奶看不下去，便让他在自己家搭伙，有时候让他过去吃，有时候送过来，渐渐也就不再拿他当外人。这一段日子到处在备战，整天喊打仗，赵文麟早已麻木，作为一名久经沙场的职业军人，他对战争既害怕又无动于衷，害怕是深知战乱后果，一旦开战，地无分南北，人不管老幼，都会陷入到深深的祸害之中。不害怕是他如今已经孤家寡人，紫曼死了，三个孩子各奔东西，死别生离，让他几乎没什么可牵挂，要打仗就打仗吧，没什么大不了。

三年前，紫曼悬梁自尽，邻里间曾引起不小的震动。那时候，高奶奶刚被批斗过，正很郁闷地歇在家里，孩子们的尖叫声引得很多人都去围观。一时间非常混乱，竟然没人想到要赶紧将上吊的人解下来。赵文麟的两个儿子都不在家，小女儿天天吓糊涂了，跑到隔壁的高奶奶家，哭着喊着快救她妈。高奶奶并没意识到事情的严重性，很不情愿地推托，说你妈怎么了，我现在已不是居委会主任了，有什么事，你别问我。

天天说："高奶奶，我妈妈上吊了。"

高奶奶听了，立刻冲出去，拨开人群，上前抱住早已僵硬的紫曼，十分愤怒地对围观者喝道："你们一个个都别站着了，还不赶快过来帮忙！"

高奶奶不识字，通过别人的描述，她知道紫曼留下了遗书，遗书上充满了一个女人对丈夫的怨恨。紫曼说赵文麟是一名双手沾满人民鲜血的国民党军官，说此生嫁给这个男人是最大的不幸，说她为此感到非常后悔。对于这样的转述，高奶奶总是有些想不明白，不明白一个女人竟然会这么恨自己丈夫。一日夫妻百日恩，夫妻之间还能有什么解不开的疙瘩，更何况还有三个孩子。过去她一直觉得赵文麟是名解放军军官，他总是身穿解放军的军装，而且官好像还不小。到后来她才弄明白，原来这个男人曾经是一名国民党军官，只不过后来起义了，又参加了人民解放军。

送赵文麟回来的两名军人没有解释他的身份，他们只是告诉高奶奶，这个人退职在家，以后将由街道和居委会负责关照，或者换句话说，他以后就归街道管了。高奶奶还是不太明白，不明白居委会应该怎么个管法，两名军人年龄都不大，其中有个胖子不耐烦，说你们管不管无所谓，反正这人是交给你们了。高奶奶说好吧，那得把话说说清楚，这个人到底是好人，还是坏人。胖军人有些不明白，高奶奶问是阶级敌人，还是属于人民群众，胖军人想了想，说当然是人民群众，现在我们只能这么对你说，他已经脱了军装，再也不是现役军人。

高奶奶不放心，又问了一句："就是人民群众？"

两名军人异口同声："对，就算是普通的人民群众吧。"

既然是普通的人民群众，只是一名老百姓，高奶奶也犯不着再为难赵文麟。事实上，她很快开始同情这个男人，注意到这个轻易不肯开口的邻居，总是默默地对着妻子的相片发怔。客厅里悬挂着紫曼的大幅遗像，在与亡妻的对视下，他常常一坐就是几个小时。每到清明，赵文麟照例都会禁食一天，在紫曼的遗像前点上香，用玻璃杯供放一杯清茶，然后焚烧一份自己手抄的诗稿。这场景让守寡多年的高奶奶心酸，恨紫曼不该一时想不开，又无端地坚信这男人的有情有义。赵文麟的三个子女都到农村去了，他一个人在家，除了枯坐，便是伏在案头写字。闲着也是闲着，既然能写一手很漂亮的毛笔字，高奶奶就让他抄大字报，用彩色粉笔写黑板报。内容无非是帝国主义亡我之心不死，要做好敌人突然袭击的准备。赵文麟对这些要求来者不拒，尽管那些内容似是而非，很不靠谱，对战争的认识浮浅可笑，然而能有些事做，就像让孩子们去挖无用的防空洞一样，总比无所事事好。

让赵文麟真正感到战争在迫近，是当年送他回家的两名军人，又突然出现在他面前。从妞妞学校回来的第三天，他们带着军用文件，带着上级的命令，专程赶过来向赵文麟传达指示。这一次，两个人骑着一辆军用三轮摩托，他们的摩托穿过曲折小巷，在众人眼光的注视下，一直开到院子门口，然后跳下车子，径直走了进去，从闻讯出来的高奶奶身边经过，来到赵文麟身边，很正式地行了一个军礼。突如其来的军礼让赵文麟感到不适应，他出于本能地举起手来还礼，几乎与此同时，又意识到自己不再是军人，他已经被脱去军装，成了一名离职在家的老百姓。

多少年以后，人们重新谈论起林副主席的一号命令，各有各的观点，各有各的说法，可是这个命令究竟怎么回事，它的实质是什么，没有一个人能说清楚。1969 年的初秋，一号命令像一阵飓风，突然席卷了中国大地，来得快，去得也快。对于赵文麟来说，1969 年的一号命令非常具体，极其实在，两名军人中那位胖子很严肃地打开文件夹，郑重地向他宣布了上级决定。鉴于苏修入侵捷克斯洛伐克的教训，防止敌人可能发动的突然进攻，类似赵文麟这样级别的退职军人，必须立刻疏散，离开大城市，到偏僻的农村去。

立刻疏散，到偏僻的农村去，这些词汇赵文麟听着并不陌生，这段日子已耳熟能详，黑板上抄写过，常常听别人说起，孩子们在议论，高奶奶也不止一次提到。不过这些话题，好像与他都没什么直接关系。都是别人在说，都是别人在议论，赵文麟早已被人忘记了，他应该何去何从，根本就没人在乎。现在，突然来了两个军人，来了两名军校的工作人员，很认真地宣读了上级文件，宣读了文件上的指示，宣布了组织上做出的决定。一时间，赵文麟心里暖洋洋，觉得自己还是个有单位的人，还没有被组织完全忘记。

两位年轻军人一味的神情严肃，并没有告诉赵文麟应该到何处去，他们只是很严肃地宣布了决定，传达了一号命令的精神。念完文件，他们看了看四周，已经完成任务，便像来时一样匆匆离去，临行前，问他还有什么要求。赵文麟很意外，没有完全明白组织上的意思，他被搞糊涂了，不清楚应该如何执行。这两个人似乎也没把话说完，他们给他带来了两个月的薪水，让他尽快安排疏散，最好是去人烟稀少的农村，至于具体去处，怎么去，组织上管不了，他可以自行处理，爱上哪儿上哪儿，想去什么地方就去什么地方。

随着震耳欲聋的摩托声远去，赵文麟心头浮起的那点暖洋洋，仿佛乌云背后露出的一缕阳光，短暂地闪亮了一下，又立刻消失了。他刚刚被人想起来，又立刻被人忘记了。赵文麟意识到自己又一次被抛弃，又一次陷于无人过问的境地。

第三章

赵文麟继续在藤椅上静坐，坐那儿发怔。转眼过了白露，到傍晚，忽然下起大雨，很大的暴雨，闷热天气立刻凉爽，甚至有了寒意。轰轰烈烈下一夜，天快亮才停下来。雨过天晴，百无聊赖的赵文麟静极思动，突然想到了要出门走走。他打算去见路以和，拜访一下自己的老熟人。路以和是军校副校长，是赵文麟的老领导，他们私交向来不错。赵文麟突然想到可以去向路以和打听一下消息，听听他的意见。

路上行人很少，大街小巷显得空空荡荡，挖好的挖到一半的防空洞随处可见。公共汽车站上没人候车，赵文麟在站牌下等了很久，正在怀疑会不会有车的时候，一辆空车呼啸而来，速度很快，远远地奔过来，快到面前才急踩刹车，尖叫的刹车声十分刺耳。车上只有司机和售票员，公交车稍作停顿，车门还没来得及完全关上，又像一头受惊的野马飞奔而去。车子开得飞快，赵文麟不得不抓紧扶手，在摇晃中付钱买车票。年轻的女售票员不经意地问要去哪儿，然后撕了一张票，加上找的零钱，塞到赵文麟手上，招呼他赶快坐下。

一路上，女售票员与司机都在大声说话，汽车开得快，噪音也大，不得不像吵架一样高声嚷嚷。赵文麟听不明白他们在说什么，女售票员显然正说着一件有趣的事，一边说，一边笑，开车的司机受她影响，把车子开得飞快，仿佛喝醉了酒一样，然后又猛踩刹车靠站。从下一站开始，车上的人渐渐多起来，再往后，竟然都挤满了，女售票员一个劲地喊大家买票。路以和家与赵文麟住的地方，基本上是从起点到终点。因为有座位，他显得很有耐心。许久没有出门了，外面的一切都让人感到陌生。公共汽车空荡荡时，赵文麟曾产生了一个错觉，以为这个城市的人都已经疏散了，完全是大战即将来临的气氛，随着人越来越多，战争的阴影便仿佛不再存在，就好像大白天不太会闹鬼一样，人多了不仅热闹，而且还有一种安全感。

路以和没想到赵文麟会去做客，他挺着个大肚子，坐在一小凳子上，正为自家院子里的菜地除草，看见赵文麟，十分高兴地大声招呼，然后很吃力地从小凳子上站起来。在过去，路以和精明强干，是一个又瘦又小的男人，现如今，却成了一个十足的矮胖子，熊腰虎背，腮帮上全是肉，说话声音洪亮，中气很足。

“真是稀客了，老赵，怎么会想到来我这里?”

与国民党军人出身的赵文麟差不多，老红军老革命的路以和也一样靠边站了，虽然没有被脱去军装，没有被抄家，没有被隔离审查，却只能赋闲在家，在自家的菜地里忙活。当然，他享受的很多待遇还没有完全改变，仍然住着为将军修建的独幢小楼，有一个保姆和一个警卫员，养了一大群鸡。一看到赵文麟，他便扯着嗓子喊警卫员小牛杀鸡，又通知保姆小李加菜，然后招呼老伴彭璧，说小彭你给我赶快出来，今天来稀客了，老赵这家伙也不知道是从哪儿冒出来，今天我要跟他好好地喝两杯。

路以和的妻子彭璧闻声走了出来，这个彭璧跟赵文麟也应该算是熟人，她与他妻子紫曼不仅是中学同学，赵文麟夫妇还是她和路以和的结婚介绍人。紫曼在世时，常常要跟路以和开玩笑，要他感谢她，因为没有她这个媒人，他这位老红军老革命，和彭璧就成不了夫妻。紫曼的性格非常要强，为人不苟言笑，只有与路以和夫妇在一起，才是她难得的有说有笑的时候。

虽然早就知道紫曼自杀了，因为一直没有与他见过面，彭璧见了赵文麟，竟然一时无语，不知道说什么好。赵文麟也有些触动，很显然，当面对彭璧的时候，他立刻想到了紫曼，想到了太多的往事，想到了当年做媒时她曾经开过的那些玩笑。赵文麟不知道自己应该如何回答彭璧的询问，想到她可能会没完没了打听，为紫曼的自杀指责自己，会为老同学流泪，会问起他们的三个孩子，便有些心烦意乱。所有这些话题，都是赵文麟所不愿意面对的，他现在根本就没有心情来说这些。其实今天来见路以和的目的非常简单，他就是想问问疏散的事，想听听路以和的建议。

让赵文麟担心的对话并没有出现，彭璧只是怔了一怔，然后便若无其事地与赵文麟敷衍起来：

“老赵，我跟你说，前几天我们家老路还在念叨你，没想到今天就真的来了，你可真是稀客。”

中饭很丰盛，有很多菜，还拿出了珍藏多年的茅台酒。路以和是湖北人，口味重，他家里的每一道菜都是辣。受他影响，不但原本不吃辣的彭璧也能够吃辣，就连跟他们一起生活的彭璧母亲，也就是路以和的老丈母娘，也开始喜欢上了辣味。路以和与前妻生的两个孩子早就当了兵，与彭璧生的三个孩子也在部队，这三个孩子中，其中有一对是双胞胎兄弟，这两兄弟参军的时候，年龄还没到十六岁，他们的姐姐在一家野战医院当护士。与路以和和赵文麟同桌吃饭的五个孩子，两个是彭璧弟弟的儿子，一个是保姆小李的儿子，另外两个是警卫员小牛的女儿，都还在上小学，既然子女不在身边，路以和便把他们当作了自己的孩子。对于这些孩子，赵文麟也弄不清他们谁是谁，除了孩子，还有三个老太太，路以和的母亲和伯母，他的丈母娘，这三位老人也都跟着他们生活，就一张不大的八仙方桌，人多了坐不下，大家轮番上桌，风卷残云，谁也不客气，菜吃完了就添，再吃完了，再添。

赵文麟与路以和因为要喝酒，始终坐在桌子上，路家热闹的大家庭气氛，让多年来总是处在寂寞中的他越发觉得自己的孤单。席间，彭璧突然提到了赵文麟的三个孩子，听说他们都已经上山下乡当了知青，路以和有些不乐意，说老赵你真是糊涂，干吗不把孩子往部队里送呢。赵文麟无言以对，路以和又说，你我当了一辈子的兵，把孩子送到部队去，这个就是天经地义，上什么山下什么乡，都他妈扯蛋，我跟你说老赵，在哪都不如在咱部队上好。赵文麟仍然是不说话，路以和知道他有难处，拍着胸脯说：

“这事你只要跟我说一声，我打个招呼就行了。”

赵文麟知道路以和不是吹牛，虽然他已经靠边站了，已经没有什么实职，可是部队有部队的规矩，像路以和这样的出身，在军方有很深的人脉关系，他的老部下一个个身处要位，要想往部队里塞几个人轻而易举。酒终于喝得差不多了，菜也所剩无几，桌子上只剩下赵文麟和路以和，赵文麟觉得应该与路以和谈谈疏散这个话题了，这可是今天来见他的目的，他很想听听他的意见。一听说疏散这两个字，路以和就不太高兴，脸色顿时变得难看，原本酒后发红的面颊，立刻黑了下来。他根本就不相信会打仗，在回答赵文麟的问题前，路以和先发起了牢骚，说自己从来就不害怕打仗，要打就他妈早点开打，别等他老了，走不动路了再打仗。

赵文麟苦笑起来，说我们现在难道还不算老吗，我们都这把年纪了。这一次，轮到路以和不吭声，仿佛泄了气的气球，将脑袋耷拉下来。路以和战争年代是名出色的虎将，在他的戎马生涯中，遭遇的唯一一次重大失利，就是败在赵文麟和李叔明手上。时间是1947年，国共双方的精兵强将在鲁西豫东地区激战，路以和当时是解放军二野刘伯承部的精锐部队，能征善战，赵文麟和李叔明的第四十八旅则属于国民革命军的第五军。第五军是国军的精锐，军长邱清泉是黄埔二期生，绰号“邱疯子”，经过八年抗战，美式装备的第五军兵强马壮，根本不把共军这个对手放在眼里。

路以和被誉为共军中的常胜将军，在作战方面确实很有一套，一生中打过无数胜仗，偏偏在鲁西南战役中，输给了赵文麟和李叔明。这件事一直让路以和不服气，耿耿于怀。在1947年，国军还占着明显的优势，作为蒋之嫡系的第五军有恃无恐，一路蛮打蛮杀，孤军深入，而赵文麟的四十八旅恰恰就是急先锋。当时的第五军太能打了，共产党的三野和二野吃了它不少苦头，谁都不愿意直接碰它，通常是遇到它就让开，避免正面接触，第五军因此也变得更加骄横。轻敌乃兵家大忌，路以和的部队终于与赵文麟他们遭遇，因为是孤军深入，赵文麟的四十八旅被团团围在一个县城里。共产党的部队最擅长围点打援，因此虽然围住了对手，并不急于进攻。四十八旅也不慌张，静守等候，结果沉不住气的是路以和，他主动请战，要求攻城，并保证能啃下这块硬骨头。

多少年以后，路以和与赵文麟成为同一个军校的同事，说起这场战斗，还是想不明白他当年为什么没有能打下来。路以和在鲁西南战役中遭受了重大挫折，由于久攻不下，形势渐渐对被围的赵文麟有利，路以和拔虎牙不成，反而被突破阻击赶来增援的四十七旅李叔明部在背后猛攻，赵文麟部也趁机反扑，结果路以和前后被夹击，围歼别人的一仗，变成了自己被围，无奈之下只能仓皇突围，损失惨重。这次失利让延安的中央军委十分震动，直接影响到了后来的晋升，1955 年授衔，路以和只是被授予少将，为此他一直不肯原谅李叔明，他的四十七旅从背后扑过来，跟他玩了一个背后突袭的阴招，这一招太损了。

时过境迁，路以和与赵文麟一样，都不愿意回忆二十多年前的旧事。毕竟路以和是最终的胜利者，而赵文麟和李叔明最后都在战场上起义投诚，成为人民解放军中的一员。鲁西南战役中，路以和吃了闷亏，可是在第二年的淮海大决战中，赵文麟和李叔明所在的第五军全军覆没，追随多年的顶头上司，已升任二兵团司令的邱清泉也走到了生命尽头。解放军方面说是在逃跑中被击毙，国军方面却说他是自杀，究竟如何，作为下属的路以和与赵文麟都不清楚。反正在淮海战役中，解放军大获全胜，路以和率领他的胜利之师穷追猛打，赵文麟和李叔明的部队被完全歼灭，最后关头，他们不得不换上便衣，花重金买通了当地贩牛的小贩，才从解放军眼皮底下逃走。

二十多年后，在路以和家的餐桌上，酒足饭饱的路以和开始与赵文麟讨论，讨论眼下这场战争会不会打起来。仗着酒劲，路以和让彭璧将贴在墙上的世界地图揭下来，彭璧不肯答应，他便拍桌子，让警卫员小牛去揭。小牛闻声过来，弄明白他的意思以后，说首长这个可不行，地图是用浆糊粘在墙上的，一揭下来，还不把地图给弄破了。路以和便继续发飙，说叫你怎么做，就怎么做，哪来的那么多废话。

保姆小李过来收拾桌子，刚擦干净，小牛已将揭下来的世界地图送过来，路以和戴上了老花镜，将地图摊在餐桌上，又让小牛把放大镜拿过来，然后开始很认真地与赵文麟研究分析，研究战争形势，分析敌人可能从哪几个方向进攻。很显然，如果要跟苏联人干，老毛子可以从三个方向向我们发起攻击，东路，北路，还有西路。从现在掌握的情况来看，似乎东北的局势最紧张，珍宝岛那里摩擦不断，可是一旦真正开打，苏修的军队借道蒙古的可能性便会更大。

“这里离北京更近，换了我，肯定也会把主攻方向安排在这儿，”路以和指点着地图上的位置，征询赵文麟的意见，“老赵，你说对不对？这一招很毒辣，不是吗？”

赵文麟看了一眼地图，不置可否。

“不光是老毛子的问题，如果这美帝国主义也趁机捣蛋，躲在台湾的老蒋也一起配合进攻，形势就会变得很严重，真的很严重。”

赵文麟觉得自己早已不是军人，这仗应该怎么打，跟他没什么太大关系。现在他最关心的是应该疏散到什么地方去，自从参军以后，作为一名职业军人，赵文麟已经习惯于听从别人的安排，上级如何说，他就如何去做。服从命令是军人的天职，此时此刻，他很想听听路以和的意见。虽然他们曾经是战场上的对手，然而更多的时候，路以和是他的领导，是他所在军校的副校长，是他的顶头上司，当然也是他不多的朋友之一。路以和继续他的战略分析，也不管赵文麟是不是在听，继续分析下去。他坚信战争真打起来，中国军队只能往西撤，就跟当年的老蒋一样。他说到这一点，情不自禁叹了一口气，而且还没忘了调侃赵文麟一句：

“不过这样也好，蒋介石的这套战术，你不是正好熟悉吗？”

第四章

最后送赵文麟出来的是彭璧，路以和有些喝高了，站起来，声音很大，摇摇晃晃地非要送赵文麟。彭璧说我还有些话要跟老赵说，我来送他吧。路以和红着脸，说有什么话，不能当着我的面说。彭璧不理他，他便追着问，喂，你到底要跟他说什么，不许在背后说我的坏话。彭璧将赵文麟一直送到公共汽车站，她告诉神情沮丧的赵文麟，根本别指望老朋友还能给他出什么主意，泥菩萨过河自身难保。时局如此，与赵文麟一样，事实上，路以和也被组织上遗忘了，眼下根本没人想到早已靠边站的路副校长。前些日子他们夫妇还在一本正经地商量，真要是疏散，看来路以和只能作为彭璧的家属，跟着她所在军区医院一起转移。彭璧去哪儿，路以和便跟着去哪儿，至于一起生活的三位老人，还有那几个孩子，最后应该怎么安排，实在想不出办法，到时候也许只能狠狠心肠，扔下不管了。

彭璧的一番话，让赵文麟感到一些安慰，既然路以和这样的老红军老革命都没人管，已被脱去解放军军装的赵文麟被组织上抛弃，也是理所当然，完全在情理之中。毕竟他是国民党军人出身，有过反共的历史，如今这年头，不说他是潜伏的特务，不追究他是历史反革命，已经算很客气了。再说了，值此乱世孑然一身，他孤零零一个人，仔细想想，反倒比路以和更了无牵挂，更自由。公共汽车迟迟不来，赵文麟让彭璧先回去，可是她执意不肯。她似乎还有话要对赵文麟说，却一直说不出口。终于车子来了，彭璧总算把憋在心里的话最后说了出来，她红着眼睛，怆然地说：

“紫曼其实完全不应该那样，她干吗非要那样呢！”

赵文麟上了汽车，彭璧选择这时候对他说这样的话，当然是有意的，只有这样，他们才可能不继续说这个话题。这是个让人痛心的话题，赵文麟想起刚刚在路以和家，曾看见彭璧对路以和耳语，她一定是在告诫他，不要在赵文麟面前提起紫曼。紫曼自杀前，据说曾经与彭璧见过一面，她一定跟彭璧说过什么，联想到紫曼留下的遗书，赵文麟相信她一定会在彭璧面前抱怨，会留下很多怨言。紫曼是带着对赵文麟的怨恨离去的，坐在公共汽车上，赵文麟想到她，突然感到一阵阵心酸，他觉得自己实在太对不起紫曼了。

一路上，赵文麟都在思念紫曼，突如其来的愧疚，让他心如刀绞。这时候，他开始有些后悔，后悔刚刚在路以和家，没有说说紫曼的事情。索性与他们夫妇多说说紫曼。有什么必要避而不谈呢，自从紫曼自杀以后，除了开始那几天，以后就再也没有人跟他提起。大家都在避免说她，孩子们不提，邻居不提，熟悉的人都不提，就好像没有她这个人一样。紫曼像一阵散开的雾一样不复存在，赵文麟明白，大家越是不提她，越是在心底里谴责他，显然谁都知道，紫曼是因他赵文麟而死。

公共汽车还是很空，街上仍然没有什么人，一道长长的围墙上，用石灰水写着“深挖洞，广积粮，不称霸”的标语，每一个字都很巨大。平心而论，它并没有造成太大的战争气氛，大仗来临的感觉并不强烈，好像疏散这样的字眼，只跟一部分特殊的人群才有关系。甚至马路上的大标语，也是两个套路，一路是对外的，要准备打仗，要让胆敢入侵的帝国主义有来无回，另外一路是专门对内的，要深挖五一六分子，要将无产阶级文化大革命继续深入到底。

赵文麟提前两站下了车，他突然想到可以顺带去看一下何道州夫妇。何道州是赵文麟的姑夫，虽然住在同一个城市，他与他的来往并不多。何道州是社会名流，他这样的人哪朝哪代都吃香喝辣，居住在一栋很漂亮的小洋楼里，赵文麟出现时，他们老夫妇两个也正在讨论如何疏散，跑来开门的阿娟一见赵文麟，便大叫起来：

“哎呀呀，大少爷来了，老先生何太太正没主意呢，大少爷来得正好，正好帮他们拿个主意。这几天一天到晚都在说这个事，老先生跟何太太一会儿一个想法，半天三个主意，不知道怎么办才好。”

一时间，赵文麟感觉到了时空的穿越，他早已经不习惯“大少爷”这样的称呼，这个称呼听上去怪怪的，已经很多年没有人这么叫他了。阿娟是何道州家的女佣，说起她来，真还是很有一段历史，她在何家服务了三十多年。赵文麟不由得想起三十二年前，想起了1937年的夏天，淞沪已经开战，也是去何道州家，也是像今天这样敲门，当时只有十六岁的阿娟奔过来开门，闪亮着一双大眼睛，问他日本人会不会打到南京来。赵文麟笑着安慰她，说这样的事不会发生。阿娟便心有不甘地追着他问，那为什么我们要去武汉呢，武汉是不是很远很远。

如今的阿娟已是年近半百，她一边送赵文麟进去，一边抓紧时间询问，同样是问他会不会真的打仗，到底是要跟谁打，我们还能不能打赢。面对她的一连串问题，赵文麟不知道如何回答才好，便问她姑姑和姑父身体怎么样。正说着，已到客厅，赵文麟的姑姑学苑闻讯过来，大声说文麟你怎么来了，立刻高声招呼何道州，说老头子你赶快过来，文麟来了。何道州当过副省级干部，在“文革”前，一直享受着待遇。“文革”开始，他退休在家，似乎也没受到太多冲击，只是待遇打了折扣，公家指派的秘书没了，司机也没了，好在保姆还在，熟悉的阿娟还在照顾他们。

何道州开门见山，说文麟你来得正好，正好可以听听你的主意，我们已经商量好了，我和你姑打算去潢川，二官来信让我们过去。二官是赵文麟的表弟，何道州夫妇本来有一儿一女，大女儿在十三岁的时候夭折了，只剩下弟弟路清。路清在北京的团中央工作，眼下正在河南的干校劳动。与赵文麟一样，将近八十的何道州夫妇也接到疏散通知，让他们尽快找个可以安置的地方。学苑说我们还能去哪儿，事到如今，当然是与二官在一起最好。何道州倒是很乐观，说二官的那地方不错，就是交通有些不方便，不过真打起仗来，越是交通不方便的地方，自然倒是越安全。

学苑觉得三言两语说不清楚，又去卧房拿了几封儿子的信过来，让赵文麟先看信。赵文麟将信接了过来，他在看信的时候，何道州就在旁边没完没了唠叨，说二官的领导非常欢迎我们过去，当然了，那边的条件是艰苦的，大家都住在一个大房间里，要过集体生活，也没有卫生设备，也没有自来水，对了，电灯倒好像是有的。学苑觉得他是在打扰赵文麟，不耐烦地说你让文麟先把信看完好不好，又说二官那地方很落后的，你看信上不是说了吗，电也是刚刚接通，好像老是要停电的。

“落后一点又怎么样，”何道州不乐意自己的话被打断，“不是正好可以改造一下我们的思想吗？”

赵文麟尽量不让他们的话干扰自己阅读，匆匆将那几封信扫了一遍。信的内容显然不像何道州说得那么轻松，路清在信中反复强调自己的担心，担心两位老人禁不起长途颠簸。从南京去河南潢川，光火车要转两次，转长途汽车，路程还得八九个小时才能到达县城，再从县城到干校，又得六个小时。路清的意思，既然一号命令已经传达，疏散是一定要离开南京，两位老人走投无路，当然是可以考虑去他那里。事已如此，他的领导也没有理由反对，可是干校的居住条件确实太糟糕，太恶劣，因此他想到了一个折衷办法，就是不妨考虑在当地县城为二老租一个房子，同时将阿娟也带去，这样生活就不成问题了。

“我觉得二官的想法是对的，确实住在县城里好一点。”赵文麟发表自己的意见，他觉得这两位老人还算幸运，起码是有阿娟可以陪他们一起去。阿娟的丈夫原来是何道州的司机，是机关里的正式职工，何退休在家，他便回机关开车，眼下又跟着机关一起去了干校。干校离南京不远，就在镇江旁边，阿娟为了照顾何道州夫妇，已经将自己两个小孩送到丈夫的苏北老家，交给爷爷奶奶照看。说起阿娟，何道州夫妇十分感激，患难可以见出真情，值此关键时刻，幸好还有一个阿娟照顾他们。阿娟在何家服务了三十多年，平时也不是一点矛盾没有，况且是在“文革”之中，雇佣关系往往都会很紧张，主动站出来检举和揭发主人的用人并不少见。

赵文麟问他们准备什么时候动身，学苑说不清楚，因为上面只是派人来跟他们谈了一次话，只是叫他们做好疏散的准备，想好要去哪里，怎么去，什么时候去，还要等待进一步的消息。反正他们现在怎么都是个负担了，老了，也没人愿意管了。学苑一肚子委屈，叹气说做梦也不会想到，都七老八十了，太平日子过了没几天，又遇到这么一个乱世。何道州觉得学苑不应该乱发牢骚，说怎么能说是乱世呢，要打仗，这是好事。我们不怕打仗，不怕打大仗，让帝国主义暴露得更彻底一些，在毛主席的领导下，有林副主席的指挥，我们一定会取得最后的胜利，这个是一定的。学苑担心会扔原子弹，她知道这仗要是真打起来，很可能就是核战争。

何道州说："扔原子弹怕什么，我们也有，要扔大家一起扔，谁怕谁呀！"

学苑继续叹气，嘀咕了一句："反正我们怕是看不到最后的胜利了。"

何道州难掩被当局冷落的沮丧，他这一辈子都受人敬重，都是个有身份的人，没想到最后也会无人过问，但是他不愿流露出自己的失望，故意做出很乐观很豁达的样子。学苑喋喋不休地问赵文麟这仗是不是真的会打起来，南京会不会像抗战初期那样，又一次落入敌手。她满脸困惑十分无奈，弄不明白到底要和谁打仗，面对的敌人究竟是美帝，还是苏修。她想不明白反对了那么多年的美帝国主义，为什么又突然更讨厌苏联这个修正主义国家，这些话题她也与何道州反复讨论过很多次。

从何道州家出来，也就两站路，赵文麟干脆步行回家。他感到了轻松，有一种说不出的欣慰。幸福不过是一种比较，将心比心，看来大家的遭遇都差不多，无论老红军老革命的路以和，还是一直被尊为著名民主人士的何道州，面对要疏散的一号命令，都是如出一辙，都是要让他们做好离开这个城市的准备。树倒猢狲散，好一似食尽鸟投林，落了片白茫茫大地真干净，怎么离开已经不重要，事到如今大战将临，他们爱去哪儿就去哪儿吧。

赵文麟发现还是家里好，回到自己住处，没有那种要打仗的紧张气氛。高奶奶过来问他这一天去哪儿了，为什么出门也不打个招呼。闲谈中无意说起了疏散，她说有地位有身份的人才会为这事操心着急，我们老百姓就没这个烦恼，就是有烦恼也烦不了。又说起当年的旧事，说想当年日本人要来，还不是说来就来了，可怜南京城乱成一片，鸡飞狗跳，那时候的老百姓还能往哪跑，有钱的人走了，当官的走了，读书识字的人也走了，把我们老百姓都留给了日本人。高奶奶似乎觉得这话不太对，不想再往下说，忍不住又嘀咕了一句，说幸好还有一个难民区，我们怎么办呢，那时候都只好躲到那里去了，当年那个什么国民党，打的叫什么仗呀。

作为一名职业军人，作为当年南京保卫战的亲历者，一提起这场让赵文麟感到耻辱的战争，他的心就会猛地收紧起来。往事不堪回首，历史可能重演，赵文麟不由得想起 1937 年，想起了南京城被日军攻陷的那一天。高奶奶很快离去了，三十年前的一幕幕场景，却像噩梦一样，在他的脑海里挥之不去。

第五章

女儿天天的突然回家，让赵文麟感到很意外。她是半夜里回来的，嘭嘭嘭，风风火火地打门，进屋后喊了一声爸，二话不说，就要躺下来睡觉。赵文麟想不明白这是怎么回事，追着她问，天天不耐烦地说："爸，你先让我睡一会儿好不好，人家都几天几夜没睡觉了。"这一躺下，就是整整一天，到第二天的黄昏时分，天天才伸着懒腰爬起来，连声喊睡得舒服，太舒服了。在她倒头呼呼大睡的时候，赵文麟已经蹑手蹑脚地过来看了女儿很多次。自从天天下乡插队，这还是第一次回家，平时除了来信中的三言两语，他对她目前的情况基本上是一无所知。女儿的突然回来，让赵文麟感到有些不放心，毕竟她是个女孩子，他只怕她在外面受了别人的欺负。一年不见，女儿显然有了太多变化，变黑了，变高了，好像还胖了一点。从床上爬起来，天天也不急着洗漱，摸了摸肚子说：

"爸，我饿了，有什么能吃的？"

赵文麟不放心地问："天天，你还好吧？"

"我，很好呀，"女儿大大咧咧，笑着说，"怎么，我看上去有什么不好吗？"

看着女儿充满阳光的笑容，赵文麟感到一阵欣慰，皱了皱眉头说："怎么突然回来了，也不先说一声。"

"喂，不欢迎我回来是不是？"

结果晚饭赵文麟带着女儿去了四川酒家，要了一份狮子头，一个杂烩汤，一盘宫爆鸡丁。天天一边吃，一边大呼过瘾，一个劲地喊好吃，已经多少日子没有这么痛痛快快地吃肉了。赵文麟看女儿吃得这么高兴，说我们明天再来，再吃一次狮子头。记忆中，天天是不太爱吃肉的，现如今对狮子头这样的大肉圆，竟然会有这么好的胃口，肯定是在乡下饿狠了。她原来并不怎么吃辣，点宫爆鸡丁也是她的主意。看来到农村去插队还真是有好处，经过一年的锻炼，女儿已经不怎么挑食了。

吃饱喝足，女儿很严肃地对赵文麟说：

"爸，跟你说一个事，已经决定了，我不想再在延安待下去，我要去云南。"

赵文麟不太明白她的话，女儿去陕北插队，当时也是她自己拿定主意，根本不跟别人商量。按照赵文麟的想法，他的三个孩子既然都得下乡，当然最好去同一个地方，像现在这样，一个东北，一个云南，一个陕北，实在是隔得太远。女儿突然打算去云南，赵文麟首先想到的是她要去二哥那里。女儿的回答却让他大吃一惊，她说我们已经商量好了，实话告诉你吧，我们是要去缅甸，要去支援世界革命。女儿说这番话老气横秋，显得十分兴奋，眼睛里放着光：

"爸，知道不知道缅甸在什么地方？"

女儿天天的决定让赵文麟非常意外，原来她要去云南和二哥没有一点关系，他们甚至都没有通过信。她要去云南，只是受一起插队的同伴影响。当时的缅甸，靠近中国边境那个区域，也就是所谓金三角附近，活跃着各种不同势力的武装力量，有反动的政府军，有山官土司封建奴隶主的世袭领地，有当年被解放军赶到缅甸的国民党残余部队，当然也还有我们所支持的缅共游击队。天天和她的同伴要去云南，就是想从那里跨过国境，进入缅甸境内，参加由中国知青组成的“知青旅”，与缅共游击队共同作战。

一时间，赵文麟无话可说，女儿刚提出来要去云南的时候，他脑海里有个念头一闪而过，这就是既然天天也决定去云南了，他也可以考虑去那里，这样既离开南京完成了疏散，又可以跟儿子女儿在一起，真是两全其美的选择。如果有可能的话，就在云南养老也没什么不好，那里四季如春气候怡人。女儿的决定让赵文麟意识到自己的念头很可笑，仿佛一个美丽的肥皂泡，刚升空，还没有飘到他面前，就已经被无情地戳穿了。

从四川酒家出来，回家的路上，赵文麟如鲠在喉，想对女儿说些什么，又不知道如何开口。天已经完全黑了，街上也没什么人，走到一盏路灯下面，赵文麟回过头来，很无望地看着女儿，迟疑了一会，说去缅甸那个地方可不是一件小事，你千万要想想好，要多想想困难。女儿说，这个有什么可以多想的，我们年轻人，就是要到革命最需要的地方去，越是艰苦，越应该去，要想到世界上还有三分之二的人在受苦受难，我们有责任有义务要去解放他们。天天满打满算，也就十七岁多一点，一言一行，仍然是充满了稚嫩，因为有了饱满的革命理想，又让她显得不一般的成熟。

赵文麟忍不住还是说出了自己的担心：

“天天，缅甸那边的环境非常不好，可以说是非常恶劣，你爸爸我去过那个地方，一条小命差一点就丢在那里。”

“爸爸去过那儿，”女儿有些意外，表情很吃惊，“你怎么会跑到那儿去呢？”

“去那儿打过鬼子，打日本鬼子，我们有好多人都死在那儿。”

女儿还是不明白赵文麟在说什么，不明白他为什么要跑到缅甸去打日本鬼子。不过她知道父亲曾经是国民党的军人，因此冷笑着说，我知道了，你们是国民党，是反革命，当然打不过日本鬼子，我们不一样，我们代表了正义，我们有战无不胜的毛主席的战略思想，我们一定会取得最后的胜利。

赵文麟又一次无话可说，与女儿继续往前走，一路无语，终于回到家。他觉得自己有许多话可以跟女儿说，他想和女儿说一说当年的中缅印大战，说一说野人山的森林，说一说当年牺牲的五万多远征军将士，可是千头万绪，真不知道从何说起。说了宝贝女儿也不会相信，他根本就不可能说服她，对于年轻的孩子们来说，历史的真相并不存在。一想到这个，赵文麟就觉得十分悲凉，觉得自己太不会说话了，没办法把自己肚子里想说的话说出来。在过去的岁月里，无论对妻子紫曼，还是对三个孩子，他都显得毫无权威可言，总是做着无原则的让步。作为一个在枪林弹雨中走出来的幸存者，在家人面前，赵文麟身上没有一点点职业军人的强悍。

女儿问赵文麟，说爸你是不是很后悔参加了当时的国民党，对了，你们那叫什么的——国军。赵文麟说他从来没感到过后悔，说自己问心无愧，他当兵的那个时候，才不管它什么共产党和国民党，年轻时的他向来是不问政治，只想着要打小日本。女儿冷笑说，什么呀，你那是上当了，国民党根本就不打日本人，打败日本鬼子的是共产党，蒋介石不过是从四川峨眉山上跑下来摘桃子。赵文麟直摇头，说国民党打不过共产党这个不错，你们说国军不抗日，这个不对。女儿生气了，说爸你真是老糊涂了，竟然帮国民党反动派说话。

第二天上午，下起了小雨，天天还没起床，妞妞跑过来把她弄醒，说天天姐姐都几点了，你还不赶快起床。眼见着就要十月一号，妞妞所在的学校要参加国庆游行，要组成一个红小兵方阵，穿黄军装，扛自制的红缨枪。为了这个自制的红缨枪，她忙到一半，束手无策，做不下去了，便跑来求援，说天天姐姐你帮我个忙吧。学校里只给每位参加游行的同学发一个木制红缨枪头，剩下的枪身和红缨要同学们自己去弄。枪身好办，找一根差不多的竹竿就行，偏偏这用来装饰的红缨把妞妞给难住了。天天了解了一下情况，笑着说这个太好办，你等等，我待会帮你找。于是从床上爬起来，刷牙洗脸，然后翻箱倒柜，找到一条她读书时用的红领巾，用剪刀将它剪成一条条的。妞妞在一旁看着，不是很满意，嘀咕着：

“这个行吗，不行吧。”

天天便说：“为什么不行，为什么？”

妞妞说：“这不好看，不好看。”

天天说：“谁说不好看，谁说的，我就觉得蛮好，你看，这样不是挺好吗？”

妞妞仍然不满意，回过头来向赵文麟询问，说赵师傅你觉得它怎么样。天天听了直乐，说你怎么叫我爸“赵师傅”，他怎么就成了赵师傅了。她乐呵呵地也问了一句，喂，赵师傅，你觉得这样怎么样？赵文麟安慰妞妞，说这样其实也挺好，反正做做样子，有点红的东西做装饰就行了。妞妞嘟着嘴，说我觉得这样不好看。天天很不屑，说有什么不好看的，就这样挺好，不就是闹着玩玩吗。两个人你一句我一句争起来，赵文麟让她们别斗嘴了，问她们知道不知道为什么要有红缨。妞妞想了想，说没有红缨不好看。天天懒得回答，赵文麟便又追问了一句，非要让她回答。天天说红颜色好呗，代表了革命，是枪杆子里出政权的意思。

赵文麟叹着气，摇了摇头，很认真地做解释，说真相很简单，在战场上打仗，两军交锋，你把这玩意扎到敌人身上，枪尖上会有血，这血会顺着枪尖淌下来，有了红缨，它就可以把血吸了，不让血顺着枪杆淌下来，滴在手上。红缨是红的，血也是红的，有没有血都一个颜色，这样一来，一个人对血的恐惧就会少了很多。天天和妞妞毕竟是女孩子，听了这样的解释，顿时有种血淋淋的感觉，脸上表情都有一些诧异和惊恐。妞妞便问天天，如果面前真有敌人，敢不敢用红缨枪去扎他。天天说这都什么年代了，谁还会用这破玩意儿，现在都用枪，啪的一扣扳机，敌人就完蛋了。

接下来，赵文麟为女儿准备早餐，他已为她买好了烧饼油条，还有豆浆。天天开始吃早餐，妞妞傻站在一边，眼睛东张西望，不知道干什么好。突然，她的目光落在了紫曼的遗像上，盯着那张照片看了一会儿，有些不解地问天天，问她五一六到底是怎么回事，什么样的人，才会是“五一六”分子。虽然外面整天在喊要深挖“五一六”，天天弄不清楚，她不得不向父亲请教。赵文麟对什么才是“五一六”也一无所知，据他了解的一些情况，耳朵边所能听到的消息，被打成“五一六”的人往往是“文革”初期的造反派。事实上，谁也弄不明白“五一六”怎么回事，只知道它是一个反党集团，埋藏得很深，用心很险恶，因此成天要喊深挖。

眼见着赵文麟父女都不能回答自己的问题，妞妞很悲伤地叹了一口气。天天说妞妞你这孩子怎么了，好好地叹什么气。妞妞说我妈就是“五一六”，我就是想不明白，她为什么会是，为什么。妞妞的母亲曾是某大学很著名的造反派小头目，她这样的人如果是“五一六”分子，恰好与赵文麟知道的情况差不多，所以也不能算是什么太大意外。“文化大革命”的基本特点，是斗来斗去没完没了，不同的阶段，会有不同批斗对象，会出现不同的敌人，先是批判斗争走资派，批保皇派，批资产阶级学术权威，批地富反坏右，批五湖四海，批“五一六”，最后还要批林批孔，还要反击右倾翻案风。

妞妞凑到天天的耳朵边，很神秘地告诉她：

“天天姐姐，我跟你说一件事，你千万别对别人说，千万不要告诉我奶奶，千万别——我妈已经死了，她是自杀，从五楼上跳下来。”

天天吓了一跳，说：“真的？！”

说完便后悔了，这种事怎么可能会假。妞妞好像很不愿意赵文麟听到她说的话，又细声细语地叮嘱天天千万不能说出去，这话只能告诉她一个人。很显然，她愿意告诉天天姐姐这事，愿意让她分享自己的秘密，完全是因为天天母亲也是畏罪自杀，她们同病相怜，内心深处有着一样的伤痛。她们的母亲死有余辜，死了还要被别人说，被别人指责是抗拒，是站在人民的对立面上。

妞妞拿着红缨枪走了，要赶去学校参加国庆游行排练。她前脚走，天天便把她妈跳楼的事说了出来，赵文麟听了很震惊，这事听起来也太惨烈了。虽然是邻居，他对高奶奶的这个儿媳妇并不熟悉，她并不住在这边，见过几次面，听她在房门口教训妞妞，听她关照女儿要听奶奶的话，想不到这活生生的一个人，说死就死了，说没有就没有了。接下来，天天跟赵文麟一起做分析，分析妞妞的奶奶到底知道不知道儿媳妇跳楼，看妞妞的神情，她似乎是一点都不知道，然而这又怎么可能呢，既然小孩子都得到了消息，老太太哪能不知道，唯一的解释是都以为对方不知道，这一老一少在互相隐瞒。

女儿回来一共也就待了五天，临去云南前，赵文麟拉着她一起去照相馆拍照。在路上遇到正准备去学校的妞妞，穿着一身自制的黄军装，手上拎着那杆红缨枪。妞妞问他们要去哪儿，听说是去照相，便问天天她能不能跟着一起去玩。天天看了看赵文麟，父女俩交换了一下眼神，看着妞妞天真的样子，也不忍心拒绝她。到了照相馆，看着他们父女合影，照了一张，赵文麟说妞妞你过来，我们三个一起照一张。妞妞有些犹豫，天天说你快过来呀，我们一起照一个。妞妞便将手上的红缨枪靠在墙上，理了理衣服，走了过去，赵文麟让她坐中间，三个人在摄影师的手势指引下，合拍了一张照片。

拍完照片，赵文麟到前柜台去付钱，同时又掏出身上带的旧底片，一张紫曼年轻时的单身照片，一张他与紫曼的合影，一张他们全家的合影，一起交给工作人员，请他们加快各印四份。工作人员觉得这太不划算了，说老师傅看来很有钱嘛，这么多照片，都加快，要多出来好多钱呢。赵文麟也不多解释，让他就这么办。妞妞看了看墙上的挂钟，发现时间差不多了，便告辞要去学校。刚离开照相馆，又跑回来，原来她的红缨枪忘记拿了。

照片在第二天就印好了，赵文麟一大早去将照片取回来，先将与妞妞的合影给了高奶奶一张。回到家里，在照片后面题了字，写上时间，分别装进四个信封，在其中的两个信封上，写了儿子的地址和名字，准备挂号寄出。又在一个信封上，很端正地写上了女儿的名字，然后郑重其事地交给她。女儿感到有些凝重，说爸你这是怎么了，干吗要把这些照片给我们。父亲的沉默让女儿感到不安，她突然意识到他很想说些什么，突然意识到他有很沉重的心思。突然之间，她第一次如此清晰地意识到父亲头发完全花白了，赵文麟生于1911年，已是五十八岁的人，在天天看来，虽然还没老态龙钟步履蹒跚，也确实不小了。她突然觉得父亲孤零零地很可怜，她和两个哥哥都离开了家，在漫长的日子里，这间又沉闷又古老又阴暗的旧屋子，就只有父亲枯守着母亲的遗像。

赵文麟叮嘱女儿一定要保管好她母亲的照片，他说你妈要是还在的话，会很不放心，她会不放心你在外面乱闯。天天笑着说我妈才不会，我妈才不会管我呢，她说爸，我知道最不放心的人是你，你最疼我了，你心里舍不得我去，又不想说出来。这话说得很到位，说到赵文麟心里去了，他确实放心不下这个宝贝女儿，一想到她执意要去缅甸，心里可以说是百感交集。但是他也找不出阻止女儿的理由，既然就要打仗了，那么在哪里都差不多，战争一旦来临，人就是大风大浪中的一叶浮萍，无论在什么地方都是一样的不安全。他只能想女儿总算是长大了，能这么懂得父亲的心思，这让他感到欣慰和温暖。

赵文麟说：“我认识你妈时，她比你现在也大不了多少。”

天天说：“爸，我知道你很喜欢妈妈，我知道你心里一直在想念她——”

赵文麟听了这话，心里无限感慨，再看女儿，发现她的眼圈已经红了。于是把头偏过去，看着墙上紫曼的遗像，半天说不出话来，隔了一会儿，他有些动情地对女儿说：

“你妈是个很好的人，爸爸配不上她。你知道，她心里其实一直在埋怨我。”

天天知道赵文麟说这话的意思，知道他始终沉浸在内疚之中。母亲过世的时候，她才十四岁，可是已明白她心中对父亲的怨恨。紫曼不止一次地对孩子们抱怨，说他们的爸爸害了她，说她这辈子最后悔的一件事，就是嫁给了赵文麟。紫曼说当初有好多好多人追求她，她真是没眼光，偏偏选了他这么个没用的男人。在孩子们心目中，父亲对母亲总是百依百顺，万般呵护，总是让着她顺着她，而紫曼却永远不领情，总是没完没了地在责怪，一提起他就充满怨恨。

天天觉得自己应该给父亲几句安慰，她说我妈那个人就那样，就是喜欢唠叨，你根本就不要在意，你用不着在意她说过什么。天天说我妈嘴上虽然喜欢埋怨，心里还是喜欢爸爸的。赵文麟听了，摇了摇头，说不，说我知道你妈妈心里是怎么想的，是我对不住她，是我害了她。他这么一说，天天倒不知道说什么好了。赵文麟又说，是我害了你妈，但是你妈却挽救了我，你要知道，没有她，我肯定会去台湾，会成为人民的罪人。

第六章

女儿离家第二天，赵文麟的姑姑学苑打电话过来，告诉他有关部门已专门派人去过何家，宣布了上级领导的重要决定。如何疏散像何道州这样高级别的知名人士，组织上将做统一安排。何道州的心情立刻愉快多了，抑郁了许多天的坏心情顿时好转，这说明什么呢，说明党和国家还是很在乎他的，不会在关键时刻丢下不管，毕竟何道州对现政权是做出过贡献的。学苑说话的腔调也变了，难免有那么点得意，甚至趾高气昂，她当年也算社交界名媛，年轻时曾经很出风头，嫁了何道州后，风头不减，是为数不多的伪国大女代表，也曾呼风唤雨。

那年头，只有何道州这样的级别，家里才够资格装电话，赵文麟要跑到巷口去接传呼电话。有人过来告诉有电话，他一路赶过去，心里在想究竟会是谁，为什么要打电话过来。借助学苑的声音，赵文麟不难想象何道州此时会有的兴奋。他想起那天在何家，他们夫妇走投无路时的慌张，不得不准备去潢川儿子那里的无奈。学苑说组织上已经放出话了，到时候什么都不用准备，带上几件换洗衣服就行。现在的麻烦，既然他们老夫妇上面已有安排，原来说好一起去潢川的保姆阿娟倒不知道该如何打发了，她当然不可能享受一起走的待遇，看来只好留下她看家。

一直都是学苑在电话里说，赵文麟也插不上什么嘴。说到最后，学苑开始关心他这个侄儿，问事到如今，他到底有什么样的打算，准备疏散到什么地方去。她说听来人的口气，也就是有关部门派往何家宣布重要文件的人声称，敌人很可能会在近期发动一次闪电战，中国方面必须坚决做好准备，要严阵以待，不只是要防备闪击战，还要做好打核战争的准备。核战争可不是开玩笑的事，考虑到南京是国民党反动派的旧都，是敌人心目中的老巢，有着不同寻常的政治意义，因此一旦开战，很可能就立刻会变成目标。学苑说你真的应该赶快离开这个城市，既然已通知疏散，你就赶快走吧，我和你姑夫前两天还在说，要是真没有地方去，可以回白马湖，你干吗不回老家看看呢。这么多年了，老家的房子也不知道怎么样，说不定连房子都坍了，都说老房子没人住要坏的，你干吗不回去看看。

电话里学苑的提醒，显然也起了一点作用。事实上，自从有了疏散这件事，他就想到过回白马湖，想到了自己出生的那个地方。赵文麟只是下不了最后决心，因为这个老家对于他来说，其实是非常陌生，他一生中在那待过的时间很短。事已如此，干脆说走就走，就在第二天，赵文麟又预付了一个月的伙食费，他把钱和大门钥匙一起交给高奶奶，告诉她自己要到外地去一段日子。高奶奶不肯收钱，说你都不在我这搭伙吃饭了，怎么还能收你的钱呢。赵文麟解释说这是自己的一点心意，就算是拜托她为他看护房子的回报吧。

“房子里也没什么东西，都不值钱，除了紫曼的这张照片，”赵文麟苦笑着，对着照片看，皱起了眉头，“反正也没人会要，本来想把它带走，想想没这个必要，还是挂在那儿吧，只要这张照片还在，这个家就还在。”高奶奶听了这话，无语，过了一回，叹气说天天她妈真是个想不开的人，当初真不应该那样，她倒好，一撒手去了，害得活人念念不忘。这年头，死又有什么难的，一闭眼一撒手就走了，为什么不能替活人多想想呢。赵文麟意识到高奶奶嘴上在说紫曼，其实心里很可能是想到了自己的儿媳妇，也就是妞妞的母亲。

赵文麟在天黑时出门，他也说不清楚为什么选择了这么一个不尴不尬的时间。总之一句话，他觉得自己应该走了，就毫不犹豫地立刻出发。这时候，他突然感觉到了孤家寡人的好处，赤条条一个人，无牵无挂，想走就走，想去哪儿就去哪儿。到了巷口的公用电话处，赵文麟往路以和家打了个电话，告诉他自己的决定，说他马上就要离开这个城市。接电话的是彭璧，她迟疑了一下，问他有没有跟组织上说一声，汇报一下。赵文麟说，我现在难道说还有什么组织吗。

茫茫夜色中，赵文麟感受到了一种难得的轻松。接下来一切都很顺利，坐公交车去火车站，买火车票，然后在空荡荡的大厅里候车。这期间，还到外面的馆子去吃了一大碗面条，他突然觉得自己的肚子很饿，突然胃口大开，很久没有这样的饥饿感了。列车要到十二点钟才发车，赵文麟现在有足够的时间回忆过去，他情不自禁地想到了自己在这个火车站曾经有过的两次遭遇。一次是 1937 年，八一三淞沪抗战打响，他带着教导总队的一个排出发去上海参战。还有一次是 1947 年，淮海大战大规模拉开序幕，他回南京探亲，看望新婚不久的妻子紫曼，然后离京赶赴前线。两次记忆都十分清晰，当年场景历历在目，当然，这其中很重要的一个原因，是出发前的心境都差不多，都抱着必胜的信念，都觉得即将较量的对手会不堪一击。

先说 1937 年的那一次，天气很热，乱哄哄的大厅里挤满了人，站台上，大厅外，到处都是军人。由于战事已在上海打响了，各路人马都在这儿集中，坐火车往前线开拔。赵文麟所率领的这个排被派往嘉兴，他们在车站外边列队集合，然后排着整齐的队伍，从各种番号的军队旁边经过。仅仅从军容上看，他们就与别人有着太大的不一样，由黄埔学生军组成的教导总队，一直被认为是蒋介石嫡系中的嫡系，清一色的德式装备，军容整洁训练有素。身为排长的赵文麟带着自己队伍一路走过去，明显可以感觉到别人投过来的赞赏目光。到了1947年的那一次，情况已完全不一样，不同寻常的十年过去了，身经百战的赵文麟此时已是穿着呢制军服的少将，春风得意，是第五军中的少壮派将领。十年前，他还要亲自去调度室，向调度员咨询，他的那个排被安排在哪一节车皮，他们的辎重什么时候才能到达目的地。此时的他却可以在贵宾室休息，所有一切都交给勤务兵去打理，赵文麟记得很清楚，当时他坐的是头等车厢。

列车开出去不到一个小时，便停了下来，由于是在半道上停车，赵文麟知道一定是遇到了什么特殊情况。他毫无困意，车厢里很空，情不自禁地继续回忆过去，用过去来打发等待的无聊。赵文麟忘不了当年的场景，多少年来，他始终没有想明白，为什么两次都会是兴冲冲地出征，自以为很快就会凯旋，最后却都以溃败告终，前一次淞沪上海抗战，他们输给了日本人，一路退下来，想守住首都南京也没有能守住，最后半个中国都落到了日本手里。后一次徐蚌会战，他们惨败于共产党领导的人民解放军，非死即伤，不是战场倒戈，便是被击毙消灭，要不就是跟着老蒋灰溜溜地逃到台湾去。

坐在对面的一位胖老头看上去很面熟，一时间，赵文麟想不起来什么时候见过这个人。那男人的眼光有些躲闪，好像是不愿意正眼看别人。年龄与赵文麟相仿佛，上车以后，不是低头沉思，便是将一个硕大的脑袋靠在椅背上，闭目养神。他的头发已经掉得差不多了，头顶是光的，只剩下花白的两鬓，人十分肥壮，一种虚胖的结实，脸色没有一点红润，有一种很严重的病态苍白。在他身边，一左一右坐着两个年轻人，神情始终严肃，都很瘦，都很有精神。

列车停下来后，两位年轻人中的一位站起来，走到车厢连接处，问列车员这究竟怎么一回事，怎么会在半道上停下来，大约也问不出什么名堂，一脸不耐烦地又走了回来。另一位便大声问怎么了，这一问，露出了很重的山东口音。被问到的这位一口纯粹的京腔，说你丫问我，我他妈问谁。这一停车就是很长时间，车窗外一片漆黑。或许是太无聊，大家都没睡意，赵文麟忍不住问对面的胖老头，他们是什么人，打算去什么地方，胖老头看了赵文麟一眼，把目光移开了，不吭声。坐他身边的两位眼睛立刻亮了起来，很不友好地看着赵文麟。

那位京腔很傲慢地说："喂，我们去哪儿，跟您有关系吗？"

胖老头脸上露出了一点不易察觉的笑意。

赵文麟说："我随便问问。"

京腔一本正经，说："有什么好问的，不该问的，别乱问。"

山东腔似乎有些过意不去，解释说他们有公务在身，赵文麟作为陌生人，确实不应该胡乱打听。然后他侧过头来，对胖老头呵斥了一声：

"你老实一点，什么话都不许说。"

胖老头微微一笑，看了一眼赵文麟，头重新靠在椅背上，又一次闭目养神。赵文麟立刻明白过来，原来这两个人是押送胖老头的，那胖老头会是什么人呢，这个真说不准，也许就是所谓的“五一六”分子。到处都在深挖，到处都在喊深挖已经有了成果，已经取得了伟大的胜利，可是到目前为止，赵文麟还没有见过一名真正的“五一六”。那两个人看上去也不像身着便衣的公安人员，更像某个单位的外调人员。赵文麟不由得想起了当年紫曼出事的第二天，她所在的单位派了两个人，到隔离他的军队农场通知此事。负责审查赵文麟的造反派板着脸教训，说你爱人单位来人了，他们要跟你说点事，你必须老老实实，不许乱说乱动。

列车到天快亮还没开，大家都有很强烈的困意，坐对面那位胖老头呼呼大睡，打着十分响的呼噜。他的呼噜不仅声音嘹亮，而且非常不均匀，忽高忽低，忽快忽慢，一路往上，突然没声音了，仿佛人要憋过气去，又突然缓缓地长出一口气，好像即将咽气的人重新有了生命的迹象。那位带着京腔的年轻人很愤怒，说你丫跟死猪似的，吃了就睡，睡了就吃，还要打这惊天地泣鬼神的呼噜，我说你能不能消停一会儿，也让哥们我们睡会儿，合一会眼。另一位也很困了，不停地打哈欠，说你先到那头去找个空位子躺一会儿，我们俩换着睡觉，你看那头全是空位。

赵文麟很吃惊自己竟然能够不断地睡着，一次次地，睡了被吵醒，然后又接着睡。长期以来，他一直被失眠所困扰，常常整夜整夜地不能睡觉。想不到现在的环境这么恶劣，对面那个胖老头呼噜声如此惊天动地，他反而会不受任何影响。天快亮时，赵文麟被一阵奇怪的声音惊醒，他意识到一辆列车正从他们的车窗外驶过，自己车厢里凡是醒着的人，都伏在车窗上往外看。迎面而来一趟长长的军列，上面放着一辆辆坦克，放着一门门高射炮。晨曦中，这些急驰而过的坦克和大炮，似乎也在暗示一场大战真的即将开始。作为一名职业军人，这样的场景他已经多少年没有见过。一辆军列过完不久，大约五分钟光景，又一辆军列轰轰烈烈开过来，仍然是坦克和大炮，都暴露在车上，没有任何遮挡和掩饰，看得清楚真切。然后又是一辆军列，依旧坦克大炮，加上一些别的军火武器，因为都装在闷罐车里，大家只能瞎猜那里面可能有什么。

车厢里议论纷纷，一片惊叹声，列车终于又动了，有人恍然大悟，说："真倒霉，原来停了这么长时间，就是要给这些军车让路呀！"很快列车过了镇江，过了丹阳，到了奔牛站停下，这一停，又不走了。这一停，竟然是七八个小时不动弹。奔牛是一个很小的车站，没有任何东西可买，也见不到小商小贩，因为"文化大革命"，根本不允许私人到火车站来做买卖。列车一停就是这么长的时间，乘客们坐不住了，纷纷下车，用茶杯去打水，没有带茶杯的，便排队，对着水龙头喝自来水。好在乘长途车的人都有些准备，都自带了食物，就在站台上闲逛，饿了，就吃自带的食物。

赵文麟坐在车厢里不想动弹，对面的胖老头已被押下车，在站台上放风。奔牛站的站台很小，两个年轻人百无聊赖，抱着膀子东张西望，倒是那个胖老头，若无其事地在站台上打起了太极拳。这是一组简化的太极拳，他打得并不好，很多最基本的动作都做得不到位。突然间，赵文麟想明白自己为什么会觉得眼前的这个胖老头面熟，原来他很像李叔明，胖像，那副慵懒和不在乎的神态尤其像。

李叔明是赵文麟读黄埔时的同学，是患难与共十多年的战友。赵文麟所以一时没有能够想起来，是因为李叔明有一头茂密的头发，他的个子更高大，而且要年轻帅气得多。

赵文麟走出车厢，来到了站台上，就在离那个胖老头的不远处站住了。胖老头的一套太极拳已经打完，又开始做他自己发明的某种体操，很笨拙地伸手踢腿。赵文麟知道眼前的这个人不可能是李叔明，李叔明早在1951年的镇压反革命运动中就被杀了，当时赵文麟还写过材料，给李叔明所在的县委写信，力证他对新生的人民政府有功，说他即使有错，也罪不当斩。为了救李叔明的一条命，赵文麟努力地奔走过，然而最后还是被枪毙了，有一天，他在报纸的肃反名单中看到了他的名字。

第七章

李叔明是赵文麟的黄埔同期同学，在学校期间，他们并不是很熟悉。赵文麟是炮兵科，是入伍生团的学员。李叔明在骑兵科，是入伍生预备班的同学，所谓预备班，就是备取生，入学成绩略差一些，要晚半年才毕业。赵文麟他们那一期的同学有九百多人，预备班有六百多人，记得是1933年秋季入学，前后读了三年。

1937年的12月，经过四个月激战，赵文麟所在的教导总队从上海一路退下来，被安排在郊外的廖仲恺墓附近高炮阵地上。这时候，日本人的侦察气球已肆无忌惮地出现在城市上空，炮声隆隆枪声连绵，虽然遭遇了一次次的失利，敌我双方的军事实力相差太悬殊，赵文麟他们的士气却一点也没有减弱。到了12日下午，许多重要关口已经失守，日军开始往城里冲。恰恰就在这节骨眼上，赵文麟指挥的炮兵又打下了一架飞机。当时他的职务已是连长，根据规定，每击落一架敌机，可以领取五百元奖金，于是他兴冲冲跑到指挥部去领奖。

指挥部里早已乱成一团，赵文麟见到了当时的参谋长邱清泉，由于坑道里很热，他穿着一件酱色毛衣，十分从容地在抽烟。听完汇报，邱清泉笑着表扬了一句，说打得好，这奖金以后再给你们吧，然后便问有没有接到撤退命令。赵文麟很意外，他根本就没想过会撤退，也不知道此刻城里的情况已是惨不忍睹。很显然，因为严重的混乱，他所在的炮兵阵地并没有接到撤退命令。邱清泉命令他赶快回去召集队伍，先进城，到马标集合。已经到了火烧火燎的时候，邱清泉没流露出丝毫的慌张，他很冷静地对赵文麟说：

“立刻渡江去浦口，火炮和不能携带的军械，全部毁了，不能留给敌人。”

赵文麟与李叔明是在南京保卫战失利后，在逃亡途中认识的。那是在江对面乌衣镇附近的公路上，时间是南京沦陷的第二天，部队已被完全打散了，他们这些有幸渡过长江逃命的国军士兵，一个个都成了游兵散勇。一时间，小镇上到处都是他们这样的武装流浪者，赵文麟手下还有六七个人，因为有六七个人，别人也不敢怎么欺负他们。为了继续赶路，赵文麟率领手下向镇上的人家征购干粮，就在这时候，他们遇到了李叔明。当时的李叔明正陷于困境，被三个不明身份的人包围，那三个人手头已经有了一支步枪，他们围住了李叔明，让他把自己的手枪缴给他们。

李叔明说：“日本鬼子都没办法让我缴枪，你们凭什么？”那三个人仗着人多势众，其中有一位恶声喝道：“少废话，缴还是不缴？”赵文麟看不下去，手一挥，他的手下立刻把那三个人围了起来。这三个人一看势头不对，只好举手投降。面对这样的场景，赵文麟很痛心，说我一看就知道你们也是当兵的，一看你们身上的这身衣服，就知道都是从老百姓身上扒下来的，作为军人，你们这样做丢脸不丢脸，你们是哪支部队的。那三个人不敢吭声，李叔明咬牙切齿，说幸亏遇上你们，要不然我肯定会死在他们手上，这些畜生竟然会抢自己人的枪，你知道他们为什么要抢枪，还不就是为了拿去卖钱。

最后还是将那三个人给放了，当时也没有别的什么办法，只是将他们拥有的那支步枪给没收了，因为只要这枪还在，他们还可能再去抢劫，去祸害别人。就这样，赵文麟与李叔明一对话，才发现他们竟然是同期的黄埔同学，经历也都差不多，接到撤退命令以后开始突围转移，结果到处都是日本兵，七打八打，自己的队伍被冲散了，好不容易过了长江，逃了一条命，然后随着溃散的人群，仓皇北上，不知道下一步该往哪儿走。过江以后，日本兵的追击威胁暂时没有了，没想到游兵散勇的危险，竟然也不相上下。

这以后，李叔明就一直与赵文麟他们在一起，他告诉他趁乱抢枪的远不止这三个人，说今天上午就在路上遇到一个人，那人的枪也被抢了，抢了还不算，那些畜生还在他肩膀上打了一枪。后来的岁月里，李叔明又几次提及此事，一方面是感激赵文麟的救命之恩，另一方面，也是感慨人生的风谲云诡。李叔明说即使是重新回到现场，身处相同的困境，即使明知自己可能被打死，他也绝不可能先开枪，因为他下不了这个手，在与凶残的日本鬼子血战了这么多天以后，他没办法对自己人开枪。可是，有时候你不忍心对自己人开枪，就是自杀。

他们只能继续向北，步行了五十多公里，到达滁州城已是半夜。胡乱找个地方住下，抓紧时间休息。第二天天亮上街，看到电线杆上贴着一张布告，通知教导总队的官兵到开封集合。大家很高兴，因为又找到部队了，心里顿时踏实许多。赵文麟邀请李叔明一起去开封，既然他找不到自己失散的队伍，那就去教导总队吧，反正大家都是黄埔的学生，在哪都是抗战，都是打日本鬼子。李叔明想想也有道理，便与赵文麟一起结伴去了开封，从此就没有分开过。

赵文麟和李叔明成为最好的战友，同样都是热血青年，他们的家庭背景并不相同，李叔明父亲原来是大户人家的账房先生，后来有点小积蓄，自己开了一家绸布店，老人家希望儿子能够继承他创下的那份家业，没想到李叔明一心只要读书，读了书又要当兵打小日本，拦都拦不住。与李叔明的出身不一样，生于1911年10月的赵文麟有位烈士父亲。他父亲叫赵长治，是晚清时代的留日学生，回国后入伍当兵，到1911年初，按照规定应该退伍，便去南京老虎桥监狱担任卫士。早在日本读书时，他就参加了同盟会，辛亥革命在武昌起义，得知这个消息的赵长治异常兴奋，首先想到就是立刻离开南京，奔赴武昌，但是长江轮船已经断航，根本去不了。

武昌没去成，投效革命的决心没有改变，赵长治与驻扎在江东门的新军第九镇取得联系，约好在九月十八日那天举事，到时候一声炮响，新军从城外向里进攻，赵长治率领老虎桥监狱的罪犯破狱暴动，里应外合，一举拿下南京。阴历的九月十八日已是阳历的十一月，此时离武昌首义已一个月，革命党人频频出击，光复大旗随处飘扬，许多省份宣告独立，转眼间，南京周围差不多都成了革命党的天下。远一些的陕西山西云南光复了，近一些的安徽湖南江西光复了，上海光复了，杭州光复了，苏州光复了，沿着沪宁线，无锡常州镇江接二连三光复，连江北的扬州也光复了，唯独南京还掌握在清政府手里。都以为不费吹灰之力，就可以让充满帝王之气的南京光复，到了约定的那一天，半夜里，赵长治和他的狱警同志，先将预备好的夜饭开出，然后把长枪分了，就等着攻城的炮声。时间终于差不多，隐约听见了低沉的炮声，赵长治他们也顾不上验证，带着他的人马便冲了出去。这是一次非常不慎重的暴动，只有里应，没有外合，他们冲破了门岗，打死了一两名警卫，然后四分八散，然后被更强大的清军死死围住，然后就在小营附近，赵长治为即将成功的辛亥革命献出了年轻生命。

对于赵文麟来说，父亲就是一张不算很清晰的黑白照片，就是一张盖着红色印章的烈士抚恤证明。赵氏本是大户人家，赵文麟的爷爷是当地很有名望的乡绅，他有个叔叔也是留学日本，在日本士官学校读书，同样是革命党人，同样是有功于辛亥革命的功臣，民国以后很快脱离军界，进身官场，在仕途一路顺风，官做得相当大。赵文麟是长房长孙，父亲过世，一直由祖父抚养。这个赵老爷子倒也不保守，既教育古文，日日督促写大字小字，又没耽误进新式的小学和中学，虽然地处偏僻乡镇。中学毕业，赵文麟考上了南京的中央大学，成为国学大师胡小石先生的弟子，研习国文和古文字。

如果沈介眉没有在半途上出现，如果沈介眉不来找他写大字标语，赵文麟很可能走上了另一条路。作为一名在校大学生，作为胡小石先生的高足弟子，赵文麟能够写一手非常漂亮的魏碑。1931 年的九一八事变，几乎所有的学生都上街游行，要求政府出兵抗日，赵文麟也没有置身事外，和同学一起上街，游行，喊口号。在当时，他的表现不算落伍，当然也不是非常激进。

有一天，突然有两个很漂亮的女生来找赵文麟，其中有一个就是沈介眉。她们来到赵文麟所在的宿舍，说都听说赵同学的字写得最好，这一次，你一定要帮我们写幅大一点的标语，越大越好，越大越醒目，我们要让蒋介石一眼就能看到。九一八事变后没几天，从剿共前线回来的蒋介石扬言，三个月内一定要收复东北，如果收复不了失地，他将亲自上前线堵炮眼。学生的抗议一直没断过，想不到姓蒋的说话也很儿戏，一眨眼两个月过去了，出兵的许诺根本没当真，一点动静都没有，愤怒的学生决定发动更大规模的示威活动，进一步逼迫政府出兵。

这是赵文麟第一次见到沈介眉，从第一眼开始，他就再也没办法再忘记。沈介眉中等身材，白白净净，眼睛像清泉一样透彻，好像一下子就能看到别人的心灵深处。赵文麟只是觉得她很漂亮，究竟美在什么地方，也说不清楚，反正匆匆看了一眼，他就意识到自己已经喜欢上这个人。赵文麟按照她们的要求写大字，那字实在太大了，没那么大的笔，他便尝试用布条绑起来写，怎么写都不对，写不出魏碑特有的刚劲。最后他想起一位前辈的教导，找到了一团乱麻，扎起来，抓在手上，蘸上墨，将纸直接平铺在地上，一气呵成，没料到效果出奇的好。沈介眉看了大为惊叹，连声称绝：

"这字越看越好，太耐看了！"

第二天，南京各个大学的学生联合起来，上街游行，连续两次向正在召开的四中全会请愿。学生们还在公共体育场举行集合，假戏真做，举行所谓"欢送蒋总司令北上讨日大会"。请愿活动越演越烈，不仅南京是如火如荼，上海北京以及各大城市，都发生了大规模的游行示威。蒋介石终于坐不住了，答应到中央大学来跟请愿的同学见面。

见面那天让赵文麟激动万分，不是见到了蒋总司令，而是自始至终，他一直能与沈介眉在一起。他们一起在礼堂外等候蒋介石出来，翘首企盼，当蒋出现在礼堂门口的时候，人群骚动起来，呼声雷鸣。为了不被挤倒，他与沈介眉的手一直握在了一起，到后来，学生们挤过来挤过去，沈介眉干脆紧紧地抱住他，因为她根本就站立不稳，必须得牢牢地抱住了一个人才行。示威的声音此起彼伏，大呼小叫，终于，沸腾的喧嚣安静下来，蒋介石要说话了，他一脸痛苦，咳了一下，用非常沉重的声音向大家做出保证：

"三日之内不出兵收复失地，杀我蒋某的头以谢国人！"

话都已说到这个分上，躁动万分的同学们还是不肯答应，仍然不依不饶，一定要蒋介石当场签字画押。场面顿时有些失控，人潮起伏人声鼎沸，结果这事只能不了了之。一转眼，蒋总司令的人影已经不在了，他很快坐进了小车，在警铃和保镖的护卫下，缓缓开出校门。

天下真有无巧不成书这样的事，沈介眉与赵文麟竟然都是浙江同乡，不但同一个省，而且同一个县。沈介眉就是县城人，父亲开了一家米店，因此她的家乡口音，与赵文麟稍稍有些不同。她是学畜牧的，与赵文麟同一届，年龄也一样，沈介眉大他三个月。学校的老先生对形势很不满意，文学院长汪东是老同盟会员，曾在日本待过，自信很了解日本人，他觉得东北丢了，责任全在张学良身上，那么大的一片领土，守土有责，哪能说丢就丢。又不赞成学生成天游行，逼迫领袖，这成何体统。学生嘛，报国的最好方式就是好好读书，而不是空喊口号。赵文麟的恩师胡小石也持差不多的观点，他担心的还不止是丢了一个东北，怕这事没完没了，怕民心不可收拾，怕像闹义和团一样，最后世界列强趁乱瓜分中国。

很快是一二八淞沪抗战，此时离九一八也就四个月，抗日情绪高涨，那些日子，赵文麟与沈介眉根本没心思再读书，游行声援，为十九路将士募捐，号召市民抵制日货，要求政府出兵增援上海，动不动就上大街游行。为了昭示抗战决心，南京的国民政府在1月30日发表通告，决定移驻洛阳，除军政部长和外交部长留守南京之外，其他政府要员均乘飞机和火车去洛阳办公。一时间，抗日成了最大的话题，那段日子，年轻人聚一起就是探讨救国，激进的人主张去东北，直接参加当地的抗日武装。很多学文科的都表示要转学，改学理科或者工科，因为这个国家仅仅是靠之乎者也，肯定是拯救不了。与赵文麟同班的李义理决定转学物理，另一位张同学决定改学电机，还有人要改学化学。

在那一年，改学转科几乎成为风潮，很多同学都以不让转学干脆退学相威胁。与此同时，赵文麟与沈介眉的关系急速升温，基本上确定了恋爱关系。他们属于那种标准的自由恋爱，没有介绍人，没有媒婆，也没有订婚仪式，双方的家长也没见过面，他们只是半公开，既是又不是，跟别人解释，总是说他们还只是一般的朋友关系。国难当头，没有太多花前月下的散步，更多的是一起去参加集会，看抗日题材的话剧和电影。抗战形势一天天变得严峻，日本人在不停地挑衅，伪满洲国成立了，东北抗日义勇军越来越困难。长城抗战是报纸上的热点，山海关榆关喜峰口古北口，一个个都成了读者关注对象，评论总是在夸口说我军重创日军，结果却一定让人非常沮丧。

于是有一天，赵文麟郑重其事地告诉沈介眉，他已经下定决心，准备报考军校。中央大学的这个国文他不准备再读下去，作为有热血的年轻人，他希望自己能够去学习军事。中日之战已不可避免，为了迎击这一天的到来，他应该去军校读书。赵文麟用一种很抒情的语调对沈介眉说：“介眉，我爱你，可是我更爱这个国家，为了国家，为了我的爱人，我知道自己应该怎么做。”这几乎就是当时爱国电影中的台词，沈介眉很感动，眼泪夺眶而出，一时哽咽，都不知道说什么好。

第八章

赵文麟乘坐的那班列车在奔牛站足足耽误了一天，先是要等什么列车过来，后来又发现车头出了毛病，检修工赶过来维修换零部件，磨磨蹭蹭到天黑才重新上路。到上海站，时间已下半夜，天都快亮了，胖老头被两个年轻人押下车，赵文麟看着他闷闷不乐地站起来，往车厢外走，然后又从车窗里看他的背影。上海是个大站，站台上的灯光暗淡，停车的时间很长，等到重新启动的时候，天已大亮，赵文麟发现火车掉了个头，正往他背对的方向开去。

火车在上海的郊区运行，赵文麟不知道外面是什么地方，然而他知道三十二年前，就在外面广阔的原野上，中国军队曾与日军大战，死伤惨重，血流成河。作为一名下级小军官，他并不知道具体的伤亡人数，然而清楚地记得，经此一役，再加上接下来的南京保卫战，所熟悉的黄埔同学，差不多有一半人牺牲在了战场上。一位在军政部的黄埔同学告诉他，统计数字表明，淞沪会战期间，国军阵亡的校尉级军官近千名，将级军官十余名，死亡士兵不计其数。

淞沪抗战中国军队前后调动了有七十多万人，加上日军二十多万,一百多万军人就在一个十分狭小的空间搏杀。赵文麟还能清楚地记得当初奔赴战场时的情景，他们是两个散车厢，面积都不大，一个装人员和大炮，另一个装骡马。沿途所经各站，都有慰劳队和欢呼的群众，他们的火车缓缓进站，站台上的人群便高呼口号，高唱抗战歌曲。总会有一些人冲上前来送慰问品，送毛巾，送布鞋，送饼干，送万金油。这样的热情场面直到临近苏州才消失，因为这里离战场已经很近了，已经听得到隆隆的炮声。

赵文麟他们在前线待了两个多月，分配的任务是负责右翼军司令部安全。当时的命令，只要敌人不针对司令部轰炸，敌机不降低到一定高度，尽可能不开火，以免过早暴露司令部的位置。赵文麟的高炮阵地有很好的伪装，敌机根本发现不了，因此，他们虽然人在前线，离敌人已经很近，也打下过不止一架飞机，他所率领的这个排几乎没有任何伤亡。

赵文麟很好地完成了任务，到上海会战接近尾声，上级部门给了两个方案，让他进行选择，一是回南京归还建制，重回教导总队，一是跟司令部向大后方转移休整，这显然是很看重他，要提拔和重用他。赵文麟想了想，还是决定回南京。跟他谈话的黄团长语重心长，说接下来会有很多仗要打，日本人亡我之心不死，南京也未必能守得住，抗战必定是一场长期而艰巨的事情，赵排长既然决定回去，我们都是革命军人，当然不应该阻拦，只能说一声保重，说一声后会有期。

赵文麟决定回南京，当然与沈介眉有关，她此时已经大学毕业，留校当了老师。沈介眉一直是他心里最惦记的人，如果不是抗战爆发，赵文麟和她差不多就应该结婚了。在那个年代，他们这岁数的人，早已是男婚女嫁。因为是新女性，沈介眉对迟一些结婚并不在乎，她希望等赵文麟军校毕业再成婚。赵文麟的理想是继续出国学习军事，事实上军校的高材生，有很多都被保送出去深造。沈介眉甚至已经想好了，如果赵文麟去国外，她也可以趁机在国外拿个文凭。战事把一切都打乱了，回到南京后，原先那个整洁的首都，在敌机狂轰乱炸下满目疮痍。与不久前出征上海时完全不一样，所见所闻惨不忍睹，到处可以见到伤兵，到处都是混乱。

回南京归还建制，教导总队的编制由原来的三个步兵团，扩建为三个步兵旅，原来的特务营工兵营炮兵营等，也都扩充为团。赵文麟一归队就是副连长，然后没过几天，又提拔为连长。终于有一天略有闲暇，赵文麟赶紧去找沈介眉，听说中央大学的师生都西迁了，他担心自己再见不到她。此时上海沦陷，苏州沦陷，无锡沦陷，南京已成为危城。赵文麟去看望沈介眉，既希望还能最后再看她一眼，又觉得她最好已经走了。危城不可久留，覆巢之下岂有完卵，沈介眉一个小小的弱女子，当然以尽快离开南京为好。

出乎意外的是沈介眉竟然还在南京，还在中央大学的农学院，还在守着她的研究对象。这时候，绝大多数的人都已经走了，因为放心不下农学院的优质种猪种牛，这些畜生都是学校花大价钱从美国引进的，沈介眉还在与人商量研究讨论，怎么才能把它们送往内地。赵文麟忍不住要责备她，说都到了什么时候，你还留在南京。沈介眉笑着说，人家一直都在等你，我不就是为了再看你一眼吗，现在好了，终于看到你了。说着，眼睛有些红了，她说我都想死你了，总算又看到了，总算让人家没有白惦记。赵文麟也诉说自己的思念，说他对她的担心。沈介眉安慰赵文麟，让他不要着急，说方案已做好了，明天或者后天，就会赶着这些宝贝上路。校方专门定制了一些箩筐，把鸡鸭装在笼子里，再放在牛背上，先过江，然后取道安徽，去河南，能走多远算多远吧。

赵文麟十分震惊，不敢相信：“你们就靠两条腿步行？”

沈介眉不以为然，说："现在车辆这么紧张，当然只能靠步行了。"

作为一名参加南京保卫战的下级军官，赵文麟对上峰的作战意图并不十分了解。当时最朴素的想法，就是人在阵地在，与首都共存亡。他所在的阵地，与教导总队的指挥部相隔不远，而且已做好了充分准备，囤积的粮食足够维持三个月，他们甚至还养了一头猪。随着战事越来越激烈，炮火越来越猛，日军开始攻城，一批又一批的伤员从赵文麟的阵地前面经过，很显然，第一线激战的步兵打得很苦。刚开始，我方空军还在和敌机拼杀，很快制空权完全落入敌手。战斗到了白昼化阶段，赵文麟所在的阵地暴露无遗，用来掩饰的草木树枝都已烧毁，他们的伤亡人数正在逐渐增加。

如果赵文麟不去指挥部领奖金，结局会怎么样，真说不准。在当时，打下一架敌机不是什么了不得的事，那时候敌机已飞得很低，肆无忌惮。五百元的奖金也没什么了不起，大战临头，对于一个连队来说，命都难保，五百大洋更算不上什么。然而恰恰是这鬼使神差的领奖金，让赵文麟领到了撤退命令。当时的混乱可想而知，很显然，像教导总队这样训练有素的部队，连一级单位都没接到撤退命令，其他处于交织状态的友军，根本不知道总部已下达了撤退通知。根据命令，赵文麟立刻赶回去召集部队，将不能带走的大炮炸毁，然后奔赴城内的马标集合。到马标，天完全黑了，火光冲天，见不到一位首长，听到了消息是日本人已经进城。

赵文麟他们也不敢耽误，立刻往下关方向去，赶到下关，到处都是失去指挥的军人，想渡江，又没有船。赵文麟与手下商量，觉得在这乱哄哄的人群里死等不是个事，还不如沿江往上游走，说不定能找到一个可以渡江的地方。那时候队伍已太难控制，很快，再一次清点人数，赵文麟发现只剩下三十多个人。接下来，前面又传过来坏消息，日军已经封锁了去路，沿江而上已不可行，于是唯一方案就是立刻渡江。天开始蒙蒙亮了，赵文麟突然听到路边有人招呼自己，停下来，原来是一位认识的黄埔同学，受了伤，肚肠都露在了外面，很悲痛地对他说：

“赵同学，你给我来一个痛快的吧！”

赵文麟明白他的意思，这是希望战友帮他了断，可是怎么能下得了这个手呢。到处都是伤员，场面惨不忍睹，他只好骗他，说一会就会有担架过来，让他再坚持一会儿。说完这话，赵文麟赶紧领着队伍离开，走出去不远，一位战士埋怨他不应该这样：“赵连长，为什么要把他留给敌人？”面对手下的责难，赵文麟无话可说。这时候，江堤上随处可见准备渡江的士兵，没有渡船，大家只能想出各种办法尝试。有一位士兵赶了一头牛过来，他想骑牛过江，可是牛一下水，走了没多远，便将那士兵颠了下来。可怜他也不会游泳，转眼间已被江水吞没。

有几个士兵找了四只粪桶，翻过来，再在上面架上门板，用绑腿布捆住了当木筏。这个办法提醒了赵文麟，当时他们也没别的路可走，也赶紧去找了两块门，搁在江面上，再将随身的武器绑在门板上，然后泅水过江。此时已冬天，江水刺骨，刚下水人就冻僵了。好在赵文麟喜欢游泳，夏日里天天要去玄武湖游好几千米，正好这一段江面也不宽，终于挣扎着游到对岸。所谓对岸，也只是抵达江心洲，真正过江，还要渡过一段更宽阔的江面。不过到了江心洲，形势显然不一样。再清点人数，只剩下七个人，湿漉漉地继续找船，终于找到了一条小船，又找到一位热心的会划船的当地人，送他们去长江北岸。到了北岸，赶快生火取暖烘衣服。大约一个小时以后，日本人的军舰出现在江面上，只要再晚一会儿，江面被封锁住了，他们便在劫难逃。

这以后，便是在半道上遇到李叔明，他们一起到滁州，一起去开封。教导总队经过这番重创，人数大大减员。这以后，经过一次又一次改编重组，原有番号已不复存在，赵文麟与李叔明始终在一起，一直并肩作战，一起去湖南受训，驻防广西全州，激战昆仑关，损失惨重，三分之二的人打光了，不得不又一次回湖南休整。历经大大小小的战役无数，出生入死几次负伤，赵文麟身上至今还留着几块没取出的弹片，李叔明的一条腿也被打断过。国军正面战场的重要战役，他们所在的第200师几乎全部参与。1942年，作为远征军先头部队，在缅甸境内的同古大战日军。同古保卫战的激烈，远远超过南京保卫战，这一战，赵文麟他们终于打出了士气。自抗战以来，作为一名军人，赵文麟和他的战友屡战屡败，却越战越勇。第200师因为同古战役一战成名，师长戴安澜也成为家喻户晓的大英雄。

接下来便是途经野人山回国，历经了千辛万苦，许多生命就留在了茫茫的原始森林。迷路，饥饿，日军的围追堵截，伤病，赵文麟和李叔明能够幸存下来，可以说已经是个奇迹。他们的队伍一次次被打散，百分之九十的人都患上了痢疾，赵文麟上吐下泄，已没办法行走。大家都筋疲力尽，在最后关头，他恳求李叔明放弃自己，不相信自己还能够活着回到祖国，他不想拖累大家。“赵兄，不要再胡思乱想了，”李叔明眼睛红了，安慰他说，“你只要想到这么一条，我们这么好的弟兄，如果是你换作我，如果我像你现在这样，你会怎么样？”

赵文麟泪流满面：“我会放下你不管的。”

李叔明斩钉截铁地说：“不，你不会，我知道你不会。”

第九章

抗战胜利，像赵文麟和李叔明这样的少壮军官，只要一出现在南京街头，那是绝对的风头十足。他们身着美式军服，顶着抗日英雄的光环，无论走到哪里，身后都是羡慕的眼神。当然更吃香的是赵文麟这样未婚的青年军官，前途无量，搁谁眼里都是金龟婿的最好人选。赵文麟的祖父已过世，老人家是在重庆做义民的时候走的，最大的遗憾就是没看到日本人完蛋。赵文麟的叔叔官运亨通，在国民政府很吃得开，还都南京后更加威风。姑夫何道州也是官场得意，作为上层人物，他可以说是几朝元老，既是国民党的中央委员，也是监察委员，头衔之多，军人出身的赵文麟始终没搞明白过。赵文麟的母亲开始着急儿子的婚事，过去是因为打仗，根本见不到儿子的面，现在抗战结束，儿子也应该娶媳妇了，老太太守了三十多年的寡，苦尽甘来，就想着赶快抱个孙子。

做媒的人都快踏破门槛，这其中，有个十分着急的媒婆，便是赵文麟先前的恋人沈介眉。八年抗战说长不长，说短也真不短。这八年里，沈介眉结了婚，生了孩子，经历了一场很严重的感情纠纷。当初离开南京，她为学校农场的那批动物吃尽苦头，一路颠簸，不止一次遭遇敌机轰炸，不止一次碰到土匪的拦截勒索，走了整整一年，山路水路交替，花了一年多时间，终于把这批用来教学和实验的珍贵动物送到重庆，不仅完好无损，而且还有所增加，因为在途中，有的又产了小崽子。

沈介眉得到了上上下下的表扬，畜牧系的林教授对她刮目相待，非常看好她。这位林教授是一位混血儿，母亲是中国人，父亲是一位美国的传教士，已有妻儿，他的老丈人也是一位传教士，是德国人。或许因为工作的关系，因为寂寞，因为妻子不在身边，林教授与沈介眉越走越近，传出了绯闻。然后教授的妻子听到风声，带着一儿一女从上海赶过来，故事戛然而止，沈介眉很快与刚考上军令部武官培训班的林坚忍结婚。林坚忍毕业于中央航校，当过一段时候的飞行员，报考武官培训班需要外语，沈介眉是他的辅导老师。培训班大约半年时间，毕业后，林坚忍带着新婚的沈介眉去苏联大使馆做空军副武官，很快又改派英国。

去英国前，沈介眉夫妇曾与赵文麟在重庆见过一面。他那时从缅甸回来不久，被选派到陆军大学深造。沈介眉既然嫁了人，有些话也就没办法再说，也用不到再说。赵文麟很后悔去陆军大学，本来像他这种出身黄埔的青年军官，没有一张陆大的文凭照样吃香喝辣。去重庆完全是为了能见到沈介眉，现在人家已有了丈夫，赵文麟的重庆之行便显得多此一举。见面很匆忙，林坚忍从俄国回来述职，马上又要去英国。往事如烟，沈介眉心存内疚，有很多话也不方便说，只能不痛不痒，有一名没一句地乱说，说到后来，她叹着气，说在这个动乱的年头，你们当兵的人能活下来，真不容易，你千万要保重。

赵文麟苦笑着，说："介眉，你是不是觉得我已经死了？"

沈介眉的眼圈红了，无颜面对昔日的恋人。赵文麟心如刀割，又仿佛有一万只蚂蚁，在大脑里乱爬。他忍无可忍，说在你心里我早就死了，早就不存在了，不要说你会这么想，其实就是我们自己，也觉得迟早会被飞来的一颗子弹打中，啪的一下，打在脑袋上，什么都完了。赵文麟做梦也不会想到与沈介眉的恋情，那么轰轰烈烈的爱，竟然会是这样一个结局。天长地久有时尽，此恨绵绵无绝期，沈介眉注定会是他心头永远的伤痛，而紫曼就成了最好的止痛药，也是最好的忘情水。赵文麟匆匆与她结婚，显然与希望尽快忘掉沈介眉有关。抗战虽然胜利了，他内心的伤痛从来没有真正平复，事实上，沈介眉与林坚忍结婚不久，他就产生过要尽快找一个女孩子的念头。

抗战胜利后，沈介眉开始十分热心地为赵文麟做媒，紫曼便是通过她介绍认识的。介绍过好几位女孩子，有护士，小学教师，还有电信局的话务员。她选择的女孩子都与自己有几分相似，相貌上有点像，家境不错，不多不少一定要读过几天书，然而赵文麟却一眼相中了原本最不看好的紫曼。紫曼当时还是在校的大学生，她这个在校，是汪伪的中央大学，国民政府还都，在重庆的正牌中央大学荣归故里，紫曼这样的大学生便被统统打入另册，改名为临时大学。很快连临时大学也不许叫了，干脆撤销，原来的学生重新甄别，退学的退学，转学的转学，经此一番折腾，紫曼又进了金陵女子大学。

紫曼像一阵风一样，走进了赵文麟的生活。那时候，励志社经常举行舞会，已经回国的林坚忍是那里的常客，沈介眉也习惯把这里当作让赵文麟相亲的地方。说起来，紫曼还是沈介眉的远亲，很远很远的亲戚关系，她能够出现在励志社纯属偶然。那天是第五军的一位团长订婚，照例有一场不小的舞会，亲朋好友叫了很多人，林坚忍趁机大出风头，当着沈介眉的面，自始至终都在向一位姓伍的小姐大献殷勤，弄得沈介眉很不高兴。赵文麟与紫曼跳了一曲，音乐快结束，他笑着轻声问她：

“紫曼小姐，你喜欢跳舞吗?”

紫曼红着脸说：“赵先生想听真话，还是假话?”

“当然是真话。”

紫曼的回答很干脆，说自己一点都不喜欢跳舞。赵文麟说太好了，他也不喜欢跳舞。两个不喜欢跳舞的人，接下来都懒得再上场，看别人跳了一会儿，赵文麟提议去到外面透透气，随便说说话。这个紫曼倒也心直口快，就在励志社大厅门口，在那棵巨大的桂花树旁，三言两语，很快一五一十地把自己的身份都介绍了。赵文麟也准备介绍自己，紫曼说你就不用介绍，我已经都知道了。舞会结束，林坚忍热情洋溢地要送大家，当然主要是想送伍小姐。他卖弄借来的福特车，说我这可是美国最新款的车，多坐几个人，一点问题都没有。没想到除了伍小姐，谁都不肯坐他的车，沈介眉借口有事要先走，赵文麟和紫曼想散散步，结果林坚忍只能带上伍小姐，又顺便捎上了另外两位想搭车的女士。

赵文麟和紫曼的关系迅速升温，双方大人都十分满意，很快到了谈论婚嫁的地步。那一段时候，正是国民代表大会召开期间，南京花团锦簇，到处洋溢着节日气氛。在国民大会堂附近，为了让代表停车，临时开辟了一个超大的停车场，开会时，这里停放几百辆小汽车，因为壮观，竟然成了市民的参观景点。那年头，老百姓也没什么娱乐，都去围观名流们如何从车上下来，如何缓步走向会场。

到了晚上，车去场空，只剩下几盏昏黄的路灯，白天的豪华气派已不复存在。但是赵文麟和紫曼却很喜欢这块空地，他们手挽着手，从空地的这一头，走到那一头，走过去，走回来。

新婚之夜，紫曼孩子气地问起新郎的恋爱史，问为什么都三十多岁了，他才想到要结婚。赵文麟觉得这个问题很容易回答，作为一名职业军人，在抗战的大背景下，倭寇未灭何以家为，很多人都抱着打完鬼子再结婚的决心，大丈夫马革裹尸还，儿女情长又算得了什么。不过，他很坦然地向紫曼交待，说曾经一度，在昆明附近的马街驻扎，他差点与一个当地的女孩子成亲。紫曼表示她对这个女孩非常有兴趣，希望他把这故事继续说下去。赵文麟说这故事其实一点都不好玩，它只能说明我们这些当兵的心情很绝望，不断地打败仗，大家忽然觉得没什么胜利的希望。于是就想到了结婚，随便找一个人，娶了，生个儿子，让他继续去打鬼子。赵文麟又举李叔明的例子，说他现在的太太，就是在那时候娶的，那女人原先已有了一儿一女。

紫曼很吃惊："叔明的太太过去结过婚？"

赵文麟告诉紫曼，李叔明太太的前夫是生病死的。他告诉紫曼，在那些心情十分灰暗的日子，有人也曾为他介绍了一个从未读过书的乡下女孩，黑黑的皮肤，两个眼睛亮亮的，梳两条大辫子，见了生人，总是偷偷抿着嘴笑。紫曼问赵文麟为什么最后没有娶这位姑娘，他笑着说自己想来想去，还是觉得不妥，他说我相信命中还会有一位更好的姑娘，在不久的将来她一定会出现。

赵文麟说："我等呀等呀，结果你就出现在了我的面前。"

这么说，当然是为了哄紫曼开心，事实上，他并没有完全对她说实话，当时没有成婚的真正原因，是部队突然要出发了，时间太紧，婚事根本就来不及操办。刚开始与紫曼在一起，赵文麟时常会想到那位喜欢抿着嘴笑的乡间姑娘，忘不了她一双深邃的黑眼睛，有时候甚至会有所混淆，渐渐地，就明白除了年龄相仿，个头相仿，她们完全是不一样的女孩。很快，赵文麟把所有的心思就都用在了紫曼身上，他是个非常传统的男人，既然已经娶了她，就会全心全意地爱她，疼她。

紫曼比丈夫足足小了十二岁，人生得矮小，却是非常有主见，根本不听赵文麟的话，根本不安心做军官太太。她是名在读的大学生，那时候，大学生都是进步的，都有强烈的反政府倾向。紫曼与地下党走得很近，地下党知道了她的身份，悄悄做她的工作，准备策反赵文麟。二十年后，轰轰烈烈的"文化大革命"开始了，军校的造反组织让赵文麟老实交待，交待参加国民党和混进共产党的经过。他很认真地写了份材料，着重说明沈介眉与紫曼在自己人生旅途中所起的作用。强调这两位女性对他所起的正面作用，没有沈介眉，他不会投笔从戎，不会进入军校，也不会成为国民党员，当时是集体入党，他所在班上的同学无一例外。没有紫曼，当年的地下党就没有办法进行策反，换句话说，如果不是受到紫曼的革命思想引导，他也不可能最终在战场上起义，走到人民一边来。

参加共产党，得到组织上的信任，当然也与他的工作性质有关。作为一名革命军人，作为军事院校的老师，经过领导和同事的考察，他最终能成为一名共产党员，这是很光荣的事。在主观上，他并没有混进党内的意愿，如果大家觉得赵文麟根本不够资格，取消他的党员身份，他也可以欣然接受。写这份交待材料时，紫曼已经悬梁自尽。赵文麟的心头无限悲凉，只能借助笔墨表达情绪，他不惜夸大了紫曼当年所起的作用，把自己最后的倒戈起义完全归功于她的劝说，故意夸大了地下党的策反工作。事实当然完全不是这样，作为一名黄埔军人，一名国军王牌之师的少壮军官，他的所谓起义，与缴械投降并没有太大区别。说白了一句话，愿赌服输，他们是被共产党彻底打败了。

二十年前，新婚燕尔的赵文麟春风得意，在战场上叱咤风云，根本没把共产党放在眼里。国共大战开始，赵文麟得意洋洋地向紫曼描述前线的战事，说共军太不经打了，说这些人破衣烂衫军容不整，脚上是草鞋，打起仗来，常跟老百姓混淆在一起，真要想打他们都下不了这个毒手。最初的较量中，在邱长官指挥下，赵文麟与李叔明屡战屡胜，当时解放军中流传着一句“逢五不战”的口号，意思是说尽量避免与邱清泉的第五军正面作战。不过战场上形势很快发生变化，赵文麟以为用不了多久就可以消灭共军，残酷的事实是此消彼长，反倒是共军越来越得势。

紫曼一有机会，就在耳朵边吹风，让他不要为蒋介石卖命，应该站在人民这一边。赵文麟知道紫曼常和一些要求进步的同学在一起，当时也没想太多，没想到这些人就是地下党。大家在一起私下聊天，无非是反对内战，发发牢骚，批评政府腐败，埋怨经济不景气。他偶尔也会跟着一起议论，再下来，在战场上便忙得脱不开身了，邱清泉升任兵团司令，官越来越大，仗越打越差。攻无不克战无不胜的第五军在淮海大战中被全歼，赵文麟与李叔明率部突围，队伍几乎立刻就冲散了，最后不得不很狼狈地换上便衣，在一名当地向导的带领下，总算捡了一条命。

历经辛苦回到南京，没有什么奖赏，首先要追究他们的临阵逃脱。经过甄别，赵文麟与李叔明又被派往前线，戴罪立功。这时候国民党大势已去，除了打败仗，还是打败仗。他们被安排到河南省主席张轸麾下，张轸是河南人，保定军校出身，日本士官学校毕业，有名的地方实力派。他对黄埔出身的青年军官始终保持一份警惕，赵文麟和李叔明上任不久，就发现张轸在偷偷地跟共产党接触。很快时机成熟，张轸召集手下高级军官开会，挑明自己想法，决定反水，愿意跟他走的欢迎，不愿意的可以选择离开。结果一二七军有一个师跟着张轸起义，另外两个师，在军长赵子立带领下，仓皇逃往四川。赵子立毕业于黄埔六期，赵文麟和李叔明毫不犹豫地选择了跟赵走。当时真是兵败如山倒，不断地有国军高级将领倒戈，张轸之后，程潜起义，刘文辉起义，卢汉起义，地方实力派的大佬们纷纷站到共产党一边，很快，走投无路的赵子立也决定仿效，他所率领的一二七军本是地方杂牌部队，手下那些黄埔出身的青年军官，其实已没办法再控制部队。

1949 年 12 月，一二七军在四川巴中地区宣布起义，接受解放军改编，前来接受改编的解放军代表，就是赵文麟和李叔明曾经的老对手路以和。

第十章

1969 年的 9 月底，国庆节前夕，赵文麟回到了他的出生地白马湖，一个风光秀丽的江南小镇，有山有水，十分幽静。赵家是此地首屈一指的大户，又以赵文麟祖父这一支最为显赫。赵老太爷举人出身，民国初年还当过县长，当然名声更大的还是赵文麟的叔叔，早在国民政府成立之前，他就已经是中将了。赵家老宅重修于三十年代初期，那时候，这位叔叔脱离军界，栖身政坛，官越做越大，钱越赚越多，借为父亲做寿之名，将老宅翻新，面积比原来扩大了一倍都不止。可惜遭遇乱世，老宅常常没人居住，抗战军兴，赵家举家西迁，赵老太爷客死他乡。抗战胜利，国共大战，赵文麟叔叔见势不妙，早在 1948 年初就带着全家老小移居香港。

赵文麟又一次回到了自己出生的小屋，房间里的布置，与小时候印象并没有什么太大变化。最显眼的地方，依然挂着父亲的照片，照片下面是那张盖着红色印章的烈士抚恤证明，上面有孙中山先生亲笔签名。这成了老宅最好的护身符，土改时，赵家老宅统统充公，唯有几间老房子留了下来，赵文麟母亲最后就死在这里。因为土改，因为合作化运动，因为"文化大革命"，此地的民风也不像当年那么淳朴，然而还保持着几分单纯。仍然爱看热闹，一连几天，得空就跑到赵文麟的房门口，探头探脑往里张望。本家的一位堂弟阿六过去与赵文麟见过几次，仗着脸熟，让回乡的堂哥破费请客，说你在外面那么多年，好不容易回来了，与乡邻一起喝点老酒也在情理之中。赵文麟便问他这酒应该怎么喝，阿六说花点钞票买头山羊就行，于是拿出了十五块钱，买了头又大又肥的山羊，宰羊，烹羊，喊谁过来喝酒，都交给阿六去安排。

酒足饭饱，阿六红着脸，说还是回到老家最好，什么一号命令二号命令，还有那个什么疏散，乡下人连听都没有听过，说来说去，金窝银窝，自己老家的这个狗窝最好。那些乡亲都附和，都说还是回老家最实在，也不白吃，帮他把房子里外收拾了，漏雨的地方修缮一下，毕竟十多年没住人。赵文麟也吃不准自己要住多久，安顿下来后，找到了一个往日的旧镜框，将随身携带的照片一张张都放进去，挂在墙上，有了这些照片相伴，顿时有一种真实的回家感觉。老宅墙上原本已有一张他们的全家福，那是他母亲带回来的。照片上的天天还只有四岁，乐呵呵地笑着，赵文麟和紫曼的表情很严肃。这张照片是老宅的另一道护身符，他身着解放军军官制服，乡下人眼里，都觉得是个了不得的大官。

赵文麟母亲的一生基本上都住在老宅，儿子成人后，她与他在一起的日子很少，抗战胜利有过一两年，解放以后，又有过两三年。老太太与儿媳紫曼的关系并不算很融洽，在持家和对待孩子的态度上截然不同。老太太不赞成用保姆，紫曼却执意要用，这便意味着是要撵她回家。事实上，紫曼作为赵家的长房媳妇只来过老宅一次，那是老太太过世，赵文麟率领全家回来奔丧。时间是 1958 年，正是轰轰烈烈的大跃进，紫曼心情非常不好，一年前的反右运动，她差一点被打成“右派”。整整一年，她的情绪低落，动不动就失眠，人还没有到四十岁，鬓角间已开始有了白头发。赵文麟知道紫曼的心情郁闷，不知道如何才能安慰。结婚以来，她一直觉得自己思想比赵文麟更进步，一直觉得是她把丈夫带到了革命队伍中来。她相信如果不是她做思想工作，赵文麟便会成为人民的敌人。紫曼是个心高气傲的女人，积极向上，处处要求进步，工作勤恳，却始终得不到组织上的信任，得不到应有的提拔。当然，她的脾气也过于倔强了些，常常会看不惯这看不惯那，指责张三批评李四。

在家中的紫曼很任性，赵文麟处处让着她，她因此也有些喜怒无常，常会莫名其妙地发火，尤其会在生理周期时蛮不讲理。抗美援朝期间，赵文麟跟随路以和一起赴朝作战，回国后得到嘉奖，又在路的介绍下，入了党。这些都让紫曼又高兴又不高兴，高兴是丈夫有了进步，不高兴是自己男人革命历史那么短，竟然还比自己先加入了组织。赵文麟始终觉得紫曼的不得志，与他的国民党军人身份有关，从表面上看，这似乎一点关系都没有，他照样可以在军事院校教书，照样穿着解放军的军装，甚至还让他加入共产党，但是总会有一些无形的东西，神秘莫测地躲在他的身后。

不仅他是这么想，紫曼也坚定不移地这么认为，认为她这辈子犯的一个最大错误，就是不应该嫁给赵文麟这样不清不白的人。她一直觉得自己是舍身饲虎，挽救了赵文麟，却白白地牺牲了自己的青春。赵文麟越是百依百顺，她越是觉得他在内疚，在忏悔，为此，她宁愿死，也不愿意原谅他。当着孩子的面，紫曼不止一次百般挑剔，痛加指责，赵文麟就像面对一个任性的孩子，一定是毫无原则的忍让，任她说，让她尽情埋怨。无情未必真豪杰，怜子如何不丈夫，一个出生入死的职业军人，一个见过太多死亡的男子汉，和紫曼这样一个只不过是外表强硬，又特别爱较真的弱女子，有什么可以计较呢。

与李叔明夫妇相比，赵文麟夫妇要幸运许多。1949 年的 12 月，赵文麟和李叔明一起接受了解放军的改编。很快，李叔明便以腿疾为由，解甲归田，回老家当了农民。这样的选择在当时无可厚非，不料却埋下了日后的杀身之祸。赵文麟是在赴朝作战前的一个月，接到李叔明的求救信。镇压反革命的运动如火如荼地开始了，李叔明预感到形势不妙，在被抓的前一天，托人赶往南京，向赵文麟和路以和紧急求救。路以和不相信他会有事，安慰赵文麟，说这事好办，让他尽管放心，又说我立刻派人过去，共产党说话算话，李叔明是起义人员，对解放大西南是有功的，应该不会有事，我路以和敢拍这个胸脯，我们怎么能那样对待他呢。从朝鲜回来，得到的消息是李叔明早已被枪毙。这事让赵文麟留下了深深的阴影，也让他终身懊悔，对路以和充满怨恨。他觉得路是故意见死不救，因为当年在鲁西南战场上，赵文麟和李叔明曾大败路以和，而路此次正好是公报私仇。赵文麟咬牙切齿，说路以和没想到你会是这样的一个小人。面对这样的指责，路以和一声不吭，赵文麟见他不说话，更坚定了自己的想法，认定他这就是默认，于是流着热泪对天高喊了一声：

“叔明，赵文麟见死不救，枉为一个男人。”

这是他唯一的一次与路以和红脸，赵文麟被自责所纠缠，立刻动身去李叔明老家，慰问他的遗属。李叔明妻子见了他，一个劲流泪，也说不出什么话来。赵文麟百感交集，说我和叔明这一生中要说死，也不知死过多少回，人生反正是一死，躲得了初一这劫，怕是也过不了十五，因此怎么个死法就没什么大不了。叔明当年最担心的是死而无后，现在总算他的儿子还在，还都挺好，你一定要记住把这几个孩子照顾好，不要让叔明死不瞑目。李叔明妻子说起了当时的情形，说持枪的民兵是在夜里将叔明抓走的，然后就没了音讯。又说路以和委派的一位参谋确实来过，带着她去找李叔明，与县里的人大拍桌子，说有路以和这样的老红军老革命担保，你们凭什么还不放人。县里就放了狠话，说只要是反革命，谁他妈担保都没用。那位参谋不甘示弱，说老子没带枪，我要是有枪，一枪就把你干了，你信不信。吵到最后，县里的人似乎松口，说是会慎重处置，没想到还是说枪毙就枪毙了。

白马湖根本感觉不到大战即将来临的气氛，有线广播里也在唠叨，也说要提高警惕，要防止帝国主义和社会帝国主义的入侵，也说要深挖“五一六”，要把“无产阶级文化大革命”进行到底，可是这些标语口号，也就是一些老生常谈，与乡间的平静生活似乎没有一点关系。回到了白马湖，赵文麟与外部世界的沟通，只能靠有线广播。家家户户都安装了这玩意，人们通过它掌握时间，接收新闻，听样板戏。回老宅没几天，就有人主动上门来帮赵文麟拉线，把有线广播给接通了，一个方的木盒子，挂在门框的上方，每天到时间就会响，节目都是固定的。

秋天一天天往里走，天气开始越来越凉，很快便是十足的冬天。有一天，阴沉沉的天气，时不时还下点小雪，从县城里来了一个军人，打听赵文麟的住处，找到了他，拿出一份盖红印的介绍信，说明来意。原来赵文麟学校已将他的关系转到了县人武部，以后每个月，他去那里取工资就行。乡下人照例改不了凑热闹的毛病，只要来了个陌生人，都会不由自主地赶过来旁听。一时间，老宅里聚集了很多人，老老少少男男女女。来人大约也很习惯和熟悉这种场面，知道该怎么对付这些人，干咳了一声，很严肃地宣布：

"大家都听好了，老赵同志是位久经考验的革命军人，是一位有过贡献的老同志，级别比县革命委员会主任都大，你们要好好地对待他，要照顾好他。"

赵文麟后来才弄明白，县人武部负责人是路以和的老部下，在部队系统这可不是一般关系。路以和给老部下写了一封信，让他关照赵文麟，同时学校也办好了退职手续，从此赵文麟不再算是现役军人，工资关系转到县人武部，原有待遇不变，继续享受公费医疗。这以后，每个月有一天，赵文麟都坐船去取一次工资。在乡下人看来，他的薪水就是天文数目，因此每次回去，总会带条香烟犒劳大家。县城离老家不远也不近，坐船差不多要两小时，加上在县城里办点事，来回得一整天。

县人武部对面就是沈介眉家当年的米店，现如今早已全无踪影，赵文麟每次经过，都忍不住要多看几眼。隔壁是一家新华书店，书店旁边是一爿小饭店，人武部的同志中午都在这里搭伙。转眼间已是初夏，有一天从书店出来，赵文麟径直走进沈家的故居。当年的老宅已成为大杂院，七零八落地住了好多户人家。他东张西望，向一位坐在门前的老太太打听，知道不知道沈介眉的下落。

老太太一问三不知，一无所知，不料有一位热心的中年男人走过来，瞪着眼睛问他找什么人。赵文麟把说过的话再问一遍，特别强调沈介眉是这里原来的主人。中年男人笑了，说你干吗要找这个女人，难道你认识她。赵文麟便拆开了一包香烟，从中取出一支递给他，中年男人发现赵文麟自己不抽烟，却老老实实地递烟给他，觉得很有面子，接过香烟，点上火，慢条斯理地说：

“你问的这个人，我倒是知道的。”

中年男人告诉赵文麟一大堆有用的信息，告诉他沈介眉原来在农技站上班，曾是他的同事，又说她男人原来是县中学的门卫，她家就住在城东门街上那排矮房子里。赵文麟听了不免激动，掏出笔来，详细记下了门牌和地址。中年人看着他记录，十分不屑地摇了摇头。

赵文麟按照地址找到了沈介眉家，他们夫妇都不在，只有一个十六岁的男孩坐在门口，很认真地听有线广播。广播里正一遍遍反复播报毛主席他老人家刚发布的五二〇声明，赵文麟上前打听沈介眉的情况，男孩盯着他，上上下下打量，问找他妈有什么事。赵文麟心里咯噔一下，知道自己已经找到沈介眉，顿时五味俱全，酸甜苦辣咸的滋味都有了。

他喃喃地问了一句：“沈介眉真在这儿住？”

男孩白了他一眼，不愿意再理睬。赵文麟知道自己说的是废话，男孩已明白无误地告诉，沈介眉就住在这，他已经告诉他了，沈介眉就是他妈。一时间，赵文麟非常激动，踏破铁鞋无觅处，得来全不费工夫，没想到这么轻松地就找到了多年不见的沈介眉。等候了大约一个小时，眼见着要开船了，赵文麟不得不先行一步，他告诉那男孩，自己叫赵文麟，是他母亲的老熟人，今天的时间已经来不及，他要先走了，以后有机会再来看他母亲。赵文麟没有注意到男孩眼里的神情，根本没注意到男孩听说了他名字之后的激动。他沉浸在往事的回忆中，甚至没注意到男孩正悄悄地跟在后面，一直将自己送到轮船码头，看着他所坐的小火轮鸣笛离岸。

接下来的日子，赵文麟一直在心里盘算，下一次去县城应该怎么样。或许第一件事是应该先去见沈介眉，这样一来，时间会充裕得多。他可以考虑请他们全家到馆子里去吃一顿，沈介眉家的经济状况一看便知道很不好，一看便知道缺吃少穿，房子又破又小，房间里没有一件像样的家具。很显然，现如今的沈介眉非常不得志，赵文麟明白，在今天这样的现实世界里，沈介眉这样的家庭出身和身世，肯定会很狼狈。

一连几天，赵文麟都在琢磨，琢磨如何与沈介眉见面，如何跟她诉说自己这些年的遭遇，如何跟她诉说紫曼的故事。随着领薪水的日子越来越近，他也就越来越惦记这事。有一天，赵文麟正在窗前写毛笔字，沈介眉忽然推门进来了。

第十一章

由于来得太突然，赵文麟不敢相信自己眼睛。一时间，似乎云里雾里，他木木地举着手上的毛笔，根本想不起眼前这个女人是谁。岁月完全改变了沈介眉的面貌，她的青春，她的容颜，她那曾经的无限风采，让赵文麟魂牵梦绕的一切种种，都仿佛不复存在。站在赵文麟面前的是一个全然陌生的女人，或许出于本能，出于心灵上的感应，赵文麟才意识到了她有可能是谁。

她很感叹他已认不出自己是谁了，十分感伤地说："我是沈介眉!"

只要这一介绍，过去的一切都恢复。只要听到沈介眉这三个字，时光立刻倒流，岁月就会重现。接下来，他们有一句无一句，说了半天，乱糟糟地也没个头绪。赵文麟的手上还抓着那支毛笔，沈介眉看不下去，让他把毛笔放好，放在笔架上。也许天热的缘故，当然也因为走了太多的路，沈介眉大汗淋漓，身上衣服完全湿透了。这让她感到很尴尬，也让赵文麟不知所措。结果沈介眉现在所能做的，就是不断拉扯胸前，不让衣服粘在身上，她的经济状况很差，穷得连胸罩都买不起。

时间一晃，过去了三十多年。三十多年前，恋爱关系刚确定那会儿，他们还都是中央大学的学生，曾一起回去过寒假。沈介眉去他家待过几个小时。赵文麟领着年轻美丽的沈小姐到处看，看新落成的花园，看正在修建的祠堂，后面跟着一大群看热闹的乡下人，等身后的人渐渐散去，他将她带回自家老宅，看看四下没人，便试图要亲吻她。沈介眉穿着裘皮大衣，红着脸，很慌张地看了看周围，没有拒绝便是邀请。那是绝对的古典式亲吻，她闭上了眼睛，昂着脖子，一动不动，赵文麟吻她的额头，吻她的鼻子，吻她的耳朵根，忽然有人要来了，两人连忙分开。

这是他们唯一的一次亲密接触，从她身上洋溢出来的芬芳，留在赵文麟记忆中，久久不能散去。再后来，再后来便有些暧昧，有些说不清楚了。十多年后，从朝鲜战场回来，赵文麟调入军校不久，提拔当教研室副主任，有一次沈介眉来南京办事，就借宿在他们家。记得是夏天，她刚跟一位大十多岁的林业局干部分手，赵文麟始终没搞明白这桩婚事为什么没成，只记得沈介眉住在他家，反客为主大动干戈，指挥保姆大扫除，把他家收拾得焕然一新。赵文麟夫妇生活上一向马虎，家中一切都交给保姆打理。是大白天，赵文麟夫妇上班去了，沈介眉终于忙完，出了许多汗，在房间里洗澡，没想到赵文麟会回去取材料。他匆匆推门进屋，正好与赤条条站浴盆里的她迎面相对。大家都吓了一大跳，赵文麟慌不择路，连忙退出去，夺路而逃，慌乱中的一瞥，能看见的也都看见了。

老宅的再次见面十分匆忙，三言两语，不可能把过去说清楚。转眼又是十多年，然而只要三言两语，原本不是很清楚的许多事，立刻也就都清楚了。经过一番短暂的交谈，无数谜团初步解开。赵文麟知道她这些年来很不如意，知道了她现在的丈夫是志愿军战俘，抗美援朝时丢了一条腿，本来还有一份看大门的工作，前两年搞运动，追究在战场上的表现，认定他是临阵投降，将公职也给开除了。沈介眉自己一直没有正式工作，在农技站干过几年，又四处打杂，脏活苦活什么都干，勉为其难过着日子。反正一句话，这些年来过得非常不容易，说到最后，谈起此行原因，她说自从儿子说赵文麟还会再去她家，他们就一直在等，等等不来，等等还不来，沈介眉就想，还是来看他一趟吧。

“我担心你都已经回南京了。”

沈介眉大约待了一个多小时，在老宅里胡乱吃了些东西便告辞。赵文麟依依不舍，沈介眉也依依不舍，说没想到还能见上一面，这真的太好了，我以为这辈子我们再也不会见面。一句话里无限沧桑，赵文麟心有戚戚焉，打算送她去轮船码头，沈介眉坚持要步行回去。这让他感到很意外，因为路途很遥远，没有五六个小时不可能走到县城。沈介眉执意要这么做，而且只让他送出去一小段路。赵文麟放心不下，看着她的身影在田埂渐渐消失，怅然若失。沈介眉匆匆来去，身上的汗刚消停，衣服还没有来得及焐干。

沈介眉前脚走，阿六夫妇便上门打探，问刚来的那位女人是谁，怎么看上去有些面熟。赵文麟思绪万千，根本不想搭理他们，说告诉你们也不会知道，就不要乱打听了。阿六看着赵文麟，小眼睛滴溜溜地转，说这女人不会是县城沈家米店的大小姐吧？赵文麟吓了一大跳，想不明白他怎么会知道沈介眉，怎么会认识她。抗战前沈介眉来赵家，那时候的阿六也不过七八岁，不可能还记得她。阿六笑着说出了原因，说大姆妈当年常常提起这位沈大小姐，大姆妈就是赵文麟母亲，老人家独居乡间，不止一次跟人说起儿子差点娶了沈家小姐。

赵文麟一默认，阿六来了劲，说别人的事阿六不知道，关于这个沈家大小姐，还真知道不少，她可不是什么好东西。赵文麟不想听阿六在背后说沈介眉的坏话，但是他喋喋不休滔滔不绝，赵文麟不想听，便说给他一起来的老婆听。原来他二哥的小女儿是县中学造反组织的小头目，她所在学校的门房是个坏分子，不仅在朝鲜战场上无耻地做了叛徒，回国后还不老实，偷偷地散布美国军医如何人道的谣言。愤怒的红卫兵小将大打出手，差一点把他那条好腿给打瘸了。大打出手的另一个原因，他有个很坏的老婆，也就是沈介眉，一名埋藏很深的国民党女特务。这是个不折不扣的狐狸精，第一任丈夫跑台湾去了，后来成为县中学看门人的老婆，又玩弄美人计，与学校的教导主任发生不正当的男女关系。总之一句话，她非常不正派，据说还有个儿子，也不知道是跟谁生的。

终于到了又一次取工资的日子，赵文麟先去了人武部领取薪水，然后直奔沈家。沈介眉似乎也知道他会去，家里稍稍收拾了一番，一直在等候他的到来。儿子沈雷上学还没回来，丈夫林大宝坐在那儿搓棉条，这是在为纺纱做准备，他们夫妇新接了一个活儿。看得出来，沈家生活很清苦，中午唯一的荤菜只是盘炒螺蛳，在江南水乡，这是道很便宜的菜肴。不过赵文麟依然吃得很香，林大宝的神情一直不太友好，可以说是充满了敌意，赵文麟注意到他的左腿被截肢了，少了一大截，行走离不开拐杖。沈介眉的宝贝儿子沈雷放学回来，表现出了异乎寻常的热情，一个劲地向赵文麟打探，问他认识不认识人，有没有什么办法把他送到部队去当兵。

沈介眉叹气说：“我们家雷雷，一门心思就是想当兵，做梦都想当个解放军。”

赵文麟笑了，说能当兵当然是件好事，不过首先还是要好好地读书学习，有了好的文化知识，再去当兵也不晚。沈介眉趁机开导沈雷，说你听见没有，当兵也要学习文化的。林大宝在旁边冷言冷语地来了一句，说人家解放军才不要你这样的呢。一句话说得沈雷不高兴，脸一挂，碗一推，不想吃了。沈介眉赶紧哄，说别听你爹瞎说，乖儿子，再吃一点，你正长身体呢，饭要吃饱，要多吃一些。看得出来，沈介眉夫妇非常宠这个儿子，因为太娇惯，儿子根本不把父母放在眼里。赵文麟发现，与他们夫妇打交道，最容易让他们开心的事，就是讨好这个宝贝儿子。也许人生太不得意，沈氏夫妇总是千方百计哄儿子高兴，儿子成了他们最大的安慰，也是未来最大的希望。

这以后，赵文麟每次去县城拿薪水，必定去沈介眉家坐坐，聊聊天。知道她经济状况不好，就顺便买点荤腥，剁个一两斤肉，买上几条鱼，到开船时间差多不多了，便起身告辞。为了不让沈介眉感觉别人是在接济她，赵文麟还去商店买了几斤毛线，请她帮着织毛衣毛裤，织手套和袜子，再以给工钱的方式付钱。沈介眉过意不去，不肯收他的钱，最后还是收了，很显然，他们太需要这个收入，这比靠纺纱来钱容易得多。

一来二去，沈介眉的儿子沈雷与赵文麟越来越亲近，他是一个非常孤僻的孩子，平时总是闷闷不乐，在学校里常受别的孩子欺负。偏偏与赵文麟有缘，有一种天然的亲近，只要赵文麟去了，他立刻变得有说有笑。看到儿子这样，沈介眉很开心，林大宝向来不苟言笑，大多数时间苦着脸，看到儿子动不动哈哈大笑，偶尔也会咧开嘴苦笑一下。那年头的中学生流行一种蓝白相间的海横衫，也就是海军水兵穿的汗衫，再配上一双白球鞋，是当时最酷最时髦的装扮。有一天，沈雷趁父母不注意，悄悄地问赵文麟，能不能为他买一件水兵的海横衫。赵文麟觉得这个很容易办到，一口答应，故意提前一些告辞，由沈雷陪着一起去街上的百货商店，帮他买了一件心仪已久的海横衫。沈雷心满意足，眼睛又看到了白球鞋，没好意思再开口，只是带着赵文麟一起看看价钱。赵文麟看出他是真心喜欢，说你只要答应好好读书，赵伯伯就帮你把这双球鞋买下来。结果喜出望外，沈雷不仅有了海横衫，又有了白球鞋。

开船时间快要到了，心满意足的沈雷送赵文麟去码头。到码头上，还有点时间，沈雷红着脸，看着赵文麟，欲言又止，最后还是吞吞吐吐说了，他说赵伯伯，我知道你为什么对我好，我知道为什么，因为你是我的亲爹，我知道。

赵文麟大吃一惊，连连摇手，说：

“这个不能乱说——”

沈雷十分肯定，斩钉截铁地说：

“我没乱说，是我妈告诉我的。”

接下来，直到林彪事件发生，林副主席摔死在温都尔汗，赵文麟都没有再去过沈介眉家。沈雷的冒昧认爹，让他感到很意外，感到一种枉担了虚名的尴尬和不安。无论什么借口，不管任何理由，这玩笑都有些过分。1971 年的九一三事件，注定要让赵文麟的命运又一次发生改变。就在林彪倒台的那个月，人武部负责人很高兴地告诉他，远在南京的路以和已经恢复工作，重掌军校的领导大权。前几天还打电话过来，关心赵文麟的近况，说正在考虑要把赵再调回学校。赵文麟听了，有些无动于衷，说人都到了这把年纪，回去还能干什么，又说就这么在乡间小镇待着挺好，他已经完全习惯了。

过了没多久，人武部正式通知，有关赵文麟的调令已到了，让他立刻回南京报到，所有的一切重新恢复，包括军职和党的组织关系，军校已经为他新分配了房子。人武部的负责人向他表示歉意，连称呼都改了，说过去没能照顾好首长，关心不够，请他多多包涵，又问首长回南京前，还有什么吩咐，有什么要求，尽管提出来，只要能解决，一定帮忙解决。赵文麟有些意外，想自己哪会有什么事呢，想了想，突然想到了沈雷，于是趁机提出来，说你们既然问起，我倒确实还有个不大不小的事，有个熟人的孩子非常想当兵，你们能不能帮上忙。人武部的负责人一听笑了，说别的买卖真难讲，这事恰巧就撞枪口上了，这一阵我们忙的便是征兵，这个我敢打个包票，肯定给你搞定。

又过了没几天，军校专门派了一名干事和一辆吉普车来接赵文麟，跟匆匆回到白马湖一样，离开也是匆匆。时间突然变得很紧张，说走就要走。临行前，赵文麟让接他的干事和司机停在人武部等候，然后直接去沈家告别，只字不提沈雷的参军，只告诉他们自己要走了，告诉他们自己已经恢复了军职和党籍。沈氏夫妇没想到赵文麟会来，一人一台纺车正在忙着纺纱，沈介眉为他感到高兴，向他祝贺，停下手中的纺纱，准备歇下来做饭，赵文麟说不用再忙了，他请他们全家上馆子，到外面去吃。

沈雷高高兴兴放学回来，十分激动地告诉沈介眉，说招兵的人今天去过他们学校，点着名要找他，让他课也不用上了，就去县医院体检，然后便说要收他当兵。沈介眉夫妇不相信，不相信天上掉馅饼，竟然会有这样的好事。林大宝说就你这个熊样，哪一点像当兵的，解放军又没瞎了眼，怎么会要你这样的人。一番话，说得兴高采烈的沈雷立刻挂下脸来，沈介眉连忙哄儿子，说别听你爸胡说，我们家雷雷怎么啦，为什么人家解放军就不能要他。沈雷不想再搭理林大宝，他看了一眼赵文麟，激动地说：

“赵伯伯，我没瞎说，招兵的人真找我了。”

赵文麟笑了，他差一点就要说出实情，说出自己如何与人武部的人打过招呼，转念一想，不说也罢，他根本不需要这一家人为这事感谢自己。大家一起出去吃饭，县城很小，就那么一两家小馆子。他们来到人武部对面的小饭店，要了几样菜，又要了几碗当地的米酒。正好人武部的同志陪接他的干事和司机也在这儿吃饭，看到赵文麟，十分恭敬地过来跟他打招呼。

上馆子对于沈家来说显然非常难得，沈雷难得遇上一顿好吃的，狼吞虎咽，也顾不上说话了。沈介眉不太好意思，一个劲地说菜点多了，吃不了要浪费的。林大宝不说话，开始还矜持，闷闷不乐喝酒，一碗米酒下肚，再喝一碗，又喝一碗。三杯酒灌下去，抹抹嘴，叹了一口气，冷笑着让赵文麟猜谜，问他是否知道林大宝这辈子最看不上什么人。赵文麟不知道他葫芦里卖什么药，等待下文。林大宝一脸不屑，带有几分鄙视，眼珠子瞪着别处，说我最看不上的，其实就是老赵你这样的手下败将。赵文麟没想到他会这样看待自己，没想到他会这么说，林大宝说你想想老赵，共产党怎么对你，你他妈看看我们怎么对待俘虏，想当年我在南韩战俘营，好歹也是个连级干部，你们的特务也骗我们去台湾，说去了怎么优待，你想，我们会上你们的当吗，我们才不会呢。

赵文麟不吭声，林大宝越说越来劲，印象中他这是第一次说这么多话。沈介眉听不下去，让赵文麟不要放在心上，又训斥林大宝，说别以为喝了点酒，就可以胡说八道，说你姓林的又有什么好得意的，有什么资格说人家，自己吃了上顿没下顿，啥本事也没有，都活得没个人样，连儿子也不愿意认你，到处跟别人说你不是他亲爹，你还有脸说这说那。林大宝仗着酒劲愤而反驳，说我说了，就这么说了，又怎么样，我还要再说一句，姓赵的，你我根本不是一路人，我林大宝今天把话撂这儿了，我还就说这个狠话了，大路朝天各走一边："姓赵的你爱上哪上哪儿，别让我再见到你。"

最后的告别很出人意外，有些尴尬，也有些伤感，林大宝继续黑着脸，沈介眉过意不去，一时间无话可说，不得不找些话题，打岔说林大宝喝醉了，犯不着跟这样的畜生计较。又说紫曼要是还活着就好了，她要是能在南京等着赵文麟该多好。赵文麟的脸上十分平静，然而此时此刻，一提到紫曼，仿佛小刀子扎在心口上。好在该结束的都结束了，很快，过了没多久，吉普车已奔驰在宁杭国道上。路上非常空，车速非常快，来接他的干事和司机都不喜欢说话，一个闷头开车，一个呼呼大睡。这条国道他很熟悉，当年读大学，赵文麟常搭叔叔的小汽车回老家，1937 年淞沪抗战，坐火车赴上海参战，也是沿着它败退南京。

现在，赵文麟一个人独自坐在后排，郁郁寡欢闷闷不乐。他胡思乱想着，仿佛行进在时间的隧道里，思想的野马正在黑暗中狂奔。

一会儿想到紫曼，一会儿想到沈介眉，一会儿又回到了抗战期间，驻扎在云南昆明的马街，差一点要娶那位黑眼睛姑娘。人生往往太多的差一点，失之毫厘谬以千里，沈介眉的让他神魂颠倒，黑眼睛姑娘的萍水相逢，命中注定的紫曼更有缘分。突然之间，因为思念亡妻，赵文麟感到了一阵阵孤独。或许要重回南京的缘故，或许是他的军籍和组织关系重新恢复，妻离子散的感觉从未像现在这么强烈。巨大的悲伤像浓雾一般弥散，丧妻的痛楚很折磨人，赵文麟开始无限地怀念过去，怀念紫曼，怀念那个曾经充满温馨的家，怀念一天天在长大的三个孩子。如果紫曼还活着，如果她没自尽，如果她的离去只是一次暂时的告别，如果时间能够倒转。

忽然间思绪万千，忽然间柔情似水，赵文麟甚至又想到那次意外，想到那天推门进屋，想到沈介眉正赤条条站在浴盆里。那真是桩太让人难为情的事，她为什么不把门销上呢，而他当时也太莽撞了。记得那个夏天紫曼特别忙，她的工作压力很大，几乎天天晚上都要加班，对夫妻之间的事没一点激情。那天晚上，赵文麟不允许再有任何借口，不接受任何理由，或许怕动静太大，怕惊动睡在隔壁的沈介眉和保姆，紫曼半推半就，自始到终捂住他的嘴。紫曼使劲捂着他的嘴，害得他都透不过气来。那一夜足够疯狂，那一夜惊心动魄，那一夜如鱼之乐水，那一夜的结果，便是有了可爱的女儿天天。到最后，到了最后，他们不可抑制，都爆发了，一阵阵沉重的喘息叹气，终于肆无忌惮，终于不约而同地叫出声来。

2012年4月　河西

后 记

三十多年前不明白什么叫中篇小说，印象中只有长短之分。有人问高尔基，长篇和短篇哪个更容易，他说长篇是大炮，短篇是手枪，都属于武器，都可以用来杀人，都不容易，无论长短，把它们货真价实地写好，这个才是最重要。

刚开始写小说，我对怎么写，写多长，全无心计。想写就写，无知必胆大，短篇中篇长篇，一口气写很多年，写了一大堆文字，转过头来往前看，总结回顾，发现自己最多的还是中篇。两年前短篇结集，收在一起勉强三本。这次出版中篇小说，轻而易举就是五本。还有一些因为版权，暂时未收入这个系列，如果照单全收，差不多又可以五本。

这套书的责任编辑杜晗来信，问能否将余华和苏童写过的两段文字印在封底，我立刻回信拒绝，理由是不能一而再，没完没了地让人家受累。当年拉大旗做虎皮，已经沾光太多，现在还要人家亮相站台，明显有些欺负老朋友。

然而在最后，我还是忍不住，要把杜晗转来的两段文字写在这里：

> 兆言的故事总是引人入胜，我想这是来自于他写作时令人尊敬的诚实，正是这样的诚实让他的才华和叙述中的人物故事熔于一炉，让他的故事张开了，让我们的阅读迅速投入进去，并且不能自拔。 ——余华

叶兆言近年来的写作彻底放下了架子，越来越多地考虑小说的可读性和耐读性，经过多年的摸索和调整之后，其小说空间更显明朗而宽大，俗中见雅，对人性的探索也抵达了令人满意的深度。——苏童

引用这两段文字，已不仅仅是做广告，而是怀念过去的美好时光。按年龄，我比余华苏童略长，文学辈分上却是同一拨人。一起成长，一起度过写作青涩期，我们的名字常放在一起，荣辱与共，既是互相提携的好友，更是良性竞争的对手。坦白说，羡慕他们的才华和成绩，想追上并且超过他们，一直是梦想，是我持续不断写作的动力。

因此，在这个后记中，首先要感谢中篇小说，它丰富了我的写作人生，让文学梦想变得如此充实。其次要感谢一起打拼的文学战友，感谢所有批评过我的人，感谢那些近乎客套的鼓励和督促，感谢我们拥有的共同岁月。

最后，当然更要感谢读者，没有读者阅读，我们曾经的蹉跎，曾经的风风火火，可能什么都不是。

2012 年 5 月 2 日于南山

三本新的中篇集又要和读者见面了，心里有种说不出的高兴。该说的已都说过，只能再次表示感谢，感谢编辑，感谢那些读到这些文字的读者。

2015 年 7 月 29 日　河西